KB269005

글누림세계명작선

변신

프란츠 카프카 소설 선집

진정한 삶과 가족의 의미 추구

변신

프란츠 카프카 Franz Kafka 소설 선집

조윤아 옮김 · 유임하 해설

Die Verwandlung

글누림

차 례

변신

변신

1.

　어느 날 아침, 잠자던 그레고르 잠자는 불안한 꿈에서 깨어난 뒤, 침대 속에서 자신이 커다란 벌레 한 마리로 변해버린 걸 알았다. 그는 껍질이 딱딱한 등을 침상에 대고 천장을 향해 벌렁 누운 채였는데, 약간 고개를 쳐들어 보니 활처럼 굽은 불룩한 거북껍질 무늬로 된 단단하고 거무튀튀한 배가 보였고, 불룩한 배 위로는 이불이 겨우 덮여 있었으나 그나마 흘러내릴 것 같았다. 몸통의 크기에 비해서는 너무나도 가느다란 여러 개의 다리가 눈앞에서 맥없이 건들거리고 있었다.

'대체 어찌된 거야?' 하고 그는 생각했다. 정녕 꿈은 아니었다. 거주하기에는 약간 좁긴 하지만, 어찌됐건 분명 사람이 거처하는 자기 방은 사방으로 낯익은 벽면으로 둘러싸여 있었다. 각각 따로 묶은 옷감 견본이 흩어진 테이블 위에는 ― 그레고르 잠자는 외판원이었다. ― 얼마 전 그가 어떤 잡지의 화보에서 오려낸 그림을 멋진 금박 사진틀에 넣어둔 액자가 걸려 있었다. 그 그림은 털모자를 쓰고 털목도리를 두른 한 여자의 모습을 담고 있었는데, 그녀는 꼿꼿한 자세로 정면을 바라보고 앉아 팔목까지 덮은 묵직한 털토시를, 자신을 바라보는 사람들에게 쳐든 그림이었다.

그레고르는 창 쪽으로 눈길을 돌렸다. 창문 함석판에 빗방울 떨어지는 소리가 들려왔다. 날씨가 음산한 탓인지 그는 기분이 울적해졌다. 조금만 더 잠을 자고 부질없는 망상을 죄다 잊어버린다면 얼마나 좋을까, 하고 그는 생각했다. 하지만 그건 도저히 실행하기 힘든 일이었다. 왜냐하면 그는 늘 오른편으로 누워 자는 버릇이 있었지만 지금 같은 상태로는 그런 자세를 취할 수 없었기 때문이다. 아무리 오른쪽으로 몸을 기울이려 애써 봐도 몸통이 이리저리 들썩거렸다가 벌렁 나자빠진 자세로 되돌아오곤 했다. 어쩌면 그는 백 번도 넘게 시도해 보았을 것이다. 허우적대는 발들을 보지 않으려고 그는 눈을 감았다. 옆구리에 지금껏 느끼지 못한 가벼운 통증까지 생기게 되자 그는 그만 지쳐 버렸다.

"아아, 내가 어쩌다 이런 힘겨운 직업을 택하게 됐던가!" 하루가 멀다 하고 출장이다. 실제로 점포에서 일하는 것보다 훨씬 더 힘들다. 더구나 출장을 가게 되면 기차를 갈아탈 걱정, 불규칙하고 질 나쁜 식사, 고객도 자주 바뀌어서 오래 지속하지 못하고 다만 겉치레로만 접대하게 돼서 깊이 정들지 못하는 그런 교제에 대한 근심을 피할 도리가 없다. 지긋지긋해. 빌어먹을 것, 될 대로 되라지. 뱃가죽이 좀 가려웠다. 머리를 조금 쳐들 수 있게 드러누운 채로 침대 머리맡 철주 근처로 등을 천천히 밀어 올렸다. 마침내 가려운 곳을 찾아내긴 했는데 거기엔 온통 조그만 흰점들이 붙어 있는 게 보였다. 그는 그 흰점들이 뭔지 도대체 알 수 없었다. 그래서 그는 거길 다리 하나로 만져 보려다가 이내 다리를 움츠렸다. 다리를 흰점에 살그머니 대보니 전신에 오싹 소름이 끼쳤기 때문이었다.

그는 벌렁 자빠져 다시 원래 자세로 되었다. 너무 일찍 일어나면 바보가 된다고 그는 생각했다. 사람이란 잠을 자야해, 다른 외근 판매원들도 후궁 궁녀처럼 살아가고 있잖아.

말하자면 내가 주문받은 걸 장부에 기입하러 오전 중에 숙소로 돌아올 즈음에야 비로소 그들은 조반을 들었다. 이런 짓을 한번이라도 흉내를 낸다면 아마도 난 당장 사장한테서 쫓겨나고 말 거야. 그렇게 하는 게 내게 도움이 되는지 안 되는지 누가 알아주기나 하겠어. 부모를 위해 지금껏 감내해 왔지만 만약 그렇지만 않았다면 벌써 사표를 내고 말았을 거야. 그리고 사장 앞으로 다가가서는 내가 평소에 마음먹은 걸 죄다 털어 놓을 거야. 그러면 사장은 매우 놀라 의자에서 떨어졌을 거야. 책상에 걸터앉아 사원들을 내려다보며 얘길 하는 건 아무래도 괴벽이다. 가뜩이나 사장은 약간 귀가 먹어 점원들이 바싹 다가서질 않으면 못 듣지. 자아, 하지만 장차 내게 그런 희망이 전혀 없는 것도 아냐. 부모님이 주인한테 진 빚을 갚을 정도로 내가 돈을 모으게 되면 ─ 아직도 5, 6년은 족히 더 걸릴 테지만 ─ 반드시 그 일을 한 번 하고야 말겠어. 그건 내 인생에 큰 전환점이 될 거야. 어쨌거나 우선 일어나고 볼 일이지. 열차가 다섯 시에 출발하는데.

그는 머리 위에서 째깍거리는 탁상시계를 흘겨보았다. '이거 큰일인 걸!' 하고 그는 생각했다. 벌써 여섯 시 반이었다. 시계 초침이 조용히 돌아가고 있었다. 벌써 삼십 분을 지나 사십오 분에 가까웠다. 자명종은 울리지 않았나? 자명종 바늘을 네 시에 맞추어놓은 게 침대에서도 보였다. 분명 종은 울렸을 터였다. 하지만 방 안을 시끄럽게 만드는 시계의 종소리를 듣고서도 잠을 잘 수 있었을까! 아냐, 깊은 잠에 들지는 않았을 거야. 편히 잠잤을 리 없어. 아마 더욱 잠들었을는지도 모르겠어. 헌데 이젠 어쩌지? 다음 열차는 일곱 시에 떠난다. 그 시각에 맞추려면 한바탕 법석을 떨고 꽤나 서둘러야만 한다. 그런데 아직 견본도 꾸려 놓질 않았고, 몸도 전혀 상쾌하질 못해서 가볍게 움직일 것 같질 않았다. 설령 기차를 탄다고 해도 사장의 꾸지람을 모면할 방도가 없었다. 왜냐하면 급사가 다섯 시 기차를 기다리고 있다가 내가 내리지 않은 사실을 사장에게 벌써 보고해버렸을 테니까. 그놈은 주변머리가 없이 멍청한 데도 사장에게는 꽤나 아첨을 부릴 위인이야. 그러면 몸이 아파 결근한다고 보고해버리면 어떨까? 하지만 그건 그 어떤 일보다도 아주 불쾌한 일일 뿐더러 수상하다는 의심을 살 걸. 왜냐하면 그레고르는 자신이 5년이나 근무해오면서 지금까지 한 번도 병을 얻은 경우가 없었기 때문이다. 사장은 아마 생명보험사의 의사를 대동하고 집으로 올지도 모른다. 아들의 게으름 때문에 사장은 부모님께 욕설을 해댈 것이고, 또한 아무리 아프다고 변명하더라도 보험사 의사한테 진찰을 받아야 한다고 사장이 우기기라도 하면 모든 게 수포로 돌아가고 말 거야. 의사의 입장에선 아무런 이상도 없으면서 그저 일하길 싫어하는 사람으로 날 평가할지도 몰라. 이렇게 되면 의사만 탓할 수도 없잖아? 그레고르는 오랫동안 잠을 자고 난 뒤에도 더 자고 싶은 것만 빼고는 사실 이상이 없는 듯했고, 무엇보다도 심하게 배가 고팠다.

그가 좀체 침대를 떠날 결심을 못하고, 이런저런 생각을 하는 도중에 − 시계가 여섯 시 사십오 분을 가리켰다. − 때마침 침대의 머리 쪽 문을 조심스레 두드리는 소리가 들렸다.

"그레고르야" 하고 자신을 부르는 어머니의 목소리였다. "여섯 시 사십오 분이란다. 너 출근해야 하지 않니?" 부드러운 음성이다! 그레고르는 대답하는 자신의 목소리에 스스로 깜짝 놀라고 말았다. 지금까지의 자기 음성임엔 분명했으나, 어쩐지 아래쪽에서 울려나오는 듯하면서도 억제하지 못할 고통스러운 신음 같은 것이 뒤섞여 있었고 첫 순간에는 말을 똑똑하게 발음했으나 그 다음부터는 상대방이 분명히 알아듣거나 말거나 알 바가 아니라는 듯 발음 끝이 울림 때문에 뭉개져버리고 말았다. 그레고르는 자세히 설명하고 모든 걸 속 시원히 말하려 했다. 그러나 사정이 그랬기 때문에 "네! 네! 어머니, 벌써 일어났어요."라고 답했을 따름이었다.

문을 사이에 두고 있었으므로 밖에서는 그레고르의 음성이 변한 걸 알아차리지 못했을지 모른다. 어머니는 그의 대답에 안심을 하고 다리를 끌며 가버렸다. 그러나 이렇게 간단한 말을 주고받았기 때문에 벌써 출발했으리라 여겼던 그레고르가 아직껏 집안에서 꾸물거리고 있는 걸 가족들이 모두 알게 되었다. 그때 아버지가 옆문을 두드렸다. "그레고르야! 그레고르!" 하고 낮은 목소리로 아버지가 불렀다. "대체 어찌 된 거냐?" 이윽고 아버지가 다시 한 번 무거운 목소리로 대답을 재촉했다. "그레고르! 그레고르야!" 그런데 다른 쪽 문에서 가녀린 목소리로 누이동생이 애타게 불렀다. "어디 편찮으세요, 오빠! 뭐라도 요기할 걸 좀 갖다드릴까요?" 그래고르는 양쪽 문을 향해 대답했다. "준비가 모두 끝났어요." 그는 신중히 말하면서 한마디 사이에 간격을 두어 귀에 거슬리는 이상스런 목소리를 없애기 위해 또박또박 말했다. 아버지는 조반을 들기 위해 돌아갔으나 누이만은 아직껏 "오빠, 문 좀 열어보세요, 네?" 하고 속삭였다. 그러나 그레고르는 문 열 생각은 하지도 않았고, 게다가 출장 중에 얻은 습관, 즉 밤이면 온 집안의 문이란 문은 모조리 잠가 버리는 용의주도한 자신의 습관을 다행이라고 여기기까지 했다.

그래서 그는 방해받지 않고 조용히 일어나 옷을 주섬주섬

입고 우선 아침식사를 하려고 했다. 그런 다음에야 비로소 다음 할 일을 생각했다. 침대 속에서 아무리 생각해 보았자 별반 뾰족한 결론을 내릴 수 없음을 그는 잘 알고 있었기 때문이었다. 전에도 종종 잠자리가 불편했기 때문에 가벼운 고통을 느꼈으나 침대에서 일어나면 그것이 단순한 착각에 지나지 않았음이 밝혀졌던 적이 있었음을 떠올렸다. 그래서 오늘 아침에 일어난 사태도 서서히 풀어지기를 초조하게 기다렸다. 그레고르는 자기의 음성이 변해버린 것도 독감 같은, 다시 말하면 외판원의 직업병 증세가 틀림없다고 믿어 의심치 않았다.

이불을 박차는 것은 손쉬운 일이었다. 숨을 들이키면서 배를 약간 부풀리자 이불이 저절로 내려갔다. 그러나 그 다음이 힘들었다. 그의 몸은 굉장히 옆으로 퍼져 있었기 때문이었다. 일어나기 위해선 팔과 손을 써야 했다. 그러나 팔과 손은 없고 저마다 얽혀서 허우적거릴 뿐 그의 뜻대로 움직이지 않는 다리만이 여러 개가 있을 따름이었다. 그는 다리 하나를 한번 구부려보려고 했으나 그 다리는 제멋대로 쭉 뻗어질 따름이었다. 마침내 그는 쭉 뻗은 그 다리를 이용해서 마음먹은 대로 일어날 수 있었다. 그 사이 다른 다리들은 해방이라도 된 듯이 제멋대로 마구 움직여댔다. "자, 언제까

지고 침대 속에서 꾸물거려 봤자 아무 소용이 없지.” 하고
그레고르는 혼잣말을 했다.

우선 그는 하반신을 침대 밖으로 내밀려고 했다. 그러나
그는 자기의 하반신을 볼 수 없었을 뿐만 아니라, 도대체 어
떤 모양인지 도무지 짐작조차 할 수도 없었다. 그가 하반신
을 움직이려고 했을 때 그것이 얼마나 힘든 것인지를 깨달았
다. 그리고 동작이 아주 굼떴다. 결국 그는 발끈 화를 내며
온 힘을 다해서 몸을 사정없이 앞으로 밀어보았다. 그런데
방향을 잘못 잡는 바람에 몸이 옆으로 틀어지면서 침대의 쇠
기둥에 부딪히고 말았다. 부딪힌 자리가 몹시 화끈거리며 아
픈 것으로 보아 하반신의 감각은 아주 예민한 것 같았다.

그레고르는 생각을 바꿔서 상반신을 먼저 침대 밖으로 내
밀기로 하고 머리를 조심스레 돌렸다. 이렇게 하는 것은 무
척 쉬웠다. 체구가 넓고 크고 육중했지만 머리가 도는 대로
몸뚱이도 천천히 따라갔다. 그러나 침대 밖 허공으로 머리가
쑥 내밀어졌을 때, 이런 식으로 계속 앞으로 나아가는 것이
불안해졌다. 만약 이 상태로 침대 밖으로 나가려하다가는 결
국 침대 밑으로 굴러 떨어져버려서 기적이라도 일어나지 않
는 한 온전할 수 없을 것 같았다. 그는 정신이 번쩍 들면서
오히려 침대 속에 누워 있는 편이 낫겠다고 결론지었다.

그레고르는 한숨을 내쉬고는 안간힘을 써서 다시 처음의 자세로 되돌아왔다. 그의 작고 무수한 발들은 마치 그를 비웃기라도 하듯 한층 더 얽혀서 허우적거리고 있었고, 그는 이 제멋대로 움직이는 다리들을 진정시킬 방법이 없었다. 그러나 언제까지고 다리를 허우적거리며 침대 속에 누워있을 수는 없는 노릇이었다. 그는 무슨 수를 써서라도 침대를 빠져나가는 것이 이 상황에서 벗어날 수 있는 가장 좋은 방법일 것이라고 중얼거렸다. 동시에 그는 이 갑작스러운 상황에 절망하기보다는 침착하고 분별 있게 행동하는 것이 더 낫다는 것을 잊지 않았다. 그는 이러한 생각을 하며 날카로운 눈초리로 창문을 쳐다보았다. 그러나 좁은 거리 저쪽까지 자욱이 끼어 있는 짙은 안개 속을 아무리 바라보아도 어떤 위안이나 명랑한 기분은 느껴지지 않았다. "벌써 일곱 시로구나." 시계 종소리를 들었을 때 그는 이렇게 혼잣말을 했다. "일곱 시가 되었는데도 아직 안개가 저렇게 끼어 있다니." 그는 가볍게 심호흡을 하면서 차분한 가운데 다시 원래의 상태로 되돌아가기를 기대하듯이 잠시 동안 조용히 누워 있었다.

그러나 그 다음에 그는 스스로에게 말했다. "무슨 일이 있어도 일곱 시 십오 분까지는 꼭 일어나야겠다. 너무 꾸물거리면 무슨 일이 생긴 것으로 알고, 상점에서 누군가 나를 찾아올지도 모른다. 상점은 일곱 시 전에는 문을 열 테니까.”
그래서 그는 온몸의 균형을 잡고 몸부림치면서 침대 밖으로 빠져나가려고 했다. 이런 식으로 침대에서 떨어지면서, 머리만 조심해서 얼른 위로 올리면 다치지는 않을 것이다. 등은 딱딱한 것 같으니 양탄자 위에 떨어져 봐야 별 일 없을 것이다. 떨어질 때 소리가 너무 크게 나면 온 집안을 놀라게까지는 하지 않는다 하더라도 집안사람들이 걱정할 것이라 생각하면서 그는 무척 염려했다. 그래도 하기는 해야겠다.
그레고르가 침대에서 절반쯤 몸을 내밀었을 때 ― 이 새로운 방법은 힘이 들기보다도 재미있는 일이었다. 누운 채로 몸을 좌우로 흔들기만 하면 되었기 때문이다. ― 누가 와서 약간 도와주기만 하면 모든 게 간단하게 될 것만 같았다. 힘센 사람이 둘 ― 그는 아버지와 하녀를 생각했다. ― 만 있으면 충분할 것 같았다. 그들이 자기의 둥근 등 밑에 팔을 집어넣어서 몸을 살짝 들어내어 침대에서 자기 몸을 내려놓은 다음 허리를 구부리고 그가 마루 위에서 몸을 뒤집을 때까지 조심스레 참아 주기만 하면 될 것이다. 그 다음에는 이 조그만 다리들이 제대로 움직여줄 테니 말이다. 그때 그는 문이란 문을 모두 잠가 놓았다는 사실은 전혀 생각지도 않은 채 정말 도와달라고 소리를 지를 것인가를 고민했다. 아무리 어려운 처지에 있을지언정 이런 생각을 하자 웃음을 참을 수가 없었다.

그가 줄기차게 몸을 흔들어대는 바람에 중심을 잃고 침대에서 떨어질 지경에 이르자, 곧 결정을 내려야만 했다. 왜냐하면 오 분만 지나면 일곱 시 십오 분이 되기 때문이었다. 바로 그 순간 현관에서 벨이 울렸다. '상점에서 누가 왔구나.' 하고 생각하니 몸이 뻣뻣해지는 듯했다. 그러는 사이에도 작은 발들은 더욱 바쁘게 버르적거렸다. 온 집안이 잠시 조용해졌다. "문을 아무도 안 열어 주는구나!" 하고 그레고르는 마치 헛된 망상에 사로잡힌 듯이 혼잣말로 중얼거렸다. 그러나 그 후 분명히 하녀가 여느 때와 다름없는 침착한 걸음걸이로 현관으로 걸어가서 문을 열었다. 그레고르는 그 방문객의 첫인사만 듣고도 그가 누구인지 곧 알아챘다. 지배인이었다. 어찌하여 조금만 지각해도 심각하게 직무태만으로 의심 받는 이런 회사에 근무해야하는 운명이란 말인가. 도대체 사원들은 모두 하나도 빠짐없이 다 부랑배들이란 말인가. 그들 중에는 다만 아침 두서너 시간을 회사 일에 쏟아 붓지 못했다고 해서 양심에 가책을 느낀 나머지 마침내 침대에서 일어날 수도 없는 지경에 이를 만큼 충실하고 열성적인 사람은 없단 말인가? 사실 상황을 알아볼 요량이라면 급사를 시켜서도 충분하지 않은가 - 아무튼 물어봐야 할 일이 있다고 해도 - 지배인 자신이 봐야 한단 말인가? 그리고 이러한 의심스러운 사건의 조사는 지배인이 충분히 판단해서 처리할 수 있을 텐데, 죄 없는 내 가족들에게까지 알려야 한단 말인가? 그레고르는 각오를 단단히 해서가 아니라 오히려 이런 생각을 하면서 흥분했기 때문에 전력을 다해서 침대에서 뛰어내렸다. 쿵 하고 큰소리가 났다. 그러나 실은 큰소리가 아니었다. 양탄자가 깔려 있었으므로 소리가 약했다. 등도 그레고르가 생각했던 것보다는 탄력이 있었다. 그래서 떨어졌을 때 귀에 거슬리도록 묵직한 소리는 전혀 나지 않았다. 다만 주의를 잃어 머리를 충분히 들지 못했기 때문에 바닥에다 머리를 부딪치고 말았다. 그는 화가 치밀고 아파서 머리를 돌려 양탄자 위에 문질렀다.

"방안에서 무엇이 떨어졌는가 봐요." 하고 왼쪽 옆방에서 지배인이 말했다. 그레고르는 지배인에게도 언젠가 오늘 자기에게 일어난 것과 같은 일이 일어날지도 모른다고 상상해 보았다. 사실 그럴 가능성이 있을지도 모르겠다. 한데 이러한 그의 상상에 대답이라도 하는 듯이 옆방에서 지배인은 발에 힘을 주어 몇 발자국 걸음을 옮기며 에나멜 구두 소리를 냈다. 오른편 옆방에서는 누이동생이 그레고르에게 알리기 위해 속삭이고 있었다. "그레고르! 지배인이 오셨어요." "알았어." 하고 그는 이렇게 중얼거렸다. 하지만 누이동생이 알아들을 수 있을 만큼 크게 목소리를 내지는 못했다.

"그레고르야." 이번에는 아버지가 왼쪽 옆방에서 말했다. "지배인께서 오셔서 왜 아침 차로 떠나지 않았느냐고 물으신다. 어떻게 말씀드려야 할지 모르겠구나. 그보다도 지배인께서 개인적으로 너하고 말씀하시겠단다. 그러니 자, 문을 열어라. 방안이 너저분해도 지배인께서 널리 양해를 해주시겠지." "여보게, 잠자 군." 그 사이에 지배인이 정답게 불렀다. "몸이 좋지 않아요." 문 옆에서 아직 아버지가 말을 하고 있는 동안에 어머니가 지배인에게 말했다. "애가 몸이 편치 않아요. 지배인님, 제 말을 믿어 주세요. 그렇지 않다면 그레고르가 왜 기차를 놓쳤겠어요." "그 애의 머릿속엔 장사 일 빼놓고는 아무것도 없어요. 밤에 그 애가 외출을 한 번도 하지 않는다고 제가 얼마나 성화를 냈는지 모릅니다. 오늘도 벌써 일주일간이나 시내에 와 있으면서 저녁마다 집에만 처박혀 있답니다. 소일거리라곤 톱을 가지고 일하는 것뿐입니다. 이를테면 이삼 일 저녁 계속해서 조그마한 사진틀을 만든답니다. 어찌나 훌륭한지 보시면 놀라실 겁니다. 방안에 걸려 있어요. 그레고르가 문을 열면 이내 보실 수 있습니다. 무엇보다도 이처럼 당신이 와 주셔서 영광입니다. 지배인님, 우리들만으로는 그레고르에게 문을 열게 하지는 못했을 겁니다. 그 애는 보통 고집이 아니라서 말이지요. 아침에 물어보았더니 그렇지 않다고 하긴 했습니다만, 틀림없이 몸이 성치 않을 것입니다." "곧 갑니다." 하고 그레고르는 천천히 말하고 말소리를 한마디도 놓치지 않으려고 조심스레 숨을 죽이고 있었다. "나도 그밖에 다른 것은 생각할 수 없겠는데요, 부인." 하고 지배인이 말을 이었다. "대수로운 일이 아니면 좋겠는데요. 한편 우리 상인들은 ― 행복하든 불행하든 아무튼 자기 사정이 어떻든 간에 ― 약간 몸이 불편한 정도는 언제나 장사 생각을 해서라도 참고 극복해 나가지요." "그러면 지배인께서 들어가셔도 좋으냐?" 하고 아버지는 초조하게 이렇게 묻고 다시 방문을 두드렸다. "안 됩니다." 하고 그레고르가 말했다. 왼쪽 방에는 질식할 듯한 침묵이 흐르고 오른쪽 옆방에서는 누이동생이 흐느껴 울기 시작했다.

대관절 누이동생은 왜 다른 사람들이 있는 데로 가지 않았을까? 그 애는 지금 막 일어나서 옷도 아직 갈아입지 못한 모양이지. 한데 무슨 이유로 울고 있는 것일까? 내가 일어나지 않고 또 지배인을 들어오지 못하게 해서인가? 실직을 염려하여 그런 것일까? 그렇지 않으면 상점 주인이 옛날 빚을 독촉할까봐 그런 것일까? 그런 따위는 서둘러서 걱정할 필요도 없는 일이다. 그레고르는 아직 건재할 뿐만 아니라 결코 부모를 저버릴 생각은 해본 일조차 없다. 그는 잠시 동안 양탄자 위에 누워 있었다. 지금 그의 상황을 알고 있는 사람이라면 그에게 안으로 지배인을 들여보내라고 말할 사람은 아무도 없을 것이다. 그리고 다음에라도 쉽사리 변명할 수 있는 이런 하찮은 실수 때문에 그레고르가 즉각 상점에서 해고되는 일은 없을 것이다. 그래서 그레고르는 울며불며 지배인을 귀찮게 하기보다는 그를 그대로 내버려 두는 편이 훨씬 현명한 일인 것처럼 생각되었다. 그러나 그의 애매한 태도야말로 종잡을 수 없으리만큼 다른 사람들을 당황케 할 뿐만 아니라 그들의 태도를 정당화시키는 계기가 되었던 것이다.

"잠자 군." 하고 지배인은 마침내 언성을 높여 불렀다. "대관절 어떻게 된 일인가? 자네는 자네 방안에 들어앉아서 다만 '네!', '아니오!' 하는 대답만 하고 있으니, 자네 부모에게 괴롭고 부질없는 심려만 끼치고 또 ― 말이 나왔으니 말인데 ― 자네는 전무후무한 방법으로 직업상의 의무를 게을리 하고 있네. 난 여기서 자네 부모와 자네 주인을 대신해서 말하는 것이니, 속히 확실한 설명을 해주길 바라네. 이런 법이 어디 있나. 그래도 나는 자네를 침착하고 분별 있는 사람이라고 생각했는데, 지금 자네는 별안간 이상한 기분을 자랑하려고 수작을 벌이는 것 같네. 오늘 아침 사장님이 자네의 지각에 대해 넌지시 말씀하셨네만 — 얼마 전 자네에게 맡긴 회수금 문제라고 말이네 — 그래도 나는 그런 생각은 당치도 않다고 한사코 자네를 옹호했단 말일세. 그러나 자네가 이해할 수 없는 고집을 계속 부리고 있는 것을 보니 더 이상 자네를 위해 변명해줄 생각이 조금도 들지 않네. 그리고 자네의 지위는 결코 확고부동한 것은 아닐세. 나는 처음 단둘이서만 모든 걸 얘기하려고 생각했었는데, 자네가 쓸데없이 시간만 낭비하게 하고 있으니 어쩔 수 없이 부모님께서 듣지 않아도 될 말을 해야겠네. 요즘 자네의 근무실적은 별로 만족스럽지가 않아. 물론 요즘 경기가 좋지 않다는 것은 우리도 잘 알고 있네. 하지만 장사가 안 되는 시기가 따로 있는 것도 아니고 또 있어서도 안 된단 말이야. 알겠나, 잠자 군.”
“아아, 지배인님.” 그레고르는 흥분한 끝에 저도 모르게 소리를 질렀다. “네, 지금 바로 일어나겠습니다. 몸이 약간 불편하고 현기증이 나서 일어날 수가 없었습니다. 아직 침대에 누워 있습니다만 지금은 많이 좋아졌습니다. 지금 침대에서

막 나오고 있습니다. 조금만 참아 주십시오! 아직 완전히 나아지진 않았지만 곧 좋아질 겁니다. 어쩌면 이렇게 갑자기 아프다니, 저도 기가 막힙니다! 어제 저녁까지도 아무렇지 않았거든요. 부모님도 잘 알고 계십니다. 아니, 생각해 보니, 어제 저녁부터 기미가 좀 이상하기는 했습니다. 누군가가 저를 주의 깊게 관찰했다면 아마도 알아챘을 겁니다. 왜 제가 상점에 알리지 않았던 것일까요! 이 정도의 병은 집에 누워 있지 않아도 충분히 견딜 수 있을 거라고 생각했습니다. 지배인님! 저의 부모님을 나무라지 마십시오. 저에 대한 지배인님의 비난은 너무도 터무니없습니다. 여태껏 저는 한 번도 그런 비난을 들어본 적이 없습니다. 아마도 지배인님은 제가 보낸 최근의 주문서를 읽어 보지 않으신 모양입니다. 좌우간 여덟 시 차로는 출발하겠습니다. 두서너 시간 쉬었더니 기운이 나는군요. 제발 먼저 가십시오. 지배인님! 저도 직장으로 곧장 나가겠습니다. 제발 사장님께 말씀 좀 잘 드려 주십시오!"

그레고르는 이러한 말을 급히 쏟아 놓느라 자기가 무슨 말을 했는지 거의 알 수가 없을 지경이었다. 그는 침대에서 미리 연습을 한 덕분인지 쉽게 장롱 쪽으로 다가가서 거기에 의지해서 일어서려고 했다. 사실 그는 문을 열고 자기 모

습을 보여 주며 지배인과 이야기할 생각이었다. 방안으로 그
렇게도 들어오고 싶어 하는 저 사람들이 변한 내 모습을 보
면 뭐라고 할지 자못 궁금했던 것이다. 분명히 그들은 깜짝
놀라 자빠질 것이다. 하지만 그것은 그의 잘못은 아니니 변
명할 필요도 없이 그저 잠자코 있으면 된다. 만약 그들이 대
수롭지 않게 받아들인다면, 그땐 자기도 흥분할 이유라곤 없
으므로 바삐 서두르면 여덟 시에는 정말로 정거장에 도착할
수 있을 것이다. 처음 몇 번은 반들반들한 장롱에서 미끄러
졌지만, 몸을 뒤흔들며 마침내 꼿꼿이 일어설 수 있었다. 하
반신에 타는 듯한 아픔이 느껴졌지만 그는 조금도 개의치
않았다. 이제 그는 가까이 있는 의자 뒷전에 몸을 던져 조그
만 발들로 의자를 꽉 붙잡았다. 그 덕에 몸을 가눌 수 있게
되었고 이윽고 입을 다물었다. 이제 지배인의 말소리를 들을
수 있었기 때문이다.

"한 마디라도 알아들으셨습니까?" 하고 지배인이 부모에
게 질문했다. "틀림없이 저희들을 놀리고 있는 건 아니겠지
요?" "천만에요, 그럴 리가 있겠습니까." 어느덧 어머니는
울상이 되어 말했다. "확실히 그 애는 심하게 아픈 것 같아
요. 우리가 그 애를 너무 괴롭히고 있어요. 그레테! 그레테!"
하고 어머니는 외쳤다. "네?" 하고 맞은편에서 누이동생이

소리를 쳤다. 그들은 그레고르의 방을 사이에 두고 이야기하고 있었다. "속히 의사한테 다녀오너라. 그레고르가 병이 났어. 속히 의사를 데려와. 넌 지금 그레고르가 말하는 소리를 들었느냐?" "짐승의 소리였습니다." 어머니의 아우성에 비해서 너무나 조용한 목소리로 지배인이 말했다. "안나야! 안나야!" 아버지는 문지방을 통해 부엌에다 대고 부르며 손뼉을 쳤다. "빨리 자물쇠 장수를 불러 오너라!" 그때 벌써 소녀는 치맛자락을 끌면서 문지방으로 뛰어가고 있었다. ― 누이동생은 대체 어떻게 옷을 그리도 빨리 입었을까? ― 현관문이 열렸다. 문이 닫히는 소리는 전혀 들리지 않았다. 안 좋은 일이 일어난 집에서 흔히 그렇듯이 문을 열어 놓은 채 내버려 두었다.

그러나 그레고르는 훨씬 침착해졌다. 사실 그는 귀가 익숙해진 때문인지 전보다도 훨씬 똑똑하게 잘 들리는데도 사람들은 그의 말을 전혀 알아듣지 못했다. 그러나 사람들은 이미 그가 정상이 아니라고 여기고 그를 도울 준비를 하고 있었다. 처음 몇 가지를 확고하고 침착한 태도로 지시하는 것이 그를 기분 좋게 했다. 그는 다시 사람 축에 끼이게 된 것을 느꼈다. 그리고 의사와 자물쇠 장수에 대해서는 ― 이들을 명확히 구분하지도 않은 채 ― 이 두 사람이 굉장하고 놀라운 일을 해내지 않을까 기대하고 있었다. 중요한 이야기를 나누어야할 순간이 다가오는 만큼 그는 될 수 있으면 분명한 목소리를 내기 위해서 밭은기침을 했다. 그리고 가능한 기침소리를 낮추려고 애를 썼다. 이제는 더 이상 판단할 자신이 없어졌지만 이 소리마저도 사람의 기침소리와 다르게 들리지 않을지 두려웠기 때문이었다. 그러는 사이에 옆방은 조용해졌다. 아마 부모와 지배인은 책상 옆에 앉아서 귀엣말로 소곤거리거나 모두들 문에 기대어 귀를 기울이고 있는지도 모른다.

그레고르는 문 쪽으로 의자를 천천히 밀고 나아갔다. 그리고는 의자에서 문 쪽으로 몸을 던져 몸을 붙잡고 똑바로 섰다. ─ 그의 발바닥에서는 약간 끈적거리는 액이 나왔다. ─ 격한 움직임으로 인한 긴장을 풀고 잠시 그대로 있었다. 그 다음 입으로 열쇠 구멍의 열쇠를 돌리기 시작했다. 안타깝게도 이빨이라 할 만한 것이 하나도 없었다. ─ 열쇠를 어떻게 돌리면 될까? ─ 그러나 이빨이 없는 대신에 턱의 힘은 셌다. 턱의 힘으로 열쇠를 돌릴 수가 있었다. 그러면서 분명히 어딘가 상처를 입은 것 같은데 그것을 돌아볼 겨를도 없었다. 입에서 갈색의 액체가 흘러 나와 열쇠 위를 흘러서 바닥으로 뚝뚝 떨어졌기 때문이다. "좀 들어 보십시오!" 하고 옆방에서 지배인이 말했다. "열쇠를 돌리고 있습니다." 그 말이 그레고르에게 큰 힘이 되었다. 아버지와 어머니까지도 '그레고르, 힘내라!' 하고 자기를 격려해 주었으면 싶었다. '이봐, 힘을 내라, 열쇠를 꼭 붙잡아!' 하고 외쳐 주면 얼마나 좋을까. 모든 사람들이 자기가 애쓰며 흥분해 있는 것을 긴장된 상태로 보고 있으리라고 생각하자 그는 그야말로 필사적으로 정신없이 열쇠를 물고 매달렸다. 열쇠가 돌아갈 때 그의 몸도 자물쇠 주위를 함께 돌아 입으로 몸을 지탱하고 있었다. 그는 열쇠에 매달리거나 온몸의 무게로 위에서 내리누르기도 했다. 이윽고 자물쇠가 짤깍하고 열리는 맑은 소리에 그레고르는 정신이 번쩍 들었다. 그는 한숨을 돌리고서 "자물쇠 장수가 무슨 소용이야." 하고 입속으로 중얼거렸다. 그리고 문을 활짝 열어젖히려고 문 손잡이 위에 고개를 올려놓았다.

그가 이렇게 문을 열었기 때문에 문이 활짝 열렸어도 그의 모습은 가려져서 방 밖에서는 아직 보이지 않았다. 우선 그는 문의 판자를 따라 서서히 바깥쪽으로 돌아가야 했다. 더욱이 문 앞에서 벌렁 나자빠지는 꼴사나운 상황을 연출하지 않으려면 더욱 조심스럽게 신경을 써야만 했다. 그때까지도 그는 이런 힘겨운 동작에 정신이 팔려 있었기 때문에 다른 것에는 신경 쓸 여유도 없었다. "오!" 하고 그때 신음하듯이 내뱉는 지배인의 큰 목소리가 들렸을 때까지도 ― 그 목소리는 마치 바람이 지나가는 소리처럼 들렸다. ― 문 옆에 가장 가까이 서 있는 지배인의 모습이 눈에 들어왔다. 그는 얼빠진 표정으로 벌린 입을 한 손으로 막고는 마치 무슨 힘에 밀리기라도 하듯이 어물어물 뒷걸음질 치기 시작했다. 어머니는 ― 지배인이 왔는데도 어젯밤부터 풀어 헤친 머리를 손질하지도 못하고 서 있었다. ― 처음에는 두 손을 모으고 아버지를 쳐다보더니 다음에는 그레고르 쪽으로 두어 걸음 걸어와서 느닷없이 쓰러지고 말았다. 그 바람에 그녀의 치마는 사방으로 쭉 퍼졌다. 얼굴은 가슴 속에 파묻혀서 전혀 보이지도 않았다. 아버지는 증오에 찬 표정으로 그레고르를 방 안에다 몰아넣으려는 것처럼 주먹을 불끈 쥐었다가 어쩔 줄을 몰라 하며 거실을 불안하게 두리번거리더니 이내 두 손으로 얼굴을 가리고는 뚱뚱한 가슴을 들먹이며 울기 시작했다.

그레고르는 거실로는 발도 들여놓지 못한 채 빗장이 잠긴 안쪽 문에 기대어 있었기 때문에 그의 몸은 밖에서는 반쯤 보이고 그 위에 옆으로 갸우뚱 기울인 머리만이 보일 따름이었다. 그는 그런 자세로 여러 사람들을 엿보고 있었다. 그러는 사이에 날이 훨씬 환하게 밝아왔다. 길 건너편에는 우뚝 솟아서 기다랗게 서 있는 거무튀튀한 건물 - 그것은 병원이었다. - 의 일부분이 확연하게 나타났다. 길 쪽으로 난 창문이 규칙적으로 나란히 뚫려 있었다. 아직도 비가 내리고 있었다. 하나하나 눈에 띌 만큼 굵다란 빗방울이 땅 위로 한 방울씩 떨어지는 것 같았다. 식탁 위에는 아침밥을 먹고 난 접시들이 잔뜩 놓여 있었다. 아버지에게는 하루 중에서 아침이 가장 중요한 식사시간이었다. 신문을 이것저것 읽으면서 아침을 먹기 때문에 식사가 끝날 때까지 몇 시간이 걸리기도 했다. 바로 맞은편 벽에는 군(軍) 시절의 그레고르 사진이 걸려 있었다. 육군 소위로 복무 중이었을 때의 사진으로 대검을 잡고 거리낌 없는 미소를 띠우는 폼이 마치 자신과 군복의 위엄에 경의를 표하라고 강요하는 듯이 보였다. 현관으로 나가는 문이 열려 있었고, 현관문도 열려 있었기 때문에 현관 앞에 있는 계단 입구가 내다보이고 아래층으로 통하는 계단의 첫머리가 보였다.

"자, 그럼" 하고 그레고르는 입을 열었으나, 그때 침착한 태도를 유지할 수 있는 사람은 오직 자기뿐임을 뚜렷하게 의식하고 있었다. "즉시 옷을 입고 견본을 꾸려가지고 출발하겠습니다. 떠나도 상관없겠죠? 지배인님, 보시다시피 저는 고집불통이 아니라 일하기를 좋아하는 사람입니다. 출장 여행은 정말 고통스럽습니다만 여행을 하지 않고서는 먹고살 수가 없을 겁니다. 지배인님, 대관절 어디로 가십니까? 모든 일을 사실대로 보고하실 작정이세요? 당장은 일할 능력이 없습니다만, 그동안의 제 성과를 참작해주신다면 지금의 문제를 해결하고 나서, 저도 정신을 차리고 더욱더 부지런히 일하게 되리라는 점을 생각해야 할 시점이 아니겠습니까. 지배인님도 잘 아시다시피 저는 사장님께 많은 신세를 졌습니다. 그런데다 전 부모님과 누이동생을 걱정해야 합니다. 저는 어려운 처지에 놓여 있습니다만 어떻게든 이 상황에서 벗어나려고 노력하겠습니다. 그러니 부디 더 곤란한 처지에 빠지지 않도록 도와주십시오. 상점에서 제 편이 되어 주십시오. 사람들이 외판원을 좋아하지 않는 것은 저도 잘 알고 있습니다. 외판원이 큰돈을 벌어서 화려한 생활을 한다고들 생각하는 거죠. 사람들의 이런 오해를 바꿀 수 있는 이렇다 할 좋은 기회는 별로 없을 겁니다. 하지만 지배인님, 당신은 다른 사원들보다도 상점의 실정을 더 잘 알고 계실 겁니다. 사실 누가 듣는 사람이 없으니 말이지만 사장보다도 당신이 더 잘 알고 계십니다. 사장은 고용주라는 직위 때문에 자칫하면 고용인에 대해서 불리한 판단을 내리기가 십상이지요. 당신도 잘 아시다시피 거의 일 년을 꼬박 상점 밖에서 돌아다니는 저희 외판원들은 뒷소문이나 뜻밖의 일, 근거 없는 비난의 희생양이 되기 쉽지만 정작 외판원 본인은 그런 사실을 전혀 알지 못해서 막아낼 도리도 없습니다. 지칠 대로 지쳐서 집에 돌아와서야 비로소 무언가 원인조차 알 수 없는 불쾌한 증세나 결과를 몸으로 느끼는 형편입니다. 지배인 님, 제발 떠나시기 전에 최소한 제 말이 틀리지 않았다고 한 마디라도 좋으니 인정해 주십시오.”

그러나 지배인은 그레고르의 첫마디 말을 듣자마자 옆으로 몸을 돌려 버렸고, 입술을 위쪽으로 삐쭉 치켜 올린 채 들먹거리는 어깨 너머로만 그레고르 쪽을 돌아다볼 뿐이었다. 그레고르가 말하는 동안에도 잠시도 가만히 서 있지 않고 그에게 시선을 고정시킨 채 문 쪽으로 뒷걸음질을 쳤다. 마치 방을 나가면 안 된다는 명령을 듣기라도 한 것처럼 그는 슬금슬금 뒤로 물러나갔다. 이윽고 현관 입구에 이르자 그는 잽싸게 몸을 돌리며 날쌘 동작으로 거실에서 마지막으로 발을 뺐다. 만약 누군가가 그 꼴을 보았다면 그가 발바닥을 불에 데었다고 생각했을 것이다. 그는 현관에서 마치 신의 강력한 구원의 손길이 기다리고 있다는 듯이 계단 쪽으로 오른손을 한껏 뻗었다.

그레고르는 오늘 일로 인해 상점에서 차지하는 자기 지위

가 위험하게 되는 것을 막으려면 어떻게 해서든지 지배인을
지금의 기분으로 집을 나서게 해서는 안 된다고 판단했다.
부모님은 모든 사정을 잘 이해하지 못했다. 오래 전부터 부
모님은, 그레고르가 상점에서 열심히 일하기만 한다면 평생
의 생활은 틀림없이 보장된다고 확신하고 있었던 것이다. 그
러나 지금 당장 발등에 떨어진 근심 때문에 골치가 아파서
장래의 문제까지 생각할 마음의 여유가 없었다. 그러나 그레
고르는 바로 그 장래의 일을 염려했다. 지배인을 붙들어 놓
고 마음을 진정시키게 하여 달랜 다음 마침내는 그의 환심
을 사도록 하지 않으면 안 된다. 그레고르와 그의 가족들의
장래는 바로 그 일의 성패에 달려 있는 것이다. 누이동생이
이 자리에 있으면 좋겠는데! 누이동생은 영리했다. 그레고르
가 아직 태연하게 자빠져 누워 있을 때 누이동생은 오빠를
위해 울고 있었다. 여자라면 사족을 못 쓰는 지배인이니 누
이동생을 통해서 그를 설득시킬 수도 있을 것이다. 누이동생
이라면 현관문을 꼭 잠그고 현관에서 지배인을 붙들고 오늘
일어난 놀라운 사실을 죄다 해명하고 그의 마음을 무마시킬
수도 있을 것이다.

그러나 아쉽게도 누이동생은 자리에 없었다. 그레고르가
직접 일을 처리하지 않으면 안 되었다. 현재의 몸 상태로는

어떻게 움직여야 하는지도 알 수 없을뿐더러 또 자신의 말을 상대방은 전혀 알아듣지 못할 테지만, 그는 그런 것에 대해서는 생각하지도 않고 별안간 문 옆을 벗어나 슬금슬금 문틈으로 몸을 내밀고 문지방을 넘어 지배인 쪽으로 가려고 했다. 그때 지배인은 우스꽝스럽게도 현관 계단 난간을 두 손으로 꼭 잡고 있었다. 그러나 그레고르는 무엇이든 붙잡을 것을 찾아 허우적대다가 조그맣게 비명을 지르며 수많은 작은 발을 깔고 마루 위에 쓰러져 버렸다. 그러나 그렇게 쓰러지자마자 그는 오늘 아침 처음으로 몸이 편안해진 것을 느꼈다. 그는 발밑에 딱딱한 마루를 딛고 있었다. 그가 기쁘게 생각한 것은 발들이 말을 잘 들어 주는 것이었다. 그 발들은 그가 가고 싶은 방향으로 옮겨주려고 애쓰기까지 했다. 잠시 후면 모든 고통은 다 사라지고 건강도 완전히 되찾을 것 같았다. 그가 무턱대고 움직이려는 충동을 억지로 참고 몸을 흔들면서, 어머니가 있는 곳 근처 마루 위에 엎드리자 넋이 나간 듯 앉아 있던 어머니가 별안간 벌떡 일어나 양팔을 쭉 뻗고 손가락을 쫙 편 채 소리를 쳤다. "사람 살려요!" 어머니는 그레고르를 더 자세히 쳐다보려고 옆으로 비스듬히 머리를 기울였으나 몸은 그 반대로 허겁지겁 뒷걸음질을 쳤다. 어머니는 음식이 차려진 것도 까맣게 잊고 식탁 위로 뛰어 올라앉았다. 그 바람에 주전자가 엎어지면서 커피가 쏟아져 양탄자 위로 흘러내리는 것도 모르고 있었다.

"어머니, 어머니," 하고 그레고르는 나직한 목소리로 어머니를 올려다보았다. 그 순간 지배인에 대한 생각은 까맣게 잊어버렸다. 반면 흘러내리는 커피를 보자 몇 번이고 입을 벌려 핥아 먹고 싶은 충동을 참지 못했다. 그러자 어머니는 비명을 지르며 식탁에서 뛰어내려 도망을 치다가 맞은편에서 달려온 아버지의 품안에 쓰러졌다. 그러나 그때 그레고르는 부모를 신경 쓸 겨를이 없었다. 지배인은 이미 계단 위에서서 난간 위에 턱을 올려놓고 마지막으로 뒤를 돌아다보았다. 그레고르는 가능한 한 지배인을 꼭 붙들려고 앞으로 달려갔다. 그러나 지배인은 벌써 눈치를 채고서 몇 단씩 한꺼번에 계단을 뛰어내려 사라지고 말았다. "후!" 하는 외침이 계단 밑에서 위로 울려 왔다. 지배인이 달아나자 그때까지 침착한 태도를 보이던 아버지는 별안간 당황하는 것 같았다. 아버지는 지배인을 뒤쫓아 가지도 않았고, 그렇다고 지배인을 붙잡으려는 그레고르를 막지도 않았다. 아버지는 지배인의 외투와 모자가 걸려 있는 긴 의자에서 지팡이를 집어 들어 오른손에 쥐고, 왼손에는 탁자 위에 있던 신문을 들고는 두 팔을 마구 휘두르며 발을 굴러 그레고르를 방 안으로 다시 몰아넣으려고 하였다. 그레고르가 아무리 애원을 해도 소용이 없었다. 그의 말이 통하는 것 같지가 않았다. 그레고르는 단념하고 머리를 돌리려고 했으나 아버지는 점점 더 요란하게 발을 굴렀다. 어머니는 무척 추운 날씨에도 창문을 열어젖히고는 두 손으로 감싸 쥔 얼굴을 창밖으로 내놓고 있었다. 그때 마침 골목길과 계단 사이로 불어온 바람 때문에 창문 커튼이 날리면서 책상 위에 놓인 신문 몇 장이 소리를 내며 마루로 우수수 떨어졌다. 아버지는 정신없이 그를 몰아넣으며 흡사 야만인처럼 슛슛 소리를 쳤다. 하지만 그레고르는 뒷걸음질 하는 법을 몰랐기 때문에 동작이 매우 느렸다. 만약 몸을 돌릴 수만 있었다면 즉시 자기 방으로 돌아갔을 것이다. 그러나 몸을 돌리느라고 시간을 끌다가 아버지의 화를 돋울까봐 겁이 났다. 아버지가 손에 들고 있는 지팡이로 등이나 머리를 언제 후려칠지 몰라서 벌벌 떨었다. 한편 뒷걸음질을 치다가 방향을 잘못 잡을까 걱정되어 그는 불안한 눈길로 아버지를 살피며 빨리 방향을 돌리려고 했다. 그러나 그 동작은 너무도 굼떴다. 그때서야 아버지는 그의 뜻을 알아차렸는지 심하게 괴롭히지는 않고 오히려 그가 몸을 돌릴 수 있도록 지팡이 끝으로 도와주었다. 다만 듣기 싫은 저 슛슛하는 소리만 없다면 얼마나 좋을까. 그레고르는 그 소리를 들으니 머리가 어질어질해서 미칠 지경이었다. 거의 다 돌아섰을 때 끊임없이 슛슛하는 듣기 싫은 소리에 정신이 혼미해져 그만 방향을 잘못 잡아서 너무 돌아버렸다. 다행히도 그의 머리가 문 입구에 닿았으나 그대로 문을 통과하기에는 몸이 너무나 뚱뚱하다는 것을 깨달았다. 하지만 아버지는 그가 들어갈 수 있는 길을 마련해 주려면 닫혀 있는 다른 문을 열어 주면 된다는 생각이 좀체 떠오르지 않았다. 될 수 있는 한 빨리 그레고르를 방 안으로 몰아넣으려는 생각만이 머리에서 떠나지 않았기 때문이다. 그레고르는 똑바로 일어서기만 하면 문제없이 문을 통과하리라 생각했지만 그러기 위해서는 여러 가지로 까다로운 준비가 필요했다. 하지만 아버지는 절대로 그것을 승낙할 것 같지 않았다. 아버지는 도리어 그의 난감한 상황을 생각하지 않고 기이한 소리를 내면서 기를 쓰고 그를 앞으로 몰아댔다. 그때 그레고르의 뒤에서 들리는 음성은 아무리 들어보아도 이 세상에 단 한 분밖에 없는 아버지의 음성 같지 않았다. 실상 그쯤 되면 농담이라고는 생각할 수 없었다. 그레고르는 – 될 대로 되라는 듯이 – 문을 향해 전진했다. 몸이 한쪽 문에 끼어 돌려지더니 문틈 옆으로 비스듬히 쓰러졌다. 옆구리를 스치면서 상처를 입었기 때문에 하얀 문에 더러운 얼룩이 생겼다. 그는 문에 꽉 끼여서 더 이상 혼자서는 움직일 수가 없었다. 한쪽에 달린 발들은 허공에서 바르르 떨고 있었고, 다른 쪽 발들은 마룻바닥에 짓눌려 무척 아팠다. 그때 아버지가 뒤에서 세차게 발길질을 했기 때문에 그는 피투성이가 되어 자기 방 안으로 깊숙이 밀려 떨어졌다. 아버지는 지팡이로 문을 탕 하고 닫았다. 이제 주위는 고요해졌다.

2.

저녁 무렵이 되어서야 그레고르는 실신과 다름없는 고통스러운 잠에서 깨어났다. 그는 실컷 자고 마음껏 쉬었기 때문에 그 이상 더 오래 잠을 잘 수는 없었다. 빨리 걸어가는 발자국 소리와 현관으로 통하는 문이 조심스럽게 닫히는 소리에 잠이 깬 것 같았다. 가로등불이 여기저기 천정과 가구 위를 푸르스름하게 비추고 있었다. 하지만 아래쪽 그레고르의 침대 주위는 깜깜하였다. 어물어물 기어서 그때야 비로소 소중함을 깨닫게 된 촉각으로 불안하게 더듬어가며 무슨 일이 일어났는지 살피기 위해 문 쪽으로 몸을 옮겼다. 왼쪽 옆구리에 난 기다란 상처가 불쾌하게 잡아당기는 것 같았다.

그래서 그는 두 줄로 달린 작은 발들을 번갈아 절름거리며 걸어야 했다. 아침에 사고가 났을 때 발 하나를 몹시 다쳤기 때문에 - 좌우간 발 하나만 다쳤다는 것은 거의 기적이라고 할 수 있었지만 - 그 다리를 힘없이 질질 끌었다.

문 가까이 와서야 비로소 무엇이 자기를 이끌었는가를 깨달았다. 그것은 어떤 음식의 냄새였다. 문 앞에는 구미를 돋우는 달콤한 우유가 가득 담겨 있고 그 위에 흰 빵 조각이 둥둥 떠 있는 그릇이 놓여 있었다. 그는 아침보다 훨씬 배가 고팠기 때문에 너무나 기뻐서 웃음을 터뜨릴 뻔하였다. 그는 곧 눈 위까지 잠기도록 머리를 우유 속에 처박았다. 하지만 그는 쓰라린 고통을 느끼며 머리를 다시 들었다. 왼쪽 옆구리가 거북해서 먹기가 난처했을 뿐만 아니라 - 몸 전체를 헐떡거리며 움직이면 먹을 수는 있었지만 - 누이동생이 일부러 평소에 자기가 가장 좋아하는 음식을 들여놓아준 것이겠지만 어쩐 일인지 맛을 전혀 느낄 수가 없었다. 결국 그릇에서 몸을 돌려 다시 방 가운데로 기어 돌아왔다.

그레고르가 문틈으로 내다보니, 거실에는 가스등이 켜 있었다. 하지만 전 같으면 이 무렵에는 늘 아버지가 어머니나 누이동생에게 석간신문을 읽어주셨는데 지금은 아무 소리도 들리지 않았다. 누이동생이 언제나 자기에게 이야기하고 편지에도 적어 보냈던 이 신문 읽기도 아마 이제는 그만 둔 모양이었다. 하지만 분명히 가족들이 집을 비우지는 않은 것 같았는데 주위가 너무나 조용했다. "어쩌면 이렇게도 식구들이 조용히 지낼까." 그레고르는 혼잣말을 중얼거리고는 가만히 눈앞의 어둠을 응시하면서 자기가 부모나 누이동생을 위해 이런 훌륭한 집에 살림을 마련해 줄 수 있었다는 사실이 새삼 자랑스러웠다. 그런데 이제 와서 이 모든 평화와 행복과 만족이 순식간에 충격적으로 끝나버린다면 어떻게 될까? 이런 불길한 생각에 잠기지 않으려고 그레고르는 몸을 움직이며 방 안을 이리저리 기어 다녔다.

저녁시간이 오래 흐르는 동안 한 번은 옆에 있는 문이, 또 한 번은 다른 쪽 문이 조금 열렸다가 금세 닫혀 버렸다. 누가 방으로 들어오려고 하면서도 주저했던 모양이다. 그레고르는 망설이고 있는 손님을 어떻게 해서든 안으로 끌어들이든지 아니면 적어도 그것이 누구인지 알아볼 작정으로 문옆에 착 달라붙었다. 하지만 더 이상 문은 열리지 않았고 아무리 기다려 보아도 소용없었다. 아침에 문이 잠겨 있었을 때에는 모두들 방 안에 들어오고 싶어 하더니, 이제 그가 한쪽 문을 열어 놓고, 또 다른 쪽 문들도 분명히 낮부터 줄곧 열려 있었지만 아무도 들어오지 않았고 오히려 지금은 밖으로 자물쇠가 잠겨 있었다.

밤이 늦어서야 비로소 거실 전등이 꺼졌다. 그래서 부모와 누이동생이 늦게까지 잠을 자지 않고 있었다는 사실을 알 수 있었다. 세 사람 모두가 발끝으로 사뿐사뿐 걸어 다니는 소리가 똑똑히 들려왔기 때문이다. 물론 다음날 아침까지 누구도 그레고르의 방에 늘어온 사람은 없었다. 그레고르는 자기 생활을 어떻게 새로 꾸미면 좋을까, 생각해 볼 충분한 여유가 있었다. 그러나 지난 5년간이나 살아왔던 이 천장 높은 방이 갑자기 이유 없이 불안하게 느껴졌다. 그는 자기도 모르게 몸을 돌려 의자 밑으로 기어 들어갔으나 이상한 수치심을 금할 수 없었다. 약간 등허리가 내리 눌리며 머리도 들 수 없게 되자 오히려 아늑함을 느끼고 이내 기분이 풀렸다. 몸집이 너무 비대해서 의자 밑으로 쑥 들어갈 수 없는 것이 안타까울 따름이었다.

밤새도록 의자 밑에 누워서 반쯤 졸다가 배가 고파서 깜짝 잠에서 깨기도 하고 또 걱정과 막연한 희망 속에서 하룻밤을 세웠다. 하지만 지금의 자기 때문에 가족들이 겪게 될 괴로움을 감당하려면 스스로 냉정하고 신중한 태도를 잃지 말아야 한다고 다짐했다.

아직 밝지도 않은 새벽녘에 그레고르는 자기가 막 결심한 것을 시험해 볼 기회가 생겼다. 거실에서 이미 몸치장을 끝낸 동생이 문을 열고 긴장된 표정으로 방 안을 들여다보았다. 누이동생은 그를 곧 발견하지 못했다. 하지만 의자 밑에 있는 모습을 보았을 때 — 아! 어디건 방 안에 있어야 하지 않겠는가. 날아서 달아날 수도 없는 노릇이 아닌가. — 질겁을 하며 밖에서 다시 문을 닫아 버리고 말았다. 그러나 누이동생은 자기의 행동에 대해 후회했는지 곧 다시 문을 열었다. 흡사 중환자 집이나 낯선 남자 곁에 있는 듯이 조심조심 걸어 들어왔다.

그레고르는 의자 가장자리까지 머리를 바싹 내밀고 누이동생을 쳐다보았다. 그녀는 과연 자기가 우유를 먹지 않고 그대로 남겨둔 것을 알아챌 것인가. 그것도 사실은 배가 고프지 않아서 남겨 놓은 것이 아닌데……. 더 구미를 돋우는 음식을 방으로 날라다 준다면 얼마나 좋을까, 하고 생각했다. 그러나 이내 누이동생이 자진해서 갖다 줄 것 같지도 않을뿐더러 그녀에게 그렇게 해달라고 말하느니 차라리 그대로 굶어 죽는 편이 낫겠다고 마음속으로 되뇌었다. 실상 의자 밑에서 기어 나와 누이동생 발밑에 몸을 던져 무엇이든 맛있는 음식을 좀 갖다 달라고 말하고 싶은 욕망이 들끓었다. 하지만 누이동생은 우유가 약간 흘러 있을 뿐 그릇 안에 그대로 남아 있는 음식을 보고 무척 놀란 듯했다. 그녀는 그릇을 들어 올렸다. 그리고는 걸레조각으로 싸서 들고 밖으로 나가 버렸다. 그레고르는 그 대신에 무엇을 갖다 주려나 하는 호기심으로 이것저것 상상해 보았다. 하지만 실상 누이동생이 친절한 마음으로 가지고 온 것을 보았을 때 그는 그녀가 무슨 뜻에서 그러한 짓을 했는지 도통 이해할 수 없었다. 누이동생은 오빠가 좋아하는 음식이 무엇인지를 알아보려고 여러 가지 음식을 골라 와서는 낡은 신문지 위에 늘어놓았다. 오래 되어서 상한 채소가 있는가 하면 가장자리가 말라붙은 흰 소스, 저녁 식사 때 먹다 남긴 뼈다귀도 있었다. 그런가 하면 건포도와 아몬드가 몇 알 있었고 이틀 전에 그레고르가 맛이 없다고 한 치즈, 아무것도 바르지 않은 빵, 버터 바른 빵, 버터를 바르고 소금을 뿌린 빵, 이밖에 아마도 그레고르 전용으로 정해 놓았을 성 싶은 그릇에다가 물을 떠다 주었다. 그리고 자기 앞에서는 그레고르가 먹지 않을 것이라는 것을 재빨리 눈치 채고 급히 나가 버렸다. 또 자기 마음대로 즐겁게 먹어도 좋다는 것을 그레고르에게 알리기 위해 밖에서 열쇠까지 채웠다. 음식을 먹기 위해 기어가는 그레고르의 조그마한 발들이 꿈틀거렸다. 그의 상처는 어느덧 전부 나은 것 같았고 움직이는 데에도 전혀 불편을 느끼지 않았다. 그것에 대해서 그는 몹시 놀랐다. 생각해 보니 한 달도 더 전에 칼로 손가락을 베었는데 그 자리가 엊그제까지도 무척 아팠었다. "혹시 감각이 둔해진 것이 아닐까?" 그는 게걸이 든 사람처럼 여러 가지 음식 중에 우선 그의 입맛을 바싹 돋우는 치즈를 먹었다. 신선한 음식은 도리어 맛이 없었다. 냄새조차 맡기 싫어서 자기가 먹고 싶은 것을 약간 옆으로 끌고 갔다. 드디어 먹을 것을 다 먹어치우고 빈둥거리며 그 자리에 누워 있을 때 누이동생이 열쇠를 돌렸다. 그것은 얌전히 제자리로 돌아가라는 신호였다. 그는 잠깐 스르르 잠이 들었지만 그 소리에 깜짝 놀라서 다시 의자 밑으로 황급히 기어 들어갔다. 누이동생이 방에 머문 것은 잠깐 동안이었지만 의자 밑에 들어가 꾹 참고 있으려니까 그것도 이만저만한 고역이 아니었다. 음식을 많이 먹어 몸집이 다소 커진 까닭에 좁은 의자 밑에서는 숨도 제대로 쉴 수가 없었기 때문이다. 그가 질식할 듯한 갑갑한 상태에서 쑥 튀어나온 눈으로 보고 있으려니까 아무것도 알아채지 못한 누이동생은 먹다 남은 찌꺼기뿐만 아니라 그레고르가 전혀 손도 대지 않은 음식까지도 더 이상 쓸모가 없다는 듯이 한곳으로 쓸어 모았다. 그런 다음 찌꺼기를 급히 통 속에 붓더니 나무뚜껑으로 덮고 밖으로 나갔다. 누이동생이 뒤로 돌아서

자마자 그레고르는 의자 밑에서 기어 나와서 사지를 쭉 뻗고 마음을 놓았다는 듯이 한숨을 돌렸다.

그레고르는 날마다 이렇게 식사를 하였다. 부모님과 하녀가 잠을 자고 있는 아침에 한 번, 그리고 두 번째는 모두가 점심을 먹은 뒤였다. 왜냐하면 부모님은 점심 식사 후에 잠시 낮잠을 자고 하녀는 누이동생의 심부름으로 외출하기 때문이었다. 그에게 이런 시간에 먹을 것을 준 것을 보면 틀림없이 식구들은 그의 식사를 피하고 싶은 눈치였다. 집안 식구들은 그레고르를 굶겨 죽이고 싶지는 않았지만 아마 그레고르의 식사에 대해서는 누이동생을 통해서 간접적으로 아는 것으로 족하다고 생각했던 모양이다. 그리고 사실 누이동생도 가족들이 진절머리가 나도록 많은 고생을 하고 있다는 것을 알기 때문에 부모님의 슬픔을 조금이라도 덜어주려고 했던 것뿐이었다.

첫날 아침에 의사와 자물쇠 장수에게 뭐라고 말한 다음 돌려보냈는지 그레고르는 도통 짐작할 수 없었다. 그 이유는 아무도 그레고르가 하는 말을 이해할 수가 없었기 때문에 누구도 그가 다른 사람의 말을 알아들을 수 있으리라고는 생각하지 않았고 누이동생도 역시 마찬가지였기 때문이다. 그래서 그레고르는 누이동생이 자기 방에 들어왔을 적에도 그녀가 이따금 한숨을 쉬거나 성자(聖者)의 이름을 부르는 소리를 듣는 것으로 만족해야만 했다. 얼마 후 누이동생이 자기를 보살피는 데 다소 익숙하게 되었을 때 — 완전히 익숙해지는 것은 결코 바랄 수 없었지만 — 때때로 상냥한 말씨나 아니면 친절하게 느껴지는 말을 들을 수가 있었다. 그레고르가 음식을 모조리 먹어치웠을 때 누이동생은 "어머나! 오늘 식사는 맛있었나봐!" 하고 말했다. 하지만 반대의 경우에는 — 그런 경우가 사실 점점 잦았지만 — 항상 "아쿠, 또 그대로 남겼네." 하며 쓸쓸한 표정을 지었다.

그러나 그레고르에게 새로운 소식을 직접 이야기해 주지 않았기 때문에 그는 언제나 옆방에서 말하는 소리를 엿들을 수밖에 없었다. 그리고 옆방에서 말소리가 들려오기만 하면 그 방의 문 옆으로 뛰어가서 전신을 문에 바싹 붙이는 것이었다. 처음에는 늘 그에 대한 이야기가 은밀하게 오고가지 않은 적이 없었다. 이틀 동안은 식사를 할 적마다 이 일을 어떻게 처리하면 좋을지 의논하는 소리가 들렸다. 밥을 먹을 때마다 늘 같은 주제에 대해 이야기했다. 왜냐하면 누구도 혼자서 집에 남아 있고 싶어 하지 않았고, 그렇다고 해서 집을 그대로 비워둘 수도 없었기 때문이었다. 하녀는 바로 첫날에 — 이 사건에 대해서 무엇을 얼마나 믿고 있었는지는 분명치 않았지만 — 즉시 내보내달라고 어머니에게 무릎을 꿇고 애원했다. 15분 후에 하녀가 작별 인사를 할 때, 내보내주는 것이 이 집에서 베풀어 준 제일 큰 은혜인 것같이 눈물을 흘리며 고마워했다. 아무도 그녀에게 부탁하지도 않았는데 이 일을 다른 사람에게 절대로 이야기하지 않겠다고 엄숙히 맹세하였다.

그래서 누이동생과 어머니가 함께 요리를 만들어야만 했지만 가족들 누구도 거의 아무것도 먹지를 않았기 때문에 별로 힘이 들지는 않았다. 식구들끼리 서로 식사를 권하면 별 수 없이, "고마워, 많이 먹었어."라든가 그와 비슷한 대답을 하는 것을 그레고르는 가끔 들었다. 술도 마시지 않는 것 같았다. 때로는 누이동생이 아버지에게 맥주를 마시지 않겠느냐고 묻고 그녀가 직접 가져오겠다고 정답게 말하는 소리가 들렸다. 아버지가 아무 대답도 하지 않고 있으니까 누이동생은 아버지에게 쓸데없는 걱정을 덜어 드리려고 생각했던 모양이다. 그녀는 "그렇다면 문지기 할머니를 보낼까요?" 하고 물었다. 그러나 이어서 아버지는 커다란 목소리로 "마시지 않는다니까." 하고 단호하게 대답을 했다. 그러면 대화는 더 이상 진척되지 않았다.

사건이 일어난 첫날에 아버지는 어머니와 누이동생에게

모든 재산 현황과 앞으로의 일에 대해서 이야기했다. 아버지는 때때로 탁자 옆에 서서 금고에 보관한 증서라든가 장부 같은 것을 꺼내왔다. 그 금고는 5년 전에 사업에 실패하여 파산했을 때 겨우 건진 물건이었다. 아버지가 복잡한 자물쇠를 열고 찾고자 한 물건을 꺼낸 다음 다시 닫아 버리는 소리가 들렸다. 그때 아버지가 가족들에게 한 설명은 그레고르가 감금 생활을 시작한 이래 처음으로 들을 수 있는 흐뭇한 이야기였다. 그레고르는 아버지의 사업이 파산상태에 이르렀으니까 돈이라곤 한 푼도 남지 않았으리라고 생각했다. 적어도 아버지는 그에게 그와 반대되는 말은 한 번도 한 일이 없었다. 그래서 그레고르는 아버지께 그 이상 물어 보지도 않았다. 그 당시 그레고르의 마음고생은 이만저만이 아니었고, 오로지 가족들을 절망에 빠뜨린 파산의 불행을 속히 잊어버리게 하는 데에 최선을 다했다. 그때부터 그는 맹렬히 일하기 시작하여 순식간에 보잘것없는 점원에서 외판원으로 단숨에 승진할 수 있었던 것이다. 외무를 맡아보면 다른 방법으로 돈을 모을 수가 있었고, 일을 한 결과가 수수료 형식으로 즉시 현금으로 주어졌다. 그 돈을 집으로 갖고 와서 탁자 위에 펼쳐 놓고 식구들을 깜짝 놀라게도 하고 기쁘게도 하였다. 그때는 남부러울 것이 없었다. 그 후에도 그레고르는 가족 모두의 생활비를 충당할 만큼 많은 돈을 벌었고, 또 그 덕에 가족들은 생계를 이어갔지만, 적어도 그때처럼 눈부시게 감동적인 순간은 다시 돌아오지 않았다. 가족들이나 그레고르는 익숙해져서 그것을 예사로 생각했다. 식구들은 고마운 마음으로 돈을 받았고 그레고르도 기꺼이 돈을 내놓았지만 서로 각별한 온정이 오고가지 않았다. 그러나 누이동생만은 아직도 그레고르와 가까웠다. 자기와는 달리 그녀는 음악을 좋아했고 기특하게도 바이올린을 켜는 솜씨가 능숙했다. 그는 누이동생을 내년에 음악 학교에 입학시키려고 은근히 마음먹고 있었다. 물론 많은 비용이 들겠지만 그것은 문제 삼지도 않았다. 그 비용쯤은 다른 수당으로 벌어들일 수 있다고 생각했다. 그레고르가 며칠 동안 집에 머물며 누이동생과 대화를 나눌 때는 종종 음악 학교에 대한 이야기가 나오곤 했다. 그러나 그것은 늘 막연하게 바라는 아름다운 꿈에 지나지 않았다. 부모님은 남매의 순진한 대화를 결코 좋아하지 않았다. 하지만 그레고르는 그 일에 대해서 확고한 신념을 가지고 있었고, 크리스마스 이브에는 엄숙히 선언하려고 작정하고 있었다.

그레고르는 문에 기대어 이야기 소리에 귀를 기울이며, 지금으로서는 아무 소용도 없는 지난날의 계획들을 머릿속에 그리고 있었다. 이따금씩 그는 전신이 노곤해져서 엿듣고 있기가 힘들었다. 자기도 모르는 사이에 머리가 아무렇게나 문에 부딪힐 때면 다시금 문을 꼭 붙잡고 머리를 꼿꼿이 세워야만 했다. 왜냐하면 그의 머리가 문에 부딪혀 소리를 낼 때마다 집안사람들은 일제히 입을 다물어 버리기 때문이었다. "또 무슨 짓을 하는구나." 하고 잠시 후에 아버지는 문 쪽을 향해서 말했다. 그리고 한참이 지난 다음에야 비로소 이야기가 다시 이어졌다.

그레고르는 대화를 상세히 들을 수 있었다. 왜냐하면 아버지가 몇 번씩 설명을 반복했기 때문이었다. 이런 일에 대해서 이야기해본 것이 너무나 오래 전 일이었고, 또 한편으로는 어머니가 아버지의 말을 한 번에 이해하지 못했기 때문이었다. 그가 똑똑히 들은 바에 의하면, 불운한 일이 자주 벌어지긴 했지만 과거의 재산이 좀 남아 있고 그동안 그 돈에는 손도 대지 않았던 터라 이자가 꽤 불어났고, 그레고르가 매달 벌어온 돈도 ─ 그레고르 자신이 쓴 용돈은 불과 이삼 굴데 밖에 되지 않았다. ─ 매달 조금씩 남겨놓은 덕에 얼마간의 밑천을 마련할 수 있었다는 것이다. 문 뒤에서 그레고르는 머리를 끄덕이며 열심히 듣고 있었다. 그리고 생각지 않았던 가족들의 신중한 태도와 그간의 검소한 씀씀이가 흐

못했다. 사실 이렇게 여분으로 남겨 놓은 돈으로 사장에게
진 아버지의 빚을 모두 갚아 버렸다면, 그는 벌써 직장에서
발을 뺄 수 있었을지도 모른다. 그러나 이렇게 되고 보니 아
버지의 처사가 집안의 행복을 위해서 훨씬 나았다는 것을
의심할 여지가 없었다.

그러나 돈을 모아 두었다고는 하지만 그 이자로 식구들이
먹고 살기에는 턱없이 부족한 금액이었다. 아마 일 년, 길어
야 이 년이나 살아 나갈까, 그 이상 버티기는 힘들 것이었다.
그 돈은 만약의 경우를 대비해서 남겨 놓아야 하는 비상금
정도의 액수에 불과했다. 따라서 매달 필요한 생활비만은 꼬
박꼬박 벌어야 했다. 사실 아버지는 몸은 건강하지만 이미
늙어서 5년 동안이나 아무 일도 하지 못하였고 더군다나 생
활에 그다지 자신이 있는 것도 아니었다. 아버지는 과거에도
고생한 보람 없이 살아왔는데 생애 최초로 얻은 이 5년의
휴가 동안에 몹시 살이 찌고 동작이 매우 둔해졌다. 그렇다
면 늙은 어머니가 돈을 벌어야 하겠지만, 어머니 역시 나이
가 많은데다가 천식을 앓고 있기 때문에 뜻대로 되지 않았
다. 어머니는 집안을 잠시만 돌아다녀도 힘이 들어서 이틀에
한 번은 으레 호흡 곤란으로 창문을 열어 놓고 그 옆에 있는
소파 위에서 지내는 형편이었다. 결국 누이동생이 돈벌이를

해야 할 텐데 그녀는 아직 열일곱 살밖에 안 되었으니, 전적으로 누이동생에게 생계를 의지할 수도 없는 노릇이었다. 누이동생이 이제까지 해온 생활이란 옷이나 깨끗이 입고 잠이나 실컷 자고 집안일이나 좀 거들고 때로는 값싼 물건들을 구경하러 다니고 바이올린이나 켜며 지내온 게 고작이었으므로 그녀도 돈 벌기는 틀린 처지였다. 옆방에서 돈이 필요하다는 말이 나올 적마다 그레고르는 문 옆을 떠나서 창가의 차디찬 가죽 소파 위에 몸을 던졌다. 그레고르는 너무나 부끄럽고 서글퍼서 몸이 뜨거워졌다.

그는 밤새도록 소파 위에 누워서 잠을 이루지 못하고 오랫동안 가죽만 쥐어뜯고는 했다. 때로는 힘든 줄도 모르고 의자 하나를 창가로 밀어다 놓은 다음 창턱에 기어올라 예전에 그가 창밖을 내다보며 느꼈던 홀가분한 기분을 되새겨 보았다. 그도 그럴 것이, 날이 갈수록 매일 보던 물건들이 조금만 떨어져도 흐릿해져서 잘 안 보이기 시작했던 것이다. 길 건너편에 있는 병원 건물만 해도 예전에는 아침저녁으로 보이던 것이 지긋지긋하게 싫었지만 이제는 전혀 보이지 않게 되었다. 그가 살고 있는 곳이 한적하기는 하나 도시적인 샬로텐 가(街)라는 사실을 똑똑히 기억하지 못하고 있었면, 창밖이 온통 잿빛 하늘과 대지가 분간할 수 없을 만큼 뒤엉킨 황야로만 보였을지도 모르겠다. 무슨 일에 있어서나 꼼꼼하고 빈틈이 없는 누이동생은 의자가 창가에 있는 것을 단지 두 번밖에 발견하지 못했지만, 이후로는 방을 치우고 나서 번번이 의자를 창가에 밀어 놓고 안쪽 창문까지도 열어 놓아 주었다.

그레고르는 누이동생과 이야기를 할 수 있고, 또 자기를 위해서 베풀어 주는 모든 일에 대해서 누이동생에게 고마움의 뜻을 전할 수만 있다면, 그녀의 보살핌을 훨씬 편한 마음으로 받을 수 있을 듯했다. 하지만 그렇게 할 수 없었기 때문에 그레고르는 무척 괴로워했다. 누이동생은 가능한 한 그에 대한 여러 가지 거북스러움을 씻어 버리려고 노력하였다. 날이 갈수록 누이동생은 점점 나아지기는 했지만, 동시에 그레고르도 시간이 지남에 따라서 모든 상황을 정확하게 파악할 수 있었다. 누이동생이 방에 들어오는 것만으로도 끔찍했다. 그전 같으면 그레고르의 방을 혹시라도 누가 보게 될까봐 온갖 신경을 쓰던 그녀는 이제, 방 안에 들어서자마자 문을 닫을 겨를도 없이 곧장 창가로 달려가서 흡사 질식하겠다는 듯이 황급히 창문을 열어젖혔고, 설혹 아무리 추운 날이라도 잠시 창가에 서서 심호흡을 하는 것이었다. 누이동생은 이렇게 수선스러운 소란을 부리면서 하루에 두 번씩 그레고르를 놀라게 하였다. 그는 그녀가 방에 들어와 있는 동안은 시종 소파 밑에서 추위에 떨어야만 했다. 물론 누이동생이 창문을 닫고 있을 수만 있다면 자기를 이렇게 괴롭히지 않았을 것이라는 사실을 그도 잘 알고 있었다.

그레고르가 변신한지 이미 한 달이 지난 어느 날이었다. 이제 누이동생은 그레고르의 모습을 보고 더 이상 깜짝 놀라거나 하지 않았건만, 평소보다 일찍 온 누이동생은 그레고르가 꼼짝하지 않고 창밖을 내다보는 모습을 보게 되었다. 그레고르는 누이동생이 창문을 여는 데 방해가 되는 곳에 서 있었기 때문에 그녀가 방으로 들어오지 않는다 해도 이상하지 않았다. 하지만 누이동생은 들어오지도 않았을 뿐만 아니라 펄쩍 뒤로 물러서며 문을 닫고 나가버렸다. 모르는 사람이 보았다면 아마 그레고르가 누이동생을 물어뜯으려고 기다리고 있었던 것으로 생각했을지도 모른다. 물론 그레고르는 이내 소파 밑에 숨어 버렸다. 누이동생은 점심때가 다 되어서야 방에 들어왔고, 여느 때보다 훨씬 불안해 보였다. 그레고르는 자기의 추한 꼴을 본다는 것이 누이동생으로서는 도저히 참을 수 없는 일이며 앞으로도 그럴 것이라고 그녀의 태도를 보고 예상할 수 있었다. 소파 밑에서 불쑥 나와 있는 자기의 몸뚱어리의 일부분을 힐끗 보고도 달아나지 않

는 것은 누이동생이 어지간히 참을성이 있기 때문이라고 그
는 생각했다. 그녀에게 이러한 자기 모습을 보여 주지 않으
려고 그레고르는 어느 날 자기의 잔등에다가 — 자그마치 네
시간이나 걸려서 — 홑이불을 지고 와서 의자 위에 걸쳐놓은
다음 자기 몸이 다 가려지도록 했다. 그리하여 누이동생이
몸을 굽혀도 보이지 않도록 꾸며 놓았다. 만약 홑이불을 뒤
집어쓰는 것이 쓸데없는 짓이라고 생각되면 그때 누이동생
은 걷어치울 수도 있었을 것이다. 누이동생도 그레고르가 재
미삼아 몸을 숨기는 것이 아니라는 것쯤은 잘 알고 있었다.
그녀는 홑이불을 그대로 내버려 두었다. 그레고르가 언젠가,
누이동생이 이 새로운 설계를 어떻게 생각하나, 살펴보려고
머리로 홑이불을 약간 들치고 밖을 내다보았을 때 그녀가
고마움의 뜻이 어린 시선으로 힐끔 자기를 쳐다보는 것처럼
여겨졌다.

처음 두 주일 동안 부모님은 감히 그의 방에 들어오지 못
했고, 누이동생이 요즘 하고 있는 일을 매우 칭찬하곤 하였
다. 지금까지 누이동생은 그들에게 쓸데없는 계집애라고 생
각되었으며 그들은 그녀에게 화만 내 왔다. 그러나 이제는
누이동생이 그레고르의 방을 청소하는 동안 아버지와 어머
니는 방 앞에서 기다리고 있다가 누이동생이 밖으로 나오면

즉시 방안이 어떻게 되어 있는지, 그레고르가 무엇을 먹었는지, 이번에는 움직임이 어땠는지, 다소 회복되는 징후가 보이는지 등등에 대해서 질문 공세를 퍼부었다. 어머니는 조만간 그레고르를 방문하려고 했으나 아버지와 누이동생은 우선 합당한 이유를 내세워 어머니를 말렸는데, 그레고르도 신중히 들어보니 타당한 이유라고 생각했다. 하지만 어머니가 끝내 고집을 부리게 되어 그들은 어머니를 강제로 저지시켰다. 어머니는 소리쳤다. "그레고르에게 가게 해줘요. 누가 뭐래도 그 애는 가엾은 내 아들이에요. 어째서 그 애 방에 가봐야 된다는 것을 이해하지 못해요?" 그때 그레고르는 매일은 아니더라도 일주일에 한 번쯤은 어머니가 들어와 주었으면 정말 좋겠다고 생각하였다. 누이동생은 확실히 대담하긴 하지만 아직 어렸으므로 아마 가벼운 모험심으로 이런 어려운 일을 도맡았을 것이다. 하지만 어머니는 누이동생보다 모든 일을 훨씬 더 잘 이해하지 않겠는가.

어머니를 그리워하던 그레고르의 소원은 곧 이루어졌다. 낮에는 부모님을 염려해서 창가에 나타나지 않았지만 몇 제곱미터밖에 안 되는 방바닥을 기어 다니는 것에도 한계가 있었다. 밤 동안 가만히 누워 있는 것만으로도 고통스러웠고 먹는 일도 더 이상 그다지 즐겁지 않았다. 그는 끊임없이 벽이나 천장을 이리저리 위아래로 기어 다니면서 기분을 풀어 보려고 했다. 특히 천장에 매달리는 것이 가장 즐거웠다. 방 바닥에 누워 있는 것과는 전혀 다른 기분이었다. 숨도 자유롭게 쉴 수 있었고 가벼운 진통이 전신을 스쳐갔다. 그는 천장에 매달려 몹시 만족스러운 기분으로 방심해 있다가 발이 떨어져 방바닥에 털썩 떨어지는 바람에 스스로 깜짝 놀라는 일도 있었다. 하지만 이제는 전과는 달리 자기의 몸을 자유 자재로 움직였기 때문에 이처럼 높은 곳에서 떨어져도 다치는 일은 없었다. 누이동생은 그레고르가 혼자서 발견해낸 이 새로운 취미를 곧 알아채었다. — 그는 기어 다닐 때 여기저기 찐득찐득한 점액의 흔적을 남겨 놓았다. — 그래서 누이동생은 그레고르가 될 수 있는 한 넓은 곳에서 기어 다닐 수 있도록 방해가 되는 가구들, 무엇보다도 장롱과 책상을 치워버리기로 했다. 그러나 이 일은 도저히 혼자서 할 수는 없었다. 그렇다고 아버지에게 도와 달라고 감히 부탁할 수도 없는 노릇이었고 실상 하녀도 자기를 도와줄 것 같지가 않았다. 열여섯 살 먹은 이 하녀는 먼저 있던 하녀가 나간 후로 모든 일을 끈기 있게 버티고는 있었지만 부엌문을 항상 잠가 두고 꼭 필요한 경우에만 문을 열겠다고 미리부터 약속했던 것이다. 그러므로 아버지가 집안에 없을 때 어머니를 불러올 수밖에 없었다. 어머니는 기뻐서 어쩔 줄을 몰라 하며 수선스럽게 달려왔다. 하지만 그레고르의 방 앞에 서자 이내 얌전해졌다. 누이동생은 우선 방 안에 있는 모든 것이 제대로 정리되어 있는가를 살펴본 다음 어머니를 안내하였다. 그레고르는 성급히 홑이불을 뒤집어썼다. 홑이불은 매우 주름져 보였기 때문에 단지 의자 위에 던져 놓은 것 같았다. 그는 홑이불 밖을 내다보고 싶은 충동을 꾹 참았다. 어머니의 얼굴을 보고 싶었으나 어머니가 와준 것만으로도 한없이 기뻤기 때문에 얼굴을 보는 것은 단념했다. "들어오세요. 오빠는 보이지 않아요." 누이동생이 말했다. 확실히 어머니의 손을 잡고 안내하는 모양이었다. 가냘픈 여자 두 사람이 무거운 장롱을 밀어 옮기는 소리가 들렸다. 누이동생이 거의 일을 도맡았기 때문에 너무 무리하면 큰일 난다고 어머니는 걱정스러운 듯이 몇 번이나 주의를 주었지만 그녀는 아랑곳 하지 않았다. 꽤 오랜 시간이 걸렸다. 15분쯤 지났을 무렵 어머니가 말문을 열었다. "이 장롱은 역시 여기에 그래도 남겨 두는 편이 좋겠구나. 우선 너무 무거워서 아버지가 돌아오시기 전에는 일을 마칠 수가 없을 것 같으니까. 또한 이 장롱을 방 한복판에 놓아두면 그레고르가 움직이는데 방해가 될 것이고, 또 가구들을 모조리 치워 버린다고 과연 그레고르가 좋아할지도 알 수 없지 않니? 차라리 원래대로 놔두는 것이 좋을 것 같아. 장롱을 치워낸 텅 빈 방을 보니 왠지 마음이 허전해서 못 견디겠구나. 그리고 그레고르도 오랫동안 가구들에 정이 들었을 텐데…… 방 안이 텅 비게 되면 분명히 외로운 감정에 휩싸이게 될 거야. 그러니 이래서는 안 되겠다." 어머니는 그레고르가 어디에 숨어 있는지는 모르지만 그가 자기 목소리를 듣게 될까 염려되는 것처럼 나지막이 속삭였다. 어머니는 그레고르가 설마 사람의 말을 알아들을 수 있으리라고는 전혀 예상하지 못하는 듯했다. "그러니 가구를 치워 버리면 우리들은 그 애의 병세가 회복되기를 아주 포기하고 그 애를 돌봐 주지는 않고 혼자 내버려두는 셈이 되지 않겠니? 방은 전처럼 그대로 놓아두는 편이 제일 좋을 것 같은데 네 의견은 어떠냐? 그레고르가 병이 다 나아서 사람으로 되돌아왔을 때 방 안이 옛날 그대로 있으면 그동안의 일을 잊어버리기가 훨씬 쉽지 않겠니?"

그레고르는 이러한 어머니의 말을 들었을 때 자기가 직접 사람의 말을 하지 못하고 식구들 사이에서 단순하고 지루한 생활에 얽매어 2개월이 지나는 동안에 확실히 머리가 돌았다는 것을 깨달았다. 왜냐하면 진심으로 방을 비웠으면 하고 바란 것은 머리가 어떻게 되었다고밖에 설명할 방법이 없었기 때문이다. 가구를 죄다 치워 버린 빈 방이면 물론 마음대로 기어 다닐 수는 있겠지만, 동시에 인간으로서의 지난날을 까마득히 잊어버리게 될 것이다. 어째서 대대로 물려받은 가구가 질서 정연하게 놓여 있는 아늑한 방을 동굴로 만들어 버릴 생각이 들었단 말인가? 벌써 과거를 다 잊을 때가 되어 버렸단 말인가? 아니면 단지 오랫동안 듣지 못했던 어머니의 음성이 그의 마음을 뒤흔든 것인가. 역시 하나도 치워서는 안 되겠다. 전부 그대로 두어야겠다. 방 안의 가구가 지금 자기 상태에 미치는 좋은 영향을 없애서는 안 되겠다. 그리고 가구 때문에 의미 없이 기어 다니는 일에 방해를 받는다면, 그것은 손해가 아니라 이익이 될 것이다.

그러나 유감스럽게도 누이동생의 생각은 달랐다. 그레고르의 문제가 거론될 때마다 누이동생은 으레 자신을 특별한 전문가로 내세웠는데 특히 그의 형편을 살피는 데는 부모님보다 훨씬 나았기 때문에 누이동생이 그렇게 자부한 것도 그럴 만했다. 어머니의 충고가 누이에게는 장롱과 책상을 치워버리는 것뿐만 아니라 없어서는 안 될 의자 하나만 빼놓고 가구들을 모조리 치워야 한다고 주장하는 이유가 되었다. 누이동생이 이처럼 요구하고 고집을 부리게 된 것은 물론 어린애다운 반발심이나 근래 어려운 상황 속에서 자기도 모르게 갖게 된 자부심 때문만은 아니었다. 누이동생은 그레고르가 기어 다니려면 널찍한 공간이 필요한데, 가구는 누가 봐도 전혀 필요가 없다는 사실을 잘 알고 있었다. 아마도 그 나이의 소녀들이 가질 수 있는 열성적인 기질의 영향도 적지 않게 작용했을 것이다. 그리하여 그레고르의 입장을 한층 더 충격적인 것으로 만들도록, 그렇게 되면 자신이 지금까지보다 더욱더 그를 위해 무언가를 해주어야만 하게끔 만들려고 하는지도 몰랐다. 그도 그럴 것이 텅 빈 네 벽 가운데 그레고르 혼자만 달랑 남아 있으면, 그런 방에는 그레테 이외에는 아무도 감히 발을 들여놓을 엄두를 못 낼 것이기 때문이었다.

누이동생은 어머니의 충고에도 자기의 뜻을 바꾸려 하지 않았다. 어머니는 이 방에 있는 것만으로도 어쩐지 불안해보였다. 어머니는 이내 입을 꾹 다물고 아무 말 없이 장롱을 바깥으로 내놓으려는 누이동생을 거들었다. 그런데 그레고르에게는 장롱이야 없어도 지낼 만했지만, 책상만은 남겨 둬야 했다. 그리하여 여자 두 명이 낑낑대며 장롱을 밀고 방을 나가자마자 그레고르는 소파 밑에서 고개를 내밀었다. 그리고 어떻게 하면 자기가 신중하고 가급적 조심스럽게 일에 개입할 수 있을까를 궁리하며 주위를 살폈다. 누이동생 그레테는 옆방에서 장롱에 매달려 혼자 이리저리 흔들고 있었다. 물론 그런다고 장롱이 제자리에서 움직였던 것은 아니었다. 그런데 어머니는 그레고르의 모습을 보는 데 익숙하지 않았으니 어머니의 마음을 상하게 할 수 없어서 황급히 소파의 다른 쪽 모퉁이로 뒷걸음질 쳤다. 그러나 홑이불 앞쪽이 조금 움직이는 것은 어쩔 수 없는 노릇이었다. 그것만으로도 어머니의 주의를 끌기에 충분했다. 어머니는 그걸 보고서 주춤하더니 순간적으로 멍하니 서 있다가 안절부절 못하고 옆방에 있는 그레테한테 되돌아갔다.

그레고르는 특별한 일이 일어난 것도 아니고 다만 두서너 개의 가구를 옮기는 것뿐이라고 몇 번이나 스스로에게 말했다. 그런데도 불구하고 여자들이 들락날락거리는 소리와 나지막하게 부르는 소리, 마룻바닥에서 가구가 찍찍 끌리는 소리가 섞여서 - 곧 그레고르 자신도 인정하지 않으면 안 되었던 것처럼 - 그는 마치 사방에서 큰 소란이 밀어닥쳐오는 것 같은 공포를 느꼈다. 그는 될 수 있는 대로 머리와 발을 움츠리고 몸을 마룻바닥에 꼭 대고 있었으나 더 이상 견딜 수 없다고 혼자서 비명을 지르지 않을 수 없었다. 그들은 자기 방을 완전히 치우려고 하고 있었다. 자기가 좋아하는 모든 것을 빼앗아가고 있었다. 수공용 실톱과 그 외의 모든 도구들이 들어 있는 장롱을 벌써 밖으로 내놓았다. 다음으로 그들은 이미 마룻바닥에 꼭 박혀 있는 책상을 움직이고 있었다. — 그는 그 책상에서 대학생으로서, 중학생으로서, 아니 그보다 몇 년 전에는 초등학교에 다니는 어린이로서 숙제를 한 일이 있었다. — 사태가 이쯤 되고 보니 이미 그로서는 두 여자가 가지고 있는 훌륭한 의도를 이해할 여유조차 없었다. 사실 누이동생과 어머니가 그 자리에 있는 것조차 잊고 있었다. 벌써 지칠 대로 지친 두 여자들은 잠자코 일에만 열중하고 있었으므로 그들이 무겁게 발을 구르는 소리만이 들릴 뿐이었다.

그는 헐레벌떡 소파 밖으로 기어 나왔다. — 어머니와 누이동생은 숨을 가라앉히려고 마침 옆방에서 책상에 몸을 기대고 있었다. — 우선 어디로 갈까 망설이면서 네 번이나 방향을 바꿨다. 사실 무엇부터 남겨 놓아야 할는지 자기도 알 수 없었다. 벌써 텅 비어버린 벽에 온통 털가죽 옷으로 몸을 두른 뚱뚱한 여인의 그림이 하나 걸려 있는 것이 유난히 눈에 띄었다. 그는 재빨리 기어 올라가서 유리 위에 몸을 찰싹 붙였다. 유리에 몸이 밀착되었기 때문에 후끈거리던 배가 시원해져서 기분 좋았다. 그레고르가 전신으로 가리고 있는 이 그림만은 적어도 누구에게도 빼앗기고 싶지 않았다. 그는 여

자들이 돌아오는지 살피기 위해서 거실로 이어지는 문 쪽으
로 고개를 돌렸다.

그들은 오랫동안 휴식할 여유도 없이 곧 다시 돌아왔다.
그레테는 어머니를 한 팔로 부둥켜안다시피 하고 있었다.
"자, 그러면 이번에는 어떤 것을 들어낼까?" 하고 그레테는
말하며 주위를 둘러보았다. 그때 그레테의 눈길과 벽에 붙어
있는 그레고르의 시선이 마주쳤다. 아마도 누이동생은 어머
니가 바로 옆에 있었기 때문에 침착함을 유지하려고 안간힘
을 쓰는 모양이었다. 어머니가 주변을 둘러볼 수 없도록 머
리를 어머니한테로 기대고 전신을 떨면서 되는대로 아무렇
게나 말했다. "갑시다. 잠시 동안 안방으로 돌아갑시다." 그
레테의 의도는 그레고르도 잘 알았다. 어머니를 우선 안전하
게 모셔 놓고 그 후에 자기를 벽에서 쫓아내려고 한 것이었
다. 자아, 멋대로 해 보려면 해 보라지! 그는 그림 위에 달라
붙은 채로 그림을 내주지 않았다. 그림을 내주느니 차라리
그레테의 얼굴에 뛰어내리려고 했다.

그러나 그레테의 말은 도리어 어머니의 마음을 불안하게
만들었다. 어머니는 옆으로 비켜서면서 꽃무늬 벽지 위의 크
고 누런 것을 발견하고 말았고, 그것이 그레고르라는 것을 분
명히 깨닫기도 전에 사납고 거친 음성으로 고함을 쳤다. "아

이고머니! 아이고머니나!" 양팔을 활짝 벌리고 절망한 듯이 소파 위에 쓰러지더니 꼼짝도 하지 않았다. "이럴 거야, 오빠!" 하고 누이동생은 주먹을 휘두르고 매서운 눈길로 쏘아보며 외쳤다. 이 말은 자기가 변신한 이래 누이동생이 직접 자기에게 한 첫마디였다. 누이동생은 어머니를 깨어나게 할 수 있는 약이라도 찾아보려고 옆방으로 달려갔다. 그레고르도 도와주고 싶었다. ─ 그림은 아직 구해 낼 수 있었다. ─ 그러나 그는 유리에 바싹 달라붙어 있었으므로 억지로라도 몸을 떨어지게 하지 않으면 안 되었다. 그리고 자기도 옆방으로 기어갔다. 예전처럼 누이동생에게 무슨 충고라도 해줄 수 있을 것 같았다. 그러나 막상 대면하고 보니 충고는커녕 누이동생 뒤에 우뚝 서 있을 수밖에 없었다. 누이동생은 온갖 약병을 뒤지다가 몸을 뒤로 돌렸을 때 다시 한 번 그를 보고 깜짝 놀랐다. 병 하나가 마루에 떨어져서 산산이 깨어지고 말았다. 깨진 유리조각 하나가 그레고르의 얼굴에 상처를 냈다. 어떤 부식제(腐蝕劑) 같은 약물이 그의 몸에 흘러내렸다. 그레테는 이번엔 잠시도 망설이지 않고 가능한 한 많은 병을 손에 들고 어머니한테 뛰어 들어갔다. 문은 발로 꽝 하고 닫았다. 이리하여 그레고르는 어머니에게서 차단되었다. 어머니는 아마도 그레고르의 실수로 사경을 헤매게 된 것 같았다. 누이동생이 어머니 곁을 지킬 수 있도록 문을 열어서는 안 되었다. 자기가 들어가서 누이를 쫓아내고 싶지는 않았다. 그는 그저 기다리는 수밖에 없었다. 그는 양심의 가책과 걱정을 못 이기고 이리저리 기어 다니기 시작했다. 벽과 가구와 천정을 가로세로로 기어 다녔다. 어느덧 실내 전체가 자기 주변에서 빙글빙글 돌기 시작했을 때 그는 절망한 나머지 커다란 탁자 위에 보기 좋게 떨어지고 말았다.

얼마 동안 시간이 흘렀다. 그레고르는 힘없이 누워 있었다. 주위는 침묵에 잠겼다. 아마도 좋은 징조인 것 같았다. 그때 초인종이 울렸다. 물론 하녀는 주방에 틀어박혀 있을 테니, 그레테가 문을 열러 나가야 했다. 아버지가 오신 것 같았다. "무슨 일이냐?" 이것이 아버지의 첫마디였다. 그레테의 얼굴을 보고 모든 것을 짐작한 모양이었다. 그레테는 아버지의 품안에 얼굴을 파묻고 더듬더듬 이렇게 대답했다. "어머니가 정신을 잃으셨어요. 하지만 이젠 깨어났어요. 글쎄 그레고르가 기어 나왔지 뭐예요." "내 그럴 줄 알았다." 하고 아버지가 말했다. "내가 늘 말하지 않더냐. 그래도 엄마와 너는 들어먹으려 하지 않으니까 이 모양이지." 아버지는 그레테의 너무나 간략한 보고를 나쁘게 해석해서 그레고르가 어떤 횡포를 부렸다고 오해하는 것 같았다. 그래서 그레고르는 무엇보다도 먼저 아버지의 마음을 진정시킬 방법을 찾아야만 했다. 아버지한테 사정을 설명할 시간적 여유도 없을 뿐더러 아버지를 이해시킬 가능성조차 없었기 때문이다. 그래서 그는 자기 방문 옆으로 급히 뛰어가서 문에다 몸을 바짝 밀착시켰다. 그렇게 하면 그레고르는 아버지에게 자기를 쫓아낼 것도 없이 문만 열어주면 바로 방으로 들어가겠다는 뜻을 전할 수 있을 것이었다. 또 그레고르는 그렇게 하기로 작정했던 것이다.

그러나 아버지는 그레고르의 복잡한 의도를 이해할 기분이 아니었다. 아버지는 방 안에 들어서자마자 마치 화가 난 것 같기도 하고 기뻐하는 것 같기도 한 목소리로 "아!" 하고 외쳤다. 그레고르는 고개를 돌려 아버지를 바라보았다. 지금 자기 앞에 서 있는 아버지 모습은 여태까지 상상조차 해본 적이 없었다. 특히 요즈음에 와서 이리저리 기어 다니기에 정신이 없어서 예전처럼 집안일에 신경을 쓰지 않고 있었다. 사실 예전과 분위기가 많이 달라졌다고 해도 그리 당황하거나 놀라지는 않았을 것이다. 하지만 지금의 아버지는 어쩐 일이란 말인가. 예전에 그레고르가 가게 일로 출장을 떠날 때, 피곤해서 침대에 푹 묻혀 누워 계시던 바로 그 아버지가 맞단 말인가! 또 그가 저녁에 귀가할 때면 잠옷 바람으로 안락의자에 앉아서 자기를 맞아 주시던 바로 그 아버지란 말인가. 아버지는 잘 일어서지도 못하고 반갑다는 시늉으로 양팔만 쳐들고 맞아 주셨다. 1년에 두서너 차례 일요일이나 큰 축제일에 어쩌다가 식구들과 함께 산보를 할 때는 그렇지 않아도 걸음이 느린 그레고르와 어머니 사이에 끼여 전보다 더 더딘 발걸음을 내딛곤 했다. 그때 아버지는 남루한 외투를 몸에 걸치고 항시 조심스럽게 지팡이를 짚으며 걸어갔고 무슨 말이라도 하려면 거의 언제나 걸음을 멈추고 함께 걷던 식구들을 자기 가까이 불러 모으곤 했다. 그러한 아버지가 바로 이분이란 말인가! 그런데 아버지는 지금 꼿꼿하게 서 있었다. 마치 그는 은행원들이 입는 옷처럼 노란 금단추가 달려 있는 잘 다림질한 파란 색깔의 정복을 입고 있었다. 상의의 높고 빳빳한 깃 위로는 억센 턱이 두 겹이나 만들어져 있었고, 수북한 눈썹 아래로는 생기 있고 주의 깊은 검은 눈동자가 빛나고 있었다. 전에는 거칠고 덥수룩했던 하얀 머리칼이 단정하게 가르마를 타서 빗어 내린 듯 머리에 착 붙어서 반지르르하게 빛나고 있었다. 아버지는 모자를 내던졌다. 모자에 노란 금실로 큰 글씨가 수놓인 것으로 보아 은행 마크가 분명했다. 모자는 방 안에서 아치형의 선을 그리며 소파 위로 떨어졌다. 아버지는 기다란 제복 윗도리의 옷자락을 활짝 뒤로 젖히고 양손을 주머니에 넣은 채 언짢은 듯이 얼굴을 찡그리면서 그레고르를 향해 걸어왔다. 어떻게 해야 할지 아버지 자신도 모른 채 평상시와는 달리 발을 번쩍번 쩍 들며 다가올 때, 그레고르는 장화 밑창의 엄청난 크기에 깜짝 놀랐다. 그러나 그레고르는 그런 것에 구애받지 않았 다. 새로운 생활이 시작된 첫날부터 아버지는 자기에게 아주 엄격하게 대하는 것이 옳다고 생각하고 있다는 사실을 그레 고르는 알고 있었다. 그래서 그는 아버지가 가까이 오면 쫓 기듯 달아나다가, 아버지가 걸음을 멈추면 자기도 멈추고 아 버지가 움직이는 기미가 엿보이면 앞으로 달아났다. 이렇게 그들은 어떠한 소동도 일으키지 않은 채 이미 몇 차례나 방 안을 맴돌아 다녔다. 동작이 느렸기 때문에 겉으로는 쫓고 쫓기는 것처럼 보이지도 않았다. 만약 벽이나 천장으로 달아 나면 특별한 악의에서 그런 행동을 했다고 아버지한테 오해 받을까봐 두려워서 그는 잠깐 마룻바닥에 머물러 있기로 했 다. 아무튼 그레고르는 이렇게 기어 다니는 것을 오래 계속 하지 못하리라고 생각했다. 아버지가 한 발자국 떼놓는 순간 에 그도 무수한 운동을 해야만 했기 때문이다. 이미 숨이 차 는 것을 느낄 정도였다. 변신하기 전부터 그의 폐는 그다지 건강하지 못했기 때문에 어느새 숨이 가쁜 것도 무리가 아니었다. 그는 이렇게 있는 힘을 다해 기어 다니는 동안에 눈도 제대로 뜨지 못할 지경이 되어 비틀거렸다. 핑하니 머리가 흐려져서 이제는 마룻바닥을 기어서 달아나는 수밖에는 달리 도리가 없는 것 같았다. 이 방의 벽들은 전부 톱니 모양과 날렵한 장식으로 섬세하게 조각된 가구들로 막혀있었지만, 자유롭게 기어 올라갈 수 있게 네 벽이 비어 있다는 사실마저 생각하지 못하고 있었다. 바로 그때 그의 바로 곁에 무언가가 가볍게 던져져서 자기 앞으로 굴러왔다. 그것은 사과였다. 이어서 두 번째 사과가 날아왔다. 그레고르는 겁에 질린 나머지 그 자리에 발을 멈췄다. 앞으로 달아나봐야 소용없었다. 아버지가 사과로 자기에게 폭탄세례를 퍼붓기로 마음먹었기 때문이었다. 아버지는 찬장 위에 있는 과일접시에서 사과를 꺼내 주머니를 가득 채우고 처음에는 겨냥하지도 않고 사과를 마구 던졌다. 이 작고 빨간 사과들은 마치 전기 장치처럼 마루 위를 데굴데굴 굴러다니며 서로 충돌하기도 했다. 가볍게 날아온 사과 하나가 그레고르의 등을 스쳤지만 다치지는 않고 빗나갔다. 그러나 다음번에 날아온 사과가 그레고르의 등에 호되게 들어가 박혔다. 그레고르는 몸을 질질 끌며 나아가려고 했다. 불시에 당한 믿을 수 없는 고통이 몸을 움직이면 조금이라도 나아질 것만 같았다. 그러

나 조금도 움직일 수 없을 만큼 고통은 등에 못 박힌 것처럼
느껴졌고 모든 신경이 산란해져서 이내 그 자리에 뻗어 버
리고 말았다. 다만 최후의 눈길로 간신히 그는 자기 방의 문
이 화닥닥 열리고 비명을 지르는 누이동생 앞으로 어머니가
속옷차림으로 뛰어나오는 것을 볼 수 있었다. 누이동생은 어
머니가 실신하였을 때 편하게 호흡할 수 있게 어머니의 옷
을 벗겨 놓았기 때문이다. 어머니는 아버지한테로 뛰어 왔
다. 도중에 풀어 놓았던 치마들이 하나씩 계속해서 마룻바닥
에 흘러내렸다. 어머니는 비틀거리며 흘러내린 치마와 속옷
을 밟고 넘어지듯 아버지에게로 달려와서 꼭 안겨 – 그때
그레고르의 시력은 말을 듣지 않았으므로 그 이상 바라볼
수도 없었다. – 아버지의 뒷머리에 양손을 대고 그레고르의
목숨을 살려 달라고 애원하는 것이었다.

3.

그레고르가 1개월 넘게 앓았던 이 심한 부상은 – 아무도
꺼내 주지 않았기 때문에 사과가 등에 박힌 채 그 사건의 분
명한 증거처럼 남아 있었다. – 아버지에게까지도, 그레고르

가 비록 지금 아무리 비참하고 볼썽사나운 모습을 하고 있
더라도 어디까지나 식구의 한 사람이므로 불쾌한 감정이 들
더라도 꾹 참으며 그를 원수처럼 대해서는 안 된다는 것이
가족으로서의 당연한 의무라는 사실을 상기시킨 것 같았다.

그리고 그레고르는 부상 때문에 움직이는 능력을 영영 잃
어버리고 지금으로서는 자기 방을 건너가는데도 늙은 상이
군인처럼 오랜 시간이 소요되기는 했지만 ─ 하물며 높이 기
어오르는 것은 엄두도 못 내었다. ─ 상태가 악화된 대신, 그
의 생각으로는 충분한 보상을 받은 셈이었다. 그 보상이라는
것은 저녁마다 거실로 통하는 문을 열고, 거실에서는 보이지
않게 자기 방의 어둠 속에 누워 불 밝혀진 식탁에 앉은 가족
들을 보고 그들의 이야기를 들을 수 있게 된 것이었다. 이것
은 전과 달리 어느 정도 가족 모두의 묵인 하에 진행되었다.

물론 그것은 예전에 그레고르가 어느 허름한 호텔 객실에
서 지칠 대로 지친 몸으로 축축한 침대의 이부자리 속에 누
워서 늘 그리워했던 그런 가족의 활기찬 저녁식사 분위기는
아니었다. 대체로 조용한 분위기 속에 이야기가 계속되었다.
아버지는 저녁 식사를 마치고 나면 곧 자기 안락의자에 앉
아 잠이 들었다. 어머니와 누이동생은 서로 조용히 하라고
주의를 주었다. 어머니는 불 밑으로 바짝 몸을 구부리고 유

행 양장점의 고급 속옷을 깁고 있었다. 여점원으로 일하고 있는 누이동생은 앞으로 더 나은 일자리를 구하려고 저녁때면 속기술과 프랑스어를 공부하고 있었다. 가끔 아버지는 자다가 일어나서 자기가 잠들었던 사실을 전혀 모르는 듯이 어머니게 말을 걸었다. "뭘 오늘도 이렇게 늦게까지 깁고 있는 거야!" 그리고 이내 또 잠이 들었다. 어머니와 누이동생은 서로 피곤한 얼굴로 웃음을 지었다.

아버지는 기어코 고집을 부려 집에 와서도 제복을 벗는 것을 거부했다. 잠옷은 아무 보람도 없이 늘 옷걸이에 걸려 있었다. 아버지는 마치 항상 직장에서 심부름을 할 준비라도 하는 것처럼 집에서도 상관의 명령을 기다리듯이 단정하게 제복을 걸친 채 자기 자리에 앉아 잠들곤 했다. 그 때문에 처음부터 새 것도 아니었던 아버지의 제복은 어머니와 누이동생이 더럽히지 않으려고 조심해서 다루었지만 이내 더러워졌다. 항상 반짝반짝하게 닦은 금단추가 달린, 말할 수 없이 더러운 아버지의 이 제복을 그레고르는 밤새도록 바라보곤 하였다. 이런 옷을 입은 늙은 아버지는 몹시 불편해 보였지만 깊이 잠들어 있었다.

시계가 10시를 알리면 어머니는 작은 목소리로 아버지를 깨워 침대로 가서 자도록 권하느라 무척 애를 썼다. 의자 위

에서는 편하게 잠들 수도 없을 뿐 아니라 아침 6시에 출근
하려면 충분히 쉬어야 했기 때문이다. 그러나 아버지는 급사
직에 종사한 다음부터 고집이 늘어서 좀 더 오래 탁자 곁에
앉아 있겠다고 하면서도 언제나 그곳에서 잠이 들곤 했다.
그래서 안락의자에서 침대로 잠자리를 옮기도록 타이르기란
여간 힘든 일이 아니었다. 어머니와 누이동생이 아무리 조심
스럽게 아버지에게 청해 보아도 15분 동안은 눈을 지그시
감은 채 느릿느릿 고개를 내젓기만 하고 도통 일어나려고
하지 않았다. 어머니는 아버지의 소매를 잡아당기며 그의 귓
가에 애교 섞인 말을 속삭이고 누이동생도 공부하던 것을
덮어놓고 어머니를 도왔으나, 아버지는 점점 더 깊숙이 의자
속으로 파묻혀 들어갔다. 모녀가 둘이서 손으로 겨드랑이 밑
을 치켜들 때에야 비로소 눈을 뜨고 어머니와 누이동생을
번갈아 쳐다보고는 으레 이렇게 중얼거리는 것이었다. "이
것이 인생이로구나. 이것이 내 노년의 평화로군." 그리고는
모녀의 부축을 받으며 마지못해 일어나는 아버지는 자신의
몸이 크고 무거운 짐처럼 느껴졌다. 어머니와 누이동생에게
문 앞에까지 끌려가서는 이제 됐다고 끄덕이면서 그때부터
는 혼자서 걸어갔다.
　밀린 업무에 시달리고 지칠 대로 지친 식구들 중에서 어

느 누가 그레고르를 필요 이상으로 친절하게 보살펴줄 마음의 여유가 있단 말인가? 가난한 집안 살림은 차츰 줄어들기 시작하여 결국 하녀까지도 내보냈다. 헝클어진 흰 머리칼을 나부끼고, 몸집이 크고 골격이 굵은 할멈이 아침저녁으로 와서 힘든 일을 도와주었다. 그 밖의 모든 일은 엄청난 바느질거리에도 불구하고 어머니가 도맡아서 해치웠다. 더욱이 어머니와 누이동생이 회합 때나 축제일에 걸치기를 좋아했던 갖가지 장식품도 팔아 버리게 되었다. 그레고르는 저녁때 식구들이 그날 판 물건의 가격에 대해 이야기하는 것을 듣고 사정을 알게 되었다. 그러나 늘 가장 심각한 걱정거리로 이야기된 것은 지금의 상황에서 넓기만 한 이 집을 떠날 수 없다는 사실이었다. 이사를 하려고 해도 그레고르를 어떻게 옮겨야 할지 엄두가 나지 않았기 때문이다. 그러나 그레고르는 이사를 하지 못하고 있는 것이 단지 자기 때문이 아니라는 것을 잘 알고 있었다. 왜냐하면 자기 하나쯤은 적당한 상자속에 넣어서 공기통을 두서너 개 뚫어 놓기만 하면 별 어려움 없이 운반할 수 있었기 때문이다. 가족들이 이사를 결심하지 못하는 가장 큰 이유는 지금까지 일가친척들이나 지인들 중에서 누구도 경험해본 일이 없는 그러한 비참한 불행을 당하고 있다는 피해 의식 때문이었다. 세상의 가난한 사람들이 하는 일을 그의 가족들이 모두 하고 있었다. 아버지는 말단 은행원들의 아침 식사를 갖다 바치고 어머니는 면식도 없는 사람들의 속옷을 바느질하는 데에 온갖 정성을 다했으며 누이동생은 손님들의 명령을 쫓아 카운터 뒤에서 분주하게 뛰어다녔다. 식구들은 이미 더 이상 일할 여력이 없었다. 어머니와 누이동생이 아버지를 침대에 눕히고는 거실로 돌아와서 하던 일을 멈추고 얼굴을 바짝 마주대고 앉았다. 어머니는 그레고르의 방을 가리키며 말했다. "그레테야, 저 문을 닫아라!" 그레고르는 또다시 어둠 속에 혼자 남게 되었다. 옆방의 모녀는 함께 흐느끼거나, 눈물조차 말라서 탁자만 뚫어지게 응시하곤 했다. 그럴 때면 그레고르는 등의 상처가 새삼스럽게 통증을 일으키는 것처럼 느껴졌다.

그레고르는 밤이나 낮이나 잠을 이루지 못하고 세월을 보냈다. 가끔 그는 다음번 문이 열릴 때면 가족의 문제를 예전처럼 자기가 떠맡으리라 생각했다. 그의 뇌리에는 오랜만에 또다시 사장과 지배인, 점원이나 견습생들, 그리고 우둔한 하인이나 다른 직장에서 근무하고 있는 두서너 명의 친구들, 지방에 있는 호텔 하녀, 행복하면서도 허무했던 추억, 그가 진심으로 그러나 너무도 뜸을 들이며 구혼을 했던 어느 모자점의 여자 회계원, 이러한 모든 사람들의 모습이 본 적도 없는

사람이거나 이미 다 잊어버린 사람들의 모습과 뒤엉켜 자꾸
만 떠올랐다. 그러나 이들의 모습은 하나같이 자기와 식구들
을 도와줄 수 있기는커녕 멀리 떨어져 서먹서먹하기만 했다.
그러나 그들의 모습이 머릿속에서 사라지면 이내 가족들에
대한 걱정은 사라지고, 자기를 학대하는 것에 대해서 그저 화
가 치밀 뿐이었다. 그는 어떤 음식을 좋아하는지 알지도 못하
면서, 어떻게 해서든지 부엌으로 기어가서 배가 고픈 것도 아
니면서 맛있는 음식을 찾아서 먹어보려는 계획을 세웠다. 그
무렵 누이동생은 그레고르가 좋아할 만한 음식이 무엇인지는
생각하지도 않고 아침에 급히 상점에 나가기 전에 닥치는 대
로 아무 음식이나 그레고르의 방안에 발끝으로 밀어 넣었다.
그리고 저녁때가 되면 그러한 음식을 조금 먹었거나 혹은 -
보통 그럴 때가 많았지만 - 전혀 건드려 보지도 않은 것에
대해서는 아랑곳하지 않고 서슴없이 빗자루로 쓸어 버렸다.
누이동생은 저녁때마다 해주던 청소를 이제는 무성의하게 되
는 대로 빨리 끝내 버렸다. 더러운 자국이 그대로 벽에 남아
있고 여기저기에 먼지와 쓰레기, 그리고 오물덩어리가 흩어
져 있었다. 처음에 그레고르는 누이동생이 들어오면 특히 그
런 불결한 구석에 누워 있으면서 누이동생에게 꾸지람을 좀
해주려고 했다. 그러나 몇 주일을 그런 곳에 누워 있다고 해

도 누이동생은 태도를 고칠 것 같지가 않았다. 누이동생도 자기와 마찬가지로 불결한 물건들을 빤히 쳐다보면서도 그냥 그대로 방치해두기로 작정했던 것이다. 그러면서도 누이동생은 아주 유별나게 예민해져서, 식구들이 모두 예민해지기는 했지만, 그레고르의 방을 치우는 일이 자기 일인 양 신경을 곤두세우고 지켰다. 어느 날 어머니가 물을 얼마간 길어다가 그레고르의 방을 개운하게 청소한 적이 있었다. 몸이 온통 젖어서 습기가 차고 기분이 상해서 그레고르는 꼼짝도 못하고 성질을 내며 소파 위에 벌렁 누워 있었지만 어머니도 그것에 대한 벌을 면치 못했다. 저녁때 누이동생은 그레고르의 방안이 변한 것을 보자 심한 모욕이라도 당한 듯이 성질을 버럭 내면서 안방으로 달려들었다. 어머니가 애원하다시피 달래 봤으나 누이동생은 발을 동동 구르면서 울음을 터뜨렸다. 결국 부모님은 – 물론 아버지는 안락의자에서 벌떡 몸을 일으켰지만 – 그냥 어리둥절해서 어쩔 줄을 몰라 하며 쳐다보고만 있었다. 마침내 아버지와 어머니는 어렵잖게 마음을 가라앉히고 움직이기 시작했다. 왼쪽에서는 아버지가 왜 그레고르의 방 청소를 누이동생한테 맡겨 두지 않았느냐고 어머니를 핀잔을 주는가 하면 또 오른쪽에서는 누이동생이 지금부터는 절대로 그레고르의 방을 치우지 않겠다고 찢어지는 소리로 앙탈을 부렸다. 그러는 동안 어머니는 흥분한 아버지를 진정시키며 침실로 끌고 가느라고 진땀을 흘렸다. 누이동생은 울부짖으며 분을 억제하지 못하고 조그마한 주먹으로 탁자를 두드려댔다. 그레고르는 문을 닫아 주기만 하면 이런 추태를 보지 않을 수 있었으나, 아무도 문을 닫아 주려고 하지 않았기 때문에 화가 치밀어 쉬쉬 하고 큰소리로 씨근거리기만 했다.

그러나 아무리 누이동생이 일에 지쳐서 예전과 같이 그레고르를 보살펴주는 일에 싫증이 났다고 하더라도 누이동생 대신에 어머니가 그 일을 해야 할 필요는 전혀 없었다. 그렇다고 해서 그레고르가 되는대로 방치되는 것은 아니었다. 바로 늙은 할멈이 있었기 때문이다. 그 할멈은 일생 동안 그 어떤 역경도 강인한 체력으로 충분히 해치울 수 있었으리라고 여겼고, 처음부터 그레고르의 흉측한 모습을 보기 싫어하는 눈치도 조금도 없었다. 어느 날 노파는 어떤 호기심에서가 아니라 그저 우연히 그레고르의 방문을 연 일이 있었다. 그때 그레고르는 쫓기는 것은 아니었지만 몹시 당황하여 갈피를 못 잡고 이리저리 기어 다니기 시작했다. 그 할멈은 아랫배에 두 손을 모아 쥐고 놀란 얼굴로 그레고르의 모습을 보며 그 자리에 우뚝 서 있었다. 그때부터 할멈은 아침저녁으로 언제나 서슴지 않고 방문을 조용히 조금 열고는 그레고르를 바라보곤 했다. 처음 얼마 동안 할멈은 자기로서는 그래도 친절을 베푼다는 어조로 "이리 오너라, 늙은 말똥벌레야!"라든가, 혹은 "저 늙은 말똥벌레 좀 봐!" 하고 그레고르를 자기 가까이로 불러 보려고 했다. 그는 이런 말을 듣고도 아무 대응도 하지 않고 문이 열린 것도 모른다는 듯이 꼼짝도 않고 자기 자리에 누워 있었다. 할멈이 제멋대로 문을 열고 그를 귀찮게 하느니 차라리 매일 그의 방을 청소하라고 시키는 것이 훨씬 나을 텐데, 하고 그레고르는 생각했다. 한번은 어느 이른 아침에 ― 어느덧 봄이 왔음을 알리는 듯 세찬 비가 창문을 들이치고 있었다. ― 할멈이 다시금 그를 귀찮게 했기 때문에 그레고르는 곧 쓰러질 것만 같아서 동작은 느렸지만 울화가 치밀어서 덤벼들듯이 할멈에게로 눈을 돌렸다. 그러나 할멈은 겁먹기는커녕 문 곁에 있던 의자를 높이 쳐들어 올렸다. 할멈이 입을 딱 벌리고 서 있는 모양을 보니 치켜든 의자로 그레고르의 등을 내리치고 나서야 비로소 입을 꼭 다물 심산으로 보였다. "자아, 더 덤비지는 못하겠지?" 그레고르가 살며시 몸을 돌리는 것을 보자 할멈은 이렇게 말하더니 의자를 가만히 방구석에 내려놓았다.

　이제 그레고르는 거의 아무것도 먹지 못했다. 기어 다니

다가 우연히 갖다 놓은 음식 곁을 지나가게 되면 시험 삼아
조금 입에 넣어 보고는 삼키지도 않고 그냥 입안에 몇 시간
동안 물고 있다가 대개는 그대로 뱉어버리곤 했다. 식욕이
나지 않는 것은 자기 방의 상태가 비참한 것을 안타까워한
때문이라고 생각했지만 사실 그는 방의 변화에 쉽게 적응한
탓이었다. 다른 곳에 둘 수 없는 물건들은 무엇이든 이 방에
옮겨 놓기가 일쑤였다. 그런 물품은 이 집안에 매우 많았다.
왜냐하면 방 하나를 세 사람의 하숙인에게 빌려 주었기 때
문이다. 그레고르가 문틈으로 목격한 바에 의하면, 이 점잖
은 신사들은 — 세 사람 모두 털보였다. — 환경 정리에 대해
관심이 많은 사람들이었다. 자기들뿐만 아니라 일단 이 집에
하숙하게 된 이상, 집안 전체에 대해서 특히 주방에 대한 청
소 문제까지 간섭했다. 그 사람들은 불필요한 폐품이나 지저
분한 물건을 보면 그냥 보아 넘기지를 못했다. 더욱이 그들
은 대부분 자기 가구를 갖고 들어왔기 때문에 원래 있던 온
갖 물건들이 남아돌게 되었다. 억울해서 팔아버릴 수도 없고
아까워서 버리지도 못한 물건들은 모두 그레고르의 방으로
옮겨졌다. 주방에서 쓰던 재를 버리는 상자와 쓰레기통까지
들여왔다. 우선 당장 필요치 않은 물품들은 항시 발 빠르게
일하는 할멈이 무조건 그레고르의 방에다 옮겨놓았다. 다행

히도 그레고르는 대개 운반해 놓은 물건이나 그 물건을 들고 오는 할멈의 손밖에 보지 못했다. 할멈이 알맞은 때에 기회를 봐서 물건들을 한꺼번에 처분하겠거니 했지만, 사실 그 물건들은 애초에 내던진 장소에 그대로 방치되었다. 그레고르는 이런 자질구레한 물건들 사이를 구불구불 누비고 돌아다니는 데에도 한계가 있었고, 물건들을 쌓아둔 상태로 그대로 두면 자유롭게 기어 다닐 통로가 없었기 때문에 어쩔 수 없이 자질구레한 물건들은 옆으로 옮겨놓았다. 이렇게 어려운 일을 하며 기어 다니고 나면 몸은 찢어질 듯 피로하고 마음은 한없이 슬퍼져 몇 시간 동안이나 꼼짝달싹할 수도 없게 되었지만 그레고르는 그러한 물품들을 움직이는 데 차츰 재미를 붙이게 되었다.

하숙인들이 집에서 저녁 식사를 할 때면 종종 거실을 사용했기 때문에 저녁때 거실 쪽 문이 닫혀 있는 일이 많아졌다. 그레고르는 쉽게 단념하고 문을 억지로 열려고도 하지 않았다. 저녁마다 문이 열려 있던 그 전의 저녁때에도 그레고르는 그 문을 사용하지 않고 식구들의 눈에 띄지 않도록 어두운 자기 방 한쪽에 누워 있었다. 그런데 언젠가 할멈이 거실의 문을 조금 열어 놓은 채 내버려 둔 일이 있었다. 문은 저녁때 하숙인들이 거실로 들어와서 불을 켤 때까지 열려 있었다. 하숙인들은 전에 아버지와 어머니, 그레고르가 앉았던 식탁의 윗자리에 앉아 냅킨을 펴더니 나이프와 포크를 손에 쥐었다. 그러자 고기를 가득 담은 대접을 들고 어머니가 나타났고, 곧이어 한 그릇 가득 담은 감자 대접을 들고 누이동생이 따라왔다. 음식에서는 김이 무럭무럭 나고 냄새가 입맛을 돋우었다. 하숙인들은 마치 먹기 전에 검사나 해 보려는 듯이 자기들 앞에 차려진 대접 위로 몸을 구부렸다. 실상 그네들 중에서 한가운데 앉은 대장격의 사내가 대접에서 고기 한 점을 베더니 그것이 너무 연하게 익지나 않았나, 부엌으로 되돌려 보내지 않아도 좋을지 확인하는 듯이 다른 사람 앞에서 먼저 시식해 보았다. 그는 맛을 보고 나서 만족한 표정을 지었다. 긴장한 얼굴로 지켜보던 어머니와 누이동생은 한숨을 내쉬었다. 그리고 미소를 지었다.

식구들은 부엌에서 식사를 했다. 아버지만은 부엌으로 가기 전에 거실에 들어와서 모자를 손에 든 채 인사를 하고 식탁 주위를 한번 삥 돌아보았다. 하숙인들도 모두 일어나 무슨 소리인지 중얼거렸다. 하숙인들은 자기들만 남게 되자 거의 아무 말도 하지 않고 조용히 음식을 먹었다. 그레고르는 저녁을 먹으면서 나는 온갖 소리들 가운데서 유난히 음식을 씹는 소리가 선명하게 들리는 것이 이상했다. 그 소리가 그레고르에게는 흡사 음식을 먹으려면 이가 필요하고 이 없는 턱은 아무리 훌륭하게 보여도 아무 짝에도 쓸모가 없다는 사실을 알려 주는 것만 같았다. "나도 먹고 싶다." 하고 그는 배가 고픈 듯이 속으로 중얼거렸다. "하지만 저런 음식은 싫어. 저 하숙인들은 참 잘도 먹는데 나는 이처럼 처참하게 죽어 가는구나!"

바로 그날 저녁이었다. ― 그레고르는 변신한 후 줄곧 바이올린 소리를 들어본 기억이 나지 않았다. ― 바이올린 소리가 부엌에서 들려왔다. 하숙인들은 벌써 저녁 식사를 마치고 한가운데 앉은 대장격인 사내가 신문을 끄집어내어 두 사람에게 한 장씩 나누어 주고 있었다. 그들은 모두 의자에 기대고 앉아 신문을 보며 담배를 피웠다. 바이올린 소리가 들려왔을 때 그들은 그 소리에 신기한 듯 일어나 발끝으로 살금살금 걸어가 문 앞에 모여 섰다. 부엌 쪽에서도 그들의 발자국 소리를 들은 것 같았다. 그래서 아버지가 큰소리로 물었다. "여러분, 바이올린 소리가 듣기 싫으신가요? 곧 그만두게 하지요." "천만의 말씀입니다. 아가씨께서 이쪽 방으로 와서 연주해줄 수 없을까요? 그 편이 훨씬 편하고 기분도 좋을 것 같은데요." 하고 대장격인 사내가 대답했다. "네, 그렇게 하지요" 아버지는 흡사 자기가 바이올린을 켜기나 하는 듯이 말했다. 하숙인들은 방으로 돌아와서 기다렸다. 드디어 아버지는 스탠드를, 어머니는 악보를, 누이동생은 침착한 태도로 연주할 준비를 갖추고 들어왔다. 지금까지 한 번도 방을 빌려준 일이 없었기 때문에 아버지와 어머니는 하숙인들에게 지나치게 예의를 지키느라고 감히 자기들 자리에 앉으려고 하지 않았다. 아버지는 문에 기대어 서서 단추를 꼭 채운 제복의 단추 사이에 오른손을 집어넣고 있었다. 하지만 어머니는 하숙인 한 사람이 의자를 권해 주었기 때문에 양해를 얻어 앉았다. 그 자리는 공교롭게도 한쪽 구석자리였지만 어머니는 의자를 놓아준 대로 그곳에 앉았다.

누이동생은 바이올린을 연주하기 시작했다. 부모님은 제각기 자리 잡은 위치에서 주의 깊게 딸의 두 손의 움직임을 눈여겨 보았다. 그레고르는 바이올린 소리에 매혹되어 무의식중에 약간 앞으로 나아가 머리를 거실 쪽으로 내밀었다. 그는 요즘 다른 사람을 신경 쓰지 않고 지내왔다는 사실이 조금도 이상하게 느껴지지 않았다. 그는 예전에는 다른 사람들에 대한 배려심이 깊은 것을 스스로 자랑스럽게 여겼다. 그 기준에서 본다면 지금이야말로 다른 사람의 눈에 띄지 않아야 할 이유가 분명했다. 왜냐하면 그의 방안에는 어디나 먼지가 소복이 쌓여 있어서, 조금만 몸을 움직여도 먼지가 펄펄 날려 온몸이 먼지투성이가 되어 버렸기 때문이다. 그뿐만 아니라 실오라기, 머리털, 먹다 남은 음식 찌꺼기 같은 것을 등과 옆구리에 덕지덕지 붙인 채 돌아다녔다. 모든 것에 대한 그의 무관심한 태도는 말할 것도 없었다. 예전에는 하루에도 몇 번씩 양탄자에 몸을 비벼 닦아대기도 했지만 요즘에는 그런 일도 없었다. 이러한 몰골로 먼지 하나 떨어져 있지 않은 말끔한 거실 마룻바닥 위를 기어갔지만 그는 조금도 꺼리거나 부끄러운 줄 몰랐다.

그가 기어 나온 사실을 알아챈 사람은 하나도 없었다. 식구들은 완전히 바이올린 연주에 몰입해 있었다. 하숙인들은 처음에는 두 손을 바지 주머니에 집어넣고 누이동생의 스탠드 바로 뒤에 앉아 있었다. 그들이 모두 악보를 들여다볼 수 있을 만큼 가까이 있었기 때문에 누이동생에게는 분명히 방해가 되었을 것이다. 그들은 바로 고개를 수그리고 나직한 음성으로 속삭이면서 창문 옆으로 물러섰다. 아버지는 걱정스러운 눈빛으로 창문 옆에 서 있는 그들을 바라보았다. 그들은 당연히 경쾌하고 아름다운 바이올린 연주를 기대했지만, 이내 자신들의 기대에 어긋난 연주에 실망하고는 금세 싫증이 났던 것이다. 단지 예의를 지키기 위해 어쩔 수 없이 듣는 시늉만 하는 눈치가 역력했다. 특히 그들 모두 담배 연기를 코와 입에서 허공으로 내뿜는 모습은 보는 사람에게는 그들의 신경질적인 기색을 느끼도록 하기에 족했다. 그럼에도 불구하고 누이동생의 연주는 무척 훌륭했다. 고개를 옆으로 갸우뚱거리면서 그녀는 감상에 젖은 듯한 애수 띤 표정으로 악보를 바라보고 있었다. 그레고르는 앞으로 좀 더 기어나갔다. 그리고 혹시나 누이동생의 시선과 마주칠 수 있을까 기대하면서 머리를 마룻바닥에 닿을 정도로 푹 수그리고 있었다. 이처럼 연주 소리에 감동할 줄 아는데도 자기는 역시 짐승이란 말인가? 그는 자기도 모르게 그리워하던 마음의 양식을 얻는 길이 열린 것만 같았다. 그는 누이동생 곁으로 기어가려고 했다. 누이동생의 치맛자락을 끌어당겨서 누이동생이 바이올린을 가지고 자기 방으로 건너와 주기를 바라는 마음을 표시하려 했다. 여기에는 그 누구도 자기만큼 누이동생의 연주를 칭찬해주는 사람이 없지 않은가. 그는 적어도 자기 목숨이 붙어 있는 동안에는 누이동생을 자기 방에서 내보내고 싶지 않았다. 나의 흉측한 모습이 처음으로 도움이 될 것이다. 문에서 정신을 바짝 차리고 지켜 서 있다가 놈들이 들어오려고 하면 으르렁대며 덤벼들리라. 그러나 누이동생에게 강요해서는 안 된다. 자유의사에 따라 내 곁에 있게 해야 한다. 그는 누이동생과 소파에 나란히 앉아서, 그

녀를 음악 학교에 보내 주려고 확고한 계획을 세우고 있었
다는 것과 이런 불행한 사건만 발생하지 않았더라면 어떤
반대가 있었더라도 지난 크리스마스 저녁에 – 한데 크리스
마스가 벌써 지났을까? – 여러 사람들 앞에서 자기 계획을
분명히 발표했으리라는 것을 알려 주고 싶었다. 이런 이야기
를 들으면 누이동생은 틀림없이 감격한 나머지 울음을 터뜨
릴 것이다. 그러면 어깨까지 기어 올라가서 누이동생의 목에
키스를 해 주리라고 마음먹었다. 누이동생은 직장에 나가게
되면서부터 리본도 칼라도 없이 목을 내놓고 다녔다.

　"잠자 씨!" 하고 우두머리격인 사내가 아버지를 큰소리로
불렀다. 그리고는 천천히 앞으로 기어 나오는 그레고르를 아
무 말 없이 집게손가락으로 가리켰다. 바이올린 소리가 뚝
그쳤다. 우두머리격인 사내는 미소를 지으며 친구들에게 고
개를 좌우로 흔들어 보이고는 다시 그레고르를 바라보았다.
아버지는 그레고르를 쫓아내는 것보다도 하숙인들을 진정시
키는 것이 급선무라고 생각하는 모양이었다. 그러나 하숙인
들은 흥분하기는커녕 바이올린 연주보다도 오히려 그레고르
에게 흥미를 느끼는 것 같았다. 아버지는 그들에게로 황급히
달려가서 두 팔을 벌리고 하숙인들을 그들의 방으로 돌려보
내려고 애를 쓰는 한편, 자기 몸으로 그레고르가 눈에 띄지

않도록 가리려 했다. 그런데 그들은 왠지 약간 화를 내는 기색이었다. 아버지의 행동에 대해서 화를 내는 것인지, 아니면 그레고르 같은 흉칙한 것이 옆방에 살고 있다는 것을 감쪽같이 몰랐다가 이제야 알게 되었기 때문에 화를 내는 것인지, 어느 쪽인지는 도무지 알 수가 없었다. 그들은 아버지에게 어찌된 것인가를 묻는 한편 팔을 쳐들기도 하고 불안해서인지 수염을 비비 꼬기도 하면서 슬금슬금 자기들 방쪽으로 물러갔다. 뜻하지 않게 연주가 중단돼 잠시 동안 정신을 놓고 멍하게 있던 누이동생은 정신을 차리고 나서도 한동안 바이올린과 활을 쥔 두 손을 축 늘어뜨리고 계속 연주를 하고 있기라도 한 것처럼 악보를 들여다보다가 갑자기 몸을 일으켰다. 그리고는 숨이 가쁜 듯 가슴을 들먹거리며 안락의자에 앉아 있는 어머니의 무릎에 악기를 내려놓고 옆방으로 하숙인들을 앞질러 뛰어 들어갔다. 하숙인들은 아버지의 재촉을 받고 아까보다 빠르게 그들이 사용하는 옆방으로 다가오고 있었다. 누이동생은 익숙한 솜씨로 침대 위에 널린 이부자리와 베개를 툭툭 털어 잠깐 사이에 보기 좋게 정돈해 놓았다. 그녀는 하숙인들이 방안으로 몰려 들어오기 전에 침대 정돈을 마치고 살짝 빠져나왔다. 아버지는 또다시 고집이 발동하여 늘 하숙인들에게 베풀던 자상한 태도조차 잊어버리고 있었다. 아버지는 그들을 막무가내로 밀쳐냈다. 드디어 방문 앞에 다다랐을 때 우두머리격인 사내가 쾅 하고 발을 구르는 바람에 아버지도 할 수 없이 걸음을 멈추고 말았다. 그 남자는 한쪽 손을 쳐들고 어머니와 누이동생을 힐끗 쳐다보고 나서 입을 열었다. "이 자리에서 분명히 밝혀 두겠는데요. 현재 이 집과 가족들 사이에 감돌고 있는 불쾌한 분위기 때문에 — 여기서 그는 결심하듯 마룻바닥에 침을 탁 뱉었다. — 계약을 해지하겠습니다. 물론 그간의 방세는 한 푼도 지불할 수 없습니다. 뿐만 아니라 — 내 말을 괜한 소리로 들어서는 안 된다는 듯이 — 어떤 근거를 들어서 당신에게 손해 배상 청구를 할 것인지 심각하게 알아볼 작정입니다." 그는 말을 마치자 무엇을 기대하는 것처럼 똑바로 앞을 응시하였다. 그러자 두 사람도 기다렸다는 듯이 맞장구를 쳤다. "우리도 이 자리에서 당장 해약하겠습니다." 우두머리격인 사내는 쾅 하고 요란스럽게 문을 닫아 버렸다.

아버지는 비틀비틀 손으로 더듬으며 걸어와서 힘없이 의자에 쓰러져 버렸다. 언뜻 보기에는 손발을 축 늘어뜨리고 있는 폼이 저녁잠을 자는 것처럼 보였으나 고개를 쉴 새 없이 끄덕거리는 것으로 보아 잠을 자는 것은 아님을 알 수 있었다. 그레고르는 여전히 그 자리에 조용히 누워 있었다. 자

기 뜻대로 되지 않은 데 대한 실망도 실망이려니와 오랫동
안 굶주렸기 때문에 몸이 극도로 쇠약해져서 꼼짝도 할 수
없었다. 그는 지금 당장이라도 자기 몸을 향해 온갖 물건들
이 한꺼번에 무자비하게 던져질 것이라고 생각하면서 그 순
간을 기다리고 있었다. 그때 어머니가 손을 떠는 바람에 바
이올린이 어머니의 무릎에서 떨어지며 큰소리를 냈지만 그
레고르는 조금도 놀라지 않았다.

"어머니! 아버지!" 하고 부르고는 누이동생은 이야기를 꺼
내기 전에 손바닥으로 탁자부터 쳤다.

"더 이상은 못 견디겠어요. 어머니와 아버지는 아직 사정
을 모르시겠지만 저는 잘 알고 있어요. 저는 이런 괴물을 보
고 오빠의 이름을 부르고 싶지 않아요. 제 말씀은 저걸 없애
버려야 한다는 거예요. 우리들은 그동안 저걸 먹여 살리느라
고 꾹 참고 견디며 할 수 있는 데까지 다해 왔어요. 그러니
아무도 우리들을 나무라지는 않을 거예요."

"그래, 네 말이 맞다." 하고 아버지는 입 속으로 중얼거리
듯이 말했다. 아직도 완전히 숨을 돌리지 못하고 있는 어머
니는 넋이 나간 듯한 눈빛을 하고서 손으로 입을 가리고 심
하게 기침을 하기 시작했다.

누이동생은 어머니 곁으로 달려가서 머리를 받쳐 주었다.

아버지는 누이동생의 말을 듣고서 마음속에 무엇인가 결심이 선 것처럼 보였다. 아버지는 의자 위에 가만히 앉아서 하숙인들이 저녁 식사를 끝마쳤는데도 여전히 식탁 위에 놓여 있는 접시들 사이로 모자를 굴리면서 이따금씩 가만히 누워 있는 그레고르 쪽을 쳐다보았다.

"우리는 저걸 없애 버려야만 해요" 누이동생은 다시 아버지만 쳐다보면서 다짐하듯이 말했다. 어머니가 기침 때문에 아무 말도 듣지 못했기에 되풀이하여 말한 것이다. "저건 아버지와 어머니의 목숨을 앗아갈 거예요. 왠지 그런 생각이 자꾸만 들어요. 우리들은 온갖 고생을 다하면서 일해야 되는데, 이처럼 끝없는 골칫거리를 집안에 두고 어떻게 견딜 수 있겠어요? 저는 더는 견딜 수가 없어요." 누이동생은 그만 울음을 터뜨려 버렸다. 그 눈물이 어머니의 얼굴에 떨어지자 누이동생은 거의 기계적으로 손을 움직여 어머니 얼굴에 흘러내리는 눈물을 훔쳤다.

"애야, 그럼 우린 어찌 하면 좋단 말이냐?" 하고 아버지는 동정어린 너그러운 목소리로 말했다. 누이동생은 사실 아무런 구체적인 방안도 생각해보지 못했다는 뜻으로 아버지께 어깨를 움츠려 보였다. 그녀는 울고 있는 동안에 먼젓번의 그 단호했던 태도와는 대조적으로 정말 어찌하면 좋을지 몰라서 혼란 속에 빠져 들었던 것이다.

 "저놈이 우리 마음을 조금이라도 알아주었으면 좋으련만." 하고 아버지는 동의를 구하는 것처럼 말했다. 누이동생은 울면서 그런 것은 기대조차도 할 수 없다는 듯이 한쪽 손을 세차게 내저었다.

 "저놈이 우리 마음을 조금이라도 알아주었으면……." 하고 아버지는 같은 말을 되풀이하였다. 그리고는 그런 일은 있을 수 없다는 누이동생의 확신에 동감한다는 듯 눈을 지그시 감았다. "그렇게만 한다면야 저놈하고 타협할 수도 있을 텐데. 그러나 모양이 저 꼴이니……."

 "내쫓아야 해요. 그렇게 하는 수밖에 없어요. 아버지! 저 괴물이 그레고르라는 생각을 버리셔야 돼요. 지금까지 너무나 오랫동안 그렇게 믿어 왔던 게 우리의 큰 불행이었어요. 어째서 저게 그레고르란 말예요? 만일 저게 정말 그레고르라면 사람이 자기 같은 동물과 함께 살 수 없다는 것쯤은 벌써 알아차리고 제 발로 나가 버렸을 거예요. 그러면 오빠는 없어질망정 우리는 마음 편히 살 수 있고 언제까지나 오빠를 연민의 정으로 회상할 수 있잖아요. 그런데 저것은 우리들을 괴롭히고 하숙인들을 쫓아내고 있잖아요. 나중에는 아마 이 집을 송두리째 독차지하고 우리들까지 길거리로 내쫓을 거예요. 저것 좀 보세요, 아버지!" 하고 누이동생은 갑자기 언성을 높였다. "또 장난을 시작했어요!" 누이동생은 그레고르에게서 까닭 모를 이상한 공포를 느꼈는지, 멍청하게 그레고르 옆에 있는 것보다는 차라리 어머니를 희생시키는 편이 낫다는 듯이 펄쩍 뛰어 어머니의 곁을 떠나 뒤로 물러서서 아버지 뒤로 몸을 숨겼다. 아버지는 누이동생의 갑작스런 행동에 당황한 나머지 자리에서 벌떡 일어나 누이동생을 보호하려는 생각에서 양팔을 앞으로 쳐들었다.

그러나 그레고르는 누이동생은 물론이고 어느 누구도 위협할 생각이 전혀 없었다. 그는 다만 자기 방으로 가려고 몸을 돌리기 시작했을 뿐이었다. 그의 비참한 몸뚱어리는 몸을 조금 돌리기에도 힘이 들었기 때문에 머리의 반동을 이용해야만 했다. 그래서 몇 번이나 반복해서 머리를 쳐들었다가 마룻바닥에 내리치곤 했다. 이처럼 괴상한 동작은 두말할 것도 없이 사람들의 시선을 집중시켰다. 그는 동작을 멈추고 사방을 두리번거렸다. 사람들은 그저 순간적으로 놀랐을 뿐 그레고르의 악의 없는 의도만은 그래도 알아주는 것 같았다. 이제 가족들은 모두 입을 다문 채 슬픈 표정으로 그를 바라보고 있었다. 어머니는 의자에 앉아서 두 다리를 모아 앞으로 쭉 뻗치고 있었다. 말할 수 없이 피로했기 때문에 눈꺼풀이 자꾸만 밑으로 처졌다. 누이동생은 아버지와 나란히 앉아 한쪽 팔로 그의 목을 감고 있었다.

"자, 이제는 방향을 돌려도 상관없겠지" 하고 생각한 그레고르는 다시 그 동작을 시작했다. 그는 무척 힘들어 호흡이 거칠어져서 숨을 돌리려고 가끔 쉬기도 하였다. 그렇다고 해서 그를 재촉하는 사람은 아무도 없었다. 모두들 그가 하는 대로 내버려 두었다. 그는 마침내 방향을 돌려 자기 방으로 곧장 돌아가기 시작했다. 그는 자기 방까지의 거리가 어지간히 먼 데에 크게 놀랐다. 그래서 조금 전에 쇠약한 몸으로 어떻게 이처럼 먼 거리를 먼 줄도 모르고 기어왔는지 도무지 납득이 가지 않았다. 그저 빨리 기어가려는 생각만이 가득했기 때문에 가족들이 말을 걸거나 소리를 쳐서 자기를 방해하는 일도 없었다는 사실을 거의 의식하지 못했다. 문 앞에까지 왔을 때야 비로소 고개를 돌려보려고 했으나 그것도 뜻대로 되지 않았다. 목이 굳어진 것처럼 느껴졌다. 다만 자기가 떠나온 이후 그 자리에서는 아무 변화도 일어나지 않았음을 느낄 수 있었고, 누이동생의 모습만 눈에 들어왔을 뿐이었다. 그러다가 그의 마지막 시선이 어머니를 힐끗 스쳤는데 어머니는 잠들어 있었다.

그가 방안에 들어가자마자 곧 문이 닫히고 고리가 잠겨

그대로 방안에 갇히는 신세가 되었다. 이때 그레고르는 뒤에서 별안간 요란스러운 소리가 나는 바람에 깜짝 놀라서 다리가 휘청 굽혀져 부러질 지경이었다. 문을 잠근 사람은 누이동생이었다. 누이동생은 그 순간을 기다리고 있다가 그레고르가 방안으로 들어가자마자 쏜살같이 달려왔던 것이다. 그레고르는 달려오는 누이동생의 발자국 소리를 전혀 듣지 못했다. 누이동생은 자물쇠 구멍에 열쇠를 넣어서 돌리며 "됐어요!" 하고 아버지와 어머니를 향해서 외쳤다.

'도대체 어쩔 셈이지?' 그레고르는 자문해보면서 어둠에 묻힌 주위를 휘둘러보았다. 그는 곧 자기가 그 이상 더 움직일 수 없다는 사실을 깨달았다. 그는 이것을 별로 이상하게 생각하지 않았다. 이런 가느다란 다리로 여기까지 기어올 수 있었다는 것이 오히려 신기할 정도였다. 그는 일종의 쾌감까지 느끼고 있었다. 온몸이 아팠지만 점점 아픈 것이 가시고 곧 완전히 가라앉을 것 같았다. 등에 박힌 썩은 사과도 보드라운 먼지가 덮인 상처 주위의 염증도 어느덧 전혀 느껴지지가 않았다. 그는 묘한 감동과 애정으로 가족들을 회상해보았다. 자기가 없어져야 한다는 생각은 누이동생보다도 훨씬 더 절박하게 느껴졌다. 멀리 교회의 종탑 시계가 새벽 세 시를 알릴 때까지 그는 이처럼 고요한 상념에 잠겨 있었다.

창밖이 훤하게 밝아 오는 무렵 그의 머리는 자기도 모르게 밑으로 푹 수그러졌다. 그리고 콧구멍으로 그의 마지막 숨이 힘없이 흘러 나왔다.

다음날 아침 일찍 할멈이 와서 — 제발 그런 짓만은 하지 말라고 몇 번이나 타일렀건만 으레 조심성 없이 문이란 문을 모조리 힘껏 여닫기 때문에, 할멈이 오면 온 집안사람들은 편히 잠도 잘 수 없을 지경이었다. — 여느 때와 마찬가지로 그레고르의 방을 슬쩍 들여다보았으나, 처음에는 아무런 이상도 발견하지 못했다. 할멈은 그가 감정이 상해서 일부러 꼼짝도 않고 누워 능글맞게 꼴 보기 싫은 태도를 취하고 있는 것으로 생각하였다. 할멈은 그가 모든 것을 다 알아듣고 있다고 생각했던 것이다. 할멈은 방문 밖에 서서 마침 손에 들고 있던 기다란 빗자루로 그레고르에게 간지럼을 태워 보았다. 그래도 아무 반응이 없자 할멈은 은근히 화가 치밀어 그레고르의 몸을 약간 쑤셔 보았다. 그레고르가 아무런 저항도 하지 못하고 밀려나는 것을 보고서야 비로소 할멈은 이상하다 싶어 자세히 살펴보았다. 진상을 알게 된 할멈은 눈이 휘둥그레져서 무의식중에 휘파람을 휙 하고 불었다. 그리고는 그 자리에서 더 이상 우물쭈물하지 않고 잠자 부부의 침실 문을 열어젖히고는 어둠 속을 향하여 큰소리로 외쳤다.

"좀 가보세요. 저것이 죽었어요. 저기에 자빠져서 그대로 죽
어 버렸어요!"

　잠자 부부는 엉겁결에 부부용 침대에서 벌떡 일어나서 할
멈이 하는 말이 무슨 얘기인지 생각해볼 겨를도 없이 우선
할멈 앞에서 놀라움과 당황한 모습을 감추지 않으면 안 되
었다. 잠자 부부는 기겁을 하며 각자 자기가 누워 있던 쪽으
로 내려와 잠자 씨는 어깨에 담요를 걸치고 부인은 잠옷 바
람으로 침실에서 나와 그레고르의 방으로 달려갔다. 그러는
동안 거실 문도 열렸다. 하숙을 친 다음부터 그레테는 거실
에서 자고 있었다. 그레테는 밤새 뜬눈으로 지새운 듯 단정
한 옷차림 그대로였다. 무엇보다도 핼쑥한 얼굴빛이 그것을
증명하는 것 같았다. "죽었다고?" 하고 말하면서 잠자 부인
은 믿기지 않는다는 듯 할멈을 쳐다보았다. "네, 죽은 것 같
아요." 할멈은 자기의 말을 증명하려고 빗자루로 그레고르
의 주검을 옆으로 쭉 밀어 보였다. 잠자 부인은 그 짓을 막
으려 하다가 그만두었다. "자아, 이제는 하느님께 감사를 드
려야 되겠군." 하고 말하고 나서 잠자 씨는 가슴에 성호를
그었다. 어머니와 딸도 그를 따라서 성호를 그었다. 그때까
지 주검에서 한 번도 눈길을 떼지 않고 있던 그레테가 입을
열었다. "좀 보세요, 어쩌면 그다지도 말랐을까요. 오빠는

벌써 오래 전부터 음식을 일체 입에 대지 않았어요. 음식을 갖다 주어도 전혀 먹지 않고 그대로 내보내곤 했어요." 그녀의 말마따나 그레고르의 몸은 극도로 말라서 아주 납작해져 있었다. 다리들은 이미 몸뚱이를 지탱할 수 없을 정도였다. 사람들은 그 사실을 이제야 비로소 똑똑히 알게 되었다.

"그레테야, 이리 좀 오너라." 하고 잠자 부인은 슬픈 미소를 떠올리며 딸에게 말했다. 그레테는 시신을 돌아보며 부모님을 따라 침실로 들어갔다. 할멈은 그레고르의 방문을 닫고 창문을 열어 젖혔다. 아직 이른 아침이건만 신선한 아침 공기에서 훈훈한 온기를 피부로 느낄 수 있었다. 때는 어느덧 3월 말이었다.

세 명의 하숙인들은 방에서 나와 아침식사를 찾았으나 모두들 어리둥절해졌다. 그들은 하숙인의 존재조차 잊고 있었다. "아침밥은 어디에 있습니까?" 그들 중에서 가장 우두머리격인 사내가 불평을 늘어놓으며 할멈에게 물었다. 할멈은 아무 말도 없이 손가락을 얼른 입에 대며 그레고르의 방으로 가보라고 눈짓을 했다. 그들은 그레고르의 방으로 가서 남루한 윗옷 호주머니에 두 손을 넣고 그의 시신을 빙 둘러섰다. 이미 실내는 환하게 밝아졌다.

그때 침실의 문이 열렸다. 잠자 씨는 급사용 제복을 입고 한쪽 팔은 아내에게, 그리고 또 다른 한쪽은 딸에게 부축을 받으며 나왔다. 세 사람의 얼굴은 모두들 눈물을 흘린 듯 눈이 부어 있었다. 그레테는 이따금씩 아버지의 팔에 얼굴을 묻곤 했다.

"지금 당장 우리 집에서 나가 주시오!" 잠자 씨는 이렇게 말하고 아내와 딸을 자기 몸에서 떼어 놓지 않은 채 현관 쪽을 가리켰다. "무슨 말씀인지요?" 그 우두머리격인 사내가 약간 놀란 기색으로 빙그레 미소를 지으며 물었다. 나머지 두 사람은 뒷짐을 지고 서서, 마치 자기들에게 유리한 방향으로 끌어가게 될 언쟁을 내심 기다리는 듯이 두 손을 비벼 댔다. "지금 내가 말한 그대로입니다!" 잠자 씨는 이렇게 답하고 나서 아내와 딸과 함께 하숙인 앞으로 걸어갔다. 처음에 우두머리격인 사내는 움직이지도 않고 그대로 서 있었다. 그러다가 마치 여러 가지 일을 머릿속으로 정리하려는 듯이 잠시 동안 마룻바닥을 내려다보았다. "정 그렇다면 나가겠습니다." 그는 이렇게 말하면서 잠자 씨를 쳐다보았다. 그 사내는 별안간 자기를 사로잡은 겸허함과 엄숙함 속에서 내린 결정을 잠자 씨에게 허락이라도 받으려는 듯했다. 그러나 잠자 씨는 그저 눈을 크게 뜨고 몇 번씩 고개를 끄덕거릴 뿐이었다. 잠시 후 그 사내는 곧바로 현관으로 성큼성큼 걸어나갔다. 나머지 두 사람은 잠시 멈춰서 귀를 기울이고 있었으나 곧이어 우두머리를 뒤쫓았다. 세 사람은 옷걸이에서 모자를 집어 들고 지팡이를 꺼내든 다음 무표정하게 인사를 하고는 집을 나갔다. 아무런 근거도 없는 의혹을 품고서 ─ 이러한 의혹이 결국 노파심에 불과했다는 사실은 곧 밝혀졌지만 ─ 잠자 씨는 아내와 딸을 데리고 계단 앞으로 나가서 떠나가는 세 사람의 뒷모습을 바라보았다. 세 사람의 하숙인들은 천천히 그리고 꾸준하게 발걸음을 옮겨서 기다란 계단을 내려갔으며 층마다 계단이 일정하게 구부러진 곳에서는 사라졌다가는 잠시 후 다시 나타나곤 했다. 그들이 아래로 내려감에 따라 그들에 대한 잠자 일가의 관심도 점차 사라져갔다. 저 밑에서 세 사람을 향해 올라오던 정육점 점원이 이윽고 그들을 지나쳐서 머리에 짐을 이고 화내듯이 퉁탕거리며 계단을 올라오는 광경을 보자, 잠자 씨는 비로소 아내와 딸을 데리고 난간을 떠나 홀가분해진 기분이 되어 집안으로 들어갔다.

그들은 오늘 하루를 푹 쉬면서 산책을 하기로 했다. 그들은 일을 쉴 만한 충분한 이유가 있었을 뿐만 아니라 또 휴식을 취할 필요가 있었다. 그래서 그들은 책상 옆에 앉아서 잠자 씨는 지배인에게, 아내는 주문자에게, 그리고 그레테는 상점 주인에게 제각기 결근계를 썼다. 할멈이 아침 일이 모두 끝냈으니 집으로 돌아가겠다고 말했을 때 결근계를 쓰고 있던 그들은 고개도 돌리지 않고 머리만 끄덕거렸다. 그러나 할멈이 계속 그 자리에 버티고 있었기 때문에 잠자 씨는 얼굴을 들고 소리를 질렀다. "왜 그래요?" 할멈은 문 옆에 서서 가만히 웃어 보였다. 그러한 할멈의 태도는 마치 가족들에게 무슨 기쁜 소식이라도 전해 주러 왔지만 상대방이 애걸을 하며 캐묻지 않으면 순순히 알려 주지 않겠다는 듯한 태도였다. 할멈이 쓴 모자에 꽂혀 있는 타조깃털 하나가 이리저리 가볍게 흔들리고 있었다. 할멈이 자기 집에서 일하는 동안에도 잠자 씨는 그 깃털이 매우 비위에 거슬렸다. "대관절 무슨 일입니까?" 하고 잠자 부인이 물었다. 할멈은 이 집에서 부인을 가장 존경하고 있었다. "네……" 할멈은 이렇게 대답하고는 정겹게 웃느라고 바로 말을 잇지를 못했다. "저어, 옆방에 있는 그것을 치울 생각은 조금도 하지 마세요. 제가 벌써 치워 놓았으니까요." 잠자 부인과 그레테는 결근계를 계속해서 쓰려는 듯이 다시 고개를 숙였다. 잠자 씨는 할멈이 모든 일을 구구절절 말하려고 하는 것을 눈치채고 손을 내저으며 단박에 거절했다. 할멈은 거절을 당하자 자신도 이렇게 한가한 몸이 아니라는 사실을 깨닫고는 기분이 상한 듯 이렇게 외쳤다. "그럼, 여러분 안녕히 계세요." 그러더니 요란스럽게 문을 닫고는 나가 버렸다.

"저녁에 돌아오면 할멈을 보내 버려." 잠자 씨가 이렇게 말했으나 아내나 딸은 아무런 대꾸도 하지 않았다. 간신히 얻은 마음의 평온이 할멈 때문에 다시 깨진 것처럼 느껴졌기 때문이다. 아내와 딸은 자리에서 일어나 창가로 가서 서로 부둥켜안았다. 잠자 씨는 의자에 앉은 채 두 사람 쪽으로 몸을 돌리고는 한동안 그들을 말없이 바라보았다. 그는 이렇게 말했다. "자, 이제 그만 이리와. 지난 일은 생각해서 뭘해. 자아, 이젠 나도 좀 생각해 달란 말이야." 아내와 딸은 잠자 씨한테로 다가가서 그를 위로한 다음 결근계를 마저 썼다.

얼마 뒤 잠자 일가는 모처럼 외출을 했다. 근래 몇 달 동안 이런 일은 도통 경험하지 못했다. 그들은 전차를 타고 교외로 나갔다. 전차는 한산해서 승객이라곤 그들 가족뿐이었다. 밝은 햇살이 전차 안으로 흘러 들어왔다. 그들은 안락한 좌석에 몸을 기대고 앞일에 대한 이야기를 나누었다. 곰곰이 생각해 보니 그들의 앞날이 그렇게 암울하지만은 않을 것이라는 사실이 밝혀졌다. 왜냐하면 이제까지는 서로 말해볼 기회조차 없었지만 막상 서로 대화를 나누어 보니 세 사람의 직업은 모두 매우 훌륭하고 특히 앞으로 전망이 더 밝아질 것처럼 생각되었기 때문이다. 우선 당장 집안 분위기를 바꾸는 것은 이사를 가기만 하면 수월하게 해결될 수 있을 것 같았다. 그들은 그레고르가 선택했던 지금의 이 집에서 계속 살아 왔다. 그런데 앞으로 그들은 지금 살고 있는 집보다 규모는 작지만 집세가 싸고 위치가 좋은 실용적인 거주지를 찾아보기로 했다. 이런 이야기를 하면서 잠자 부부는 점차 생기를 되찾는 딸의 모습을 바라보고는 거의 동시에 이러한 현상을 감지했다. 즉 그레테는 최근에 와서 혈색을 잃을 정도로 온갖 고생을 다 했지만 이제는 한창 성숙된 처녀의 자태로 성장할 것이라는 사실이었다. 잠자 부부는 이제 말을 하지 않고 눈으로 대화하면서 서서히 딸의 신랑감을 구해야 할 때가 왔다고 생각했다. 이윽고 전차가 목적지에 닿았을 때 딸은 잠자 부부보다 먼저 일어나서 젊고 생기 있는 육체를 쭉 폈다. 잠자 부부의 눈에 비친 딸의 이러한 모습은 그들의 새로운 꿈과 아름다운 미래를 약속해 주는 듯했다.

유형지에서

유형지에서

"참 기발한 장치죠?"

장교는 탐험가를 향해 말한 뒤 새삼 경탄하는 표정으로 낯익은 장치를 살펴보고 있었다. 여행 중이었던 탐험가는, 명령불복종과 상관모욕죄로 처형될 한 병사의 사형집행을 참관하는 게 어떻겠냐는 사령관의 제의를 받았다. 탐험가가 이 제의를 받아들인 것은 단지 사령관에게 예의를 표하기 위해서였다. 이런 처형은 이곳 유형지 사람들조차 무감각하게 여기게 된 지 이미 오래였다.

벌거벗은 산으로 둘러싸인 황량한 계곡에는 장교와 탐험가, 사형수와 경호를 맡은 병사뿐이었다. 악어처럼 입을 크게 벌리고 있는 사형수는 덥수룩한 수염과 헝클어진 머리카락 때문에 얼굴을 제대로 분간하기 어려웠다. 사형수 뒤에는 쇠사슬을 쥔 병사가 따랐다. 여러 가닥으로 나뉜 쇠사슬은 사형수의 발목과 팔, 목을 얽어매고 있었고, 그 가는 쇠사슬들 끝에는 굵은 쇠사슬이 다시 얽혀 있었다. 그런데도 사형수는 순한 강아지처럼 고분고분했다. 만약 쇠사슬을 풀어주면 산등성이를 자유롭게 돌아다니다가 사형이 임박해져서 휘파람을 한 번 불면 곧바로 달려올 사람처럼 보였다.

탐험가는 이런 장치에는 흥미가 없었다. 그래서 그는 노골적으로 방관하는 태도를 드러내며 사형수 뒤에서 어슬렁거렸다. 그러나 장교는 땅을 파고 장치 밑으로 기어들어 갔다가 사다리를 타고 올라가기도 하면서 장치를 꼼꼼하게 점검했다. 원래 이런 일은 기계담당 병사의 몫이었지만 장교는 이 놀라운 장치에 반했기 때문인지, 아니면 다른 사람에게 맡기지 못할 특별한 이유가 있는지 손수 임무를 수행하고 있었다.

"이제 완벽하군!"

장교는 이렇게 외치며 사다리에서 내려왔다. 그리고 힘이 드는지 입을 크게 벌리고 숨을 몰아쉬었다. 얇은 여성용 손수건 두 장이 군복 깃 안쪽에 대어 있는 것이 얼핏 보였다.

“그런 군복으로는 무척 덥겠군요. 이런 열대 지방에서는 어울리지 않는 옷이에요.”

탐험가는 장교의 기대와 달리 장치에는 눈길조차 주지 않으며 무관심하게 말했다.

“맞는 말씀입니다.”

장교는 미리 준비한 물통에 기름범벅이 된 손을 씻으며 대답했다.

“하지만 이 군복은 조국의 상징이지요. 우리는 조국을 잃고 싶지 않습니다. 그건 그렇고, 우선 이 장치를 좀 보십시오.”

장교는 수건으로 손을 닦으며 다시 장치를 가리켰다.

“얼마 전까지만 해도 문제가 좀 있었지만 이젠 완전히 자동으로 처리된답니다.”

탐험가는 할 수 없이 고개를 끄덕이며 장교의 뒤를 따랐다. 그러나 장교는 자신의 말에 책임을 질 수 없어서인지 덧붙여 말했다.

“물론 가끔 고장 날 때도 있답니다. 오늘은 실수가 없으리라고 생각합니다만, 알 수 없는 일이지요. 이 장치는 쉴 새 없이 돌아가고 있으니까요. 고장이 난다 해도 큰 문제는 아닙니다. 바로 고칠 수 있으니까요. 좀 앉으시겠어요?”

장교는 수북하게 쌓인 등나무 의자에서 한 개를 빼내어 탐험가에게 권했다. 탐험가는 거절할 수가 없어서 커다란 구덩이 옆에 의자를 놓고 앉아서 구덩이 속을 들여다보았다. 구덩이는 그리 깊지 않았으나 구덩이 한쪽에는 파헤쳐진 흙이 둑처럼 쌓여 있었고, 맞은편에 장치가 버티고 있었다.

"혹시 사령관께서 이 장치에 대해 설명을 하셨는지 모르겠습니다만."

이렇게 말하며 장교는 탐험가의 눈치를 살폈다. 탐험가는 긍정도 부정도 아닌 애매한 손짓을 했다. 장교는 이 손짓이야말로 기다리던 신호라는 듯이 눈을 빛냈다.

"우선 이 장치는……."

장교는 지렛대 하나를 쥐고 몸을 기대면서 말했다.

"전임 사령관께서 고안한 것입니다. 저는 이 장치를 처음 설계했을 때부터 제작에 참여했답니다. 하지만 발명의 공적이야 물론 사령관께 있지요. 혹시 전임 사령관에 대해 들으신 적이 있습니까? 아직 없으신 것 같은데, 그럼 제가 말씀을 드리지요. 사실 그 분이 이 유형지의 모든 시설을 만들었다고 해도 과언이 아닙니다. 전임 사령관께서 돌아가셨을 때에는 거의 모든 시설이 완벽하게 이루어져 있었기 때문에 후임자가 아무리 머리를 짜내어 새로운 시설을 만들려고 해도 소용이 없을 거라고 생각했습니다. 저를 포함하여 전임 사령관을 기억하는 사람들은 누구나 이 사실을 인정하지요. 그리고 우리들의 생각은 빗나가지 않았답니다. 신임 사령관 역시 인정한 사실이거든요. 그런데 전임 사령관을 모르신다니 유감이군요. 아니, 제가 지나쳤다면 용서하세요.”

장교는 잠시 쉬었다가 계속 말했다.

“어쨌든 눈앞의 이 장치는 전임 사령관께서 남긴 것입니다. 잘 보세요. 세 부분으로 나누어져 있지요? 각 부분은 위치에 따라 별칭이 있습니다. 맨 아래는 침대, 맨 윗부분은 제도기, 그리고 가운데 매달려 있는 저것은 써레라고 하지요.”

“써레요?”

탐험가는 되물었다. 장교의 말을 귀담아 듣지 않아서 자신이 잘못들은 것은 아닌지 확인하기 위해서였다.

이글거리는 태양은 그늘 하나 없는 계곡 위에서 뜨거운 열기를 뿜어대고 있었다. 누구든 생각에 집중할 수 없을 만큼 짜증나는 더위였다. 이 더위 속에서도 커다란 견장 위로 금줄을 서너 개 늘어뜨리고 열병식에라도 참석하는 듯한 차림으로 열심히 설명하는 장교의 모습은 놀라울 정도였다. 게다가 말을 하면서도 손으로는 이곳저곳의 나사를 바삐 조절하고 있었다. 옆에 서 있는 병사도 탐험가만큼이나 나른해 보였다. 병사는 양 손목에 사형수를 옭아맨 쇠사슬 끝을 감아쥐고 한 팔을 총구 위로 기대 그곳에 체중을 싣고 있었다. 머리는 아래로 힘없이 늘어뜨렸고 아무 생각도 없이 멍청히 서 있었다. 탐험가는 병사의 모습이 이상하지 않았다. 왜냐하면 장교는 프랑스어로 말하고 있었기 때문이다. 병사와 사형수는 프랑스어를 알 리가 없었다. 그런데 무슨 말인지도 모르면서 장교의 말을 열심히 듣고 있는 사형수 모습은 기이했다. 사형수는 졸음이 가득한 듯 보이는 눈으로 장교가 가리키는 것을 바라보고, 또 장교와 똑같이 탐험가를 바라보았다.

"네, 써레라고 합니다. 써레라는 이름이 썩 잘 어울리지요? 바늘이 써레처럼 여러 줄로 가지런하게 늘어서 있고, 그것 자체가 써레와 똑같은 역할을 하니까요. 다만 한군데로 집중된다는 점이 조금 다르기는 합니다만, 써레보다는 훨씬 정교하게 만들어졌지요. 곧 보시게 되겠지만, 맨 먼저 사형수를 침대에 눕힙니다. 제가 이런 말씀을 드리는 것은 장치의 구조를 대강 설명해 드린 다음에 성능을 보여 드리면 이해가 쉬울 것 같아서입니다. 그리고 제도기의 톱니바퀴가 너무 닳아서 일단 움직이기 시작하면 옆 사람과 얘기를 할 수 없을 정도로 시끄럽기 때문입니다. 이 장치의 수리용 부속품들은 이곳에서 구하기가 힘들지요. 여기 이 부분이 방금 말씀드린 침대입니다. 이곳에 솜을 가득 넣어 누빈 요가 깔립니다. 그 이유는 곧 아시게 될 겁니다. 그 요 위에 저 사형수를 엎드리게 합니다. 물론 발가벗기지요. 이것이 저 사형수를 꼼짝 못하게 묶을 가죽 띠랍니다. 이건 팔을 묶는 것이고, 이건 발, 그리고 이건 목을 묶지요. 이쪽이 침대 머리맡, 방금 설명한 것처럼 사형수가 얼굴을 댈 부분에는 작은 펠트 뭉치가 있습니다. 그것은 사형수의 입에 꼭 맞도록 조절되어서 사형수가 비명을 지르거나 혀를 깨물지 못하게 합니다. 물론 저 사형수도 이 펠트 뭉치를 물게 되지요. 그렇게 하지 않으면 목을 졸라맨 가죽 띠 때문에 목뼈가 부러지거든요."

"이게 솜 요란 말이오?"

탐험가는 이렇게 물으면서 상반신을 앞으로 내밀었다.

"그렇습니다."

장교는 웃음을 지으며 대답했다..

"직접 만져 보십시오."

장교는 갑자기 탐험가의 손을 잡아끌고 침대를 쓸어 보게 했다.

"겉보기에는 쉽게 구분되지 않지만, 특별히 제작된 솜 요입니다. 이 요의 용도는 잠시 후에 설명 해 드리지요."

탐험가는 차츰 이 장치에 흥미를 느꼈다. 손바닥을 이마에 대고 햇빛을 가리면서 장치를 아래위로 훑어보았다. 장교의 말처럼 그것은 기발한 장치였다. 침대와 제도기는 비슷한 크기의 쌍둥이 궤짝처럼 보였다. 제도기는 침대 위의 약 2미터 정도 높이에 매달려 있었는데 네 귀퉁이를 놋쇠 기둥이 떠받치고 있었다. 그 놋쇠 기둥은 햇빛을 받아 발광 물체처럼 빛을 내고 있었다. 그리고 쌍둥이 궤짝 사이로 한 가닥 강철 줄에 매달린 써레가 보였다.

장교는 조금 전까지만 해도 탐험가의 무관심한 태도를 눈치 채지 못한 듯하더니, 탐험가가 조금씩 관심을 보이자 이를 재빨리 파악한 것 같았다. 그래서 탐험가가 장치를 자세히 살펴볼 수 있도록 잠시 말을 멈추고 기다렸다. 사형수 또한 탐험가의 행동을 따라하고 있었다. 다만 손이 묶여 있어서 햇빛을 가릴 수 없었으므로 눈이 부셔서 찡그린 표정으로 장치를 쳐다보았다.

"그러니까 이 사나이가 여기에 엎드리게 된다는 말이군요?"

탐험가는 의자 등받이로 깊숙이 몸을 들이밀고 다리를 포개며 말했다.

“그렇지요.”

장교는 모자를 위로 치켜 올리면서 손바닥으로 달아오른 얼굴을 만졌다.

“간단한 이치입니다. 침대와 제도기에는 각각 전지가 연결되어 있습니다. 침대의 전지는 침대 자체를 작동시키는 데 필요하지만, 제도기의 전지는 써레를 움직이는 데 필요합니다. 사형수를 묶어 놓으면 침대는 움직이게 됩니다. 사방으로 진동하며 움직이지요. 혹시 병원 침대에 누워 보신 적이 있습니까? 이 침대가 병원 침대와 다른 점은 모든 움직임이 치밀하게 계산되어 작동된다는 점이지요. 그러니까 침대의 진동은 써레의 움직임에 맞추어 몇 초의 오차도 없이 움직이도록 되어 있습니다. 즉, 이 써레가 판결의 실질적인 위임자나 마찬가지니까요.”

“판결이라뇨?” 탐험가가 놀라서 물었다.

“아직 모르고 계셨습니까?” 장교는 어이가 없는지 입술을 지그시 깨물었다.

“제 설명이 분명하지 않았던 모양이군요. 이해해 주십시오. 전임 사령관께서는 손수 설명을 하셨지만, 신임 사령관은 이런 영광을 포기하시더군요. 귀한 손님이 입회하셨는데 말입니다.”

탐험가는 장교의 정중한 말투가 어색하게 느껴져 양손을 흔들며 막으려고 했지만 장교는 자신의 뜻을 굽히지 않았다.

"신임 사령관이 이런 귀한 손님을 초대하고도 판결 내용을 설명하지 않았다는 것은 체제에 대한 개혁이라고 할 수 있으며, 이것은 또⋯⋯."

장교는 욕설이 튀어나오는 것을 겨우 참는다는 듯이 말을 이었다.

"그것을 제게 지시하지 않았으니 제 잘못은 아닙니다. 어쨌든 지금 이 자리에서 판결 내용을 가장 잘 설명할 수 있는 사람은 저 밖에 없습니다. 이것 좀 보시겠습니까?"

장교는 군복의 주머니가 달린 가슴 쪽을 주먹으로 치며 말했다.

"전임 사령관께서 그린 장치의 도안을 제가 가지고 있습니다."

"사령관이 직접 그린 도안인가요? 전임 사령관은 모든 일을 당신에게 일임하신 모양이군요. 그렇다면 전임 사령관은 군인에다 설계사, 발명가와 판사까지 1인 4역을 하신 거군요?"

"물론 그렇습니다."

장교는 깊은 생각에 잠긴 듯한 눈길로 고개를 끄덕거렸다.

그리고 자신의 두 손을 뚫어져라 바라보았다. 귀중한 도안을 만지기에는 자기 손이 불결하다고 생각하는 모양이었다. 장교는 물통에 손을 담그고 정성스레 손을 씻었다. 그런 다음 가죽 지갑을 꺼내 들었다.

"이 판결은 결코 과한 것이 아닙니다. 이 장치의 써레는 사형수의 몸에 그가 범한 죄의 내용을 새겨 넣습니다. 가령 저 사형수의 경우에는,"

그러면서 장교는 사형수를 가리켰다.

"'상관의 명령에 복종하라.'는 문구를 몸에 새기는 겁니다."

탐험가는 사형수를 힐끗 쳐다보았다. 장교가 그를 가리키자 사형수는 고개를 숙인 채, 무슨 말인지 알아들으려고 안간힘을 쓰는 것 같았다. 그러나 꾹 다문 입으로 보아 아무것도 알아듣지 못한 것 같았다. 탐험가는 궁금한 것이 많았지만 사형수를 보자 더 이상 물어볼 마음이 내키지 않았다. 탐험가는 겨우 한 가지만 물었다.

"사형수도 본인의 판결 내용을 알고 있나요?"

"전혀 모릅니다."

장교는 잘라 말하고는 또다시 장황하게 설명하려고 했다. 탐험가는 재빨리 다시 물었다.

"아니, 본인에게 내려진 판결 내용을 전혀 모른단 말입니까?"

"모릅니다."

장교는 되풀이해서 말했다. 그리고 탐험가가 왜 그것을 캐묻는지 설명해 주기를 잠시 기다렸다가 다시 말을 이었다.

"설명할 필요가 뭐 있겠습니까? 금방 자신의 몸으로 체험하여 알게 될 텐데요."

탐험가는 할 말이 없었다. 바로 그때 사형수의 시선이 자신에게 향해지는 것을 느꼈다. 그 눈초리는 마치 방금 들은 이 말을 인정할 수 있느냐고 묻는 듯했다. 탐험가는 의자 등받이에 기댄 몸을 꼿꼿하게 세우며 다시 물었다.

"그건 그렇다 치고, 저 사람은 자신이 사형 선고를 받았다는 것을 알고 있겠지요?"

"아닙니다. 그것도 모릅니다."

장교는 탐험가의 이어진 질문이 신이 난 듯 얼굴에 미소를 띠며 쳐다보았다.

"그럴 리가 있겠어요?" 탐험가는 믿을 수 없었다.

"그럼 저 사람은 자기변호가 아무 소용없었다는 사실을 모른다는 말입니까?"

"그렇습니다. 사실 변호의 기회조차 없었습니다."

장교는 어쩔 수 없이 인정한다는 듯 먼 곳을 바라보았다. 이런 사실까지 말하게 되어 탐험가에게 치부를 드러내는 것이 굴욕적이라는 표정이었다.

"아무리 죄를 지었다 해도 변호할 기회는 주어야 하는 것 아닙니까?"

탐험가는 이렇게 말하며 의자에서 벌떡 일어섰다.

장교는 장치에 대한 설명을 끝까지 할 수 없을까봐 초조해졌다. 그래서 탐험가 곁으로 다가가서는 한 팔을 탐험가의 팔에 걸치면서 다른 한 손으로 사형수를 가리켰다. 사형수는 자기에게 시선이 쏠리는 것을 보고는 긴장하여 부동자세를 취했다. 그 바람에 병사가 쥐고 있던 쇠사슬이 팽팽해졌다. 장교가 서둘러 말했다.

"그 이유를 설명 드리겠습니다. 저는 말단이긴 하지만 이 유형지에서 판사 직책을 맡고 있습니다. 사건이 발생할 때마다 전임 사령관을 도와서 일을 처리해왔고, 또 누구보다 이 장치에 대해서 잘 알고 있으니까요. 제가 판결을 내리는 기본 원칙은 이렇습니다. 죄는 어떠한 경우든 처벌을 받아야 하는 것이 진리입니다. 다른 재판에서는 이러한 원칙이 늘 그대로 적용되지는 않습니다. 배심제에다 상급 법원에 상소할 권리가 있기 때문이지요. 그러나 이곳에서는 그런 것이 없습니다.

적어도 전임 사령관이 계실 때에는 없었습니다. 신임 사령관이 부임하고부터는 이러한 재판 방식에 관여하려고 하더군요. 지금까지 적당히 이의를 제기해 왔고 앞으로도 그렇게 할 겁니다. 당신은 이번 사건에 대해 의문이 많으신 것 같은데, 이 사건도 그동안의 사건들과 크게 다르지 않습니다.

저 사람의 임무는 어느 중대장의 숙소를 지키는 것이었습니다. 그런데 늦잠을 자서 근무 태만을 범했다는 고발이 있었습니다. 쉽게 말하면 한 시간 간격으로 방문 앞에서 경례를 해야 하는 것이 저 자의 임무였지요. 이는 크게 어려운 일도 아닙니다. 당연히 해야 하는 의무이고 본분입니다. 중대장이 언제나 기분 좋게 생활하도록 시중을 드는 것뿐입니다. 어젯밤 그 중대장은 자기 부하가 충실하게 임무를 수행하고 있는지 보려고 새벽 2시에 방문을 열어 보았답니다. 그런데 쪼그리고 앉아서 머리를 무릎 사이에 처박고 자고 있더랍니다. 중대장은 화가 나서 승마용 채찍으로 머리를 내리쳤습니다. 그런데 정작 용서를 빌어야 할 자가 중대장의 다리를 잡아 흔들면서 '채찍을 버리지 않으면 당신을 죽여 버리겠소.' 하고 위협을 했다더군요. 이것이 이 사건의 전말입니다.

한 시간 전쯤에 그 중대장이 저를 찾아왔고, 저는 중대장의 진술을 낱낱이 기록한 뒤 판결문을 작성했습니다. 그리고 바로 쇠사슬로 묶으라고 명령했지요. 이렇게 해서 이 사건은 종결되었습니다. 그런데 만약 제가 저 사람을 불러 심문을 했다면 사건은 정신없이 복잡해졌을 겁니다. 저자는 분명 거짓진술을 꾸며댈 것이기 때문이죠. 제가 그것을 알아내더라도 그는 또 새로운 거짓말을 할 것이 뻔합니다. 아마도 그 거짓말은 끝없이 계속 되겠지요. 하지만 제가 원칙대로 그를 체포해 버렸으니 그런 일은 일어나지 않았죠. 이제 의문이 풀리셨습니까? 이젠 서둘러야겠습니다. 이 시간쯤이면 형 집행이 끝나야 할 시간이거든요. 그런데 아직 장치의 설명도 다 하지 못했으니 빨리 해야겠군요.”

장교는 반 강제로 탐험가를 의자에 앉히고 장치로 다가가 설명을 계속했다.

“보시다시피 써레는 사람 몸에 맞게 여러 부분으로 나뉘어 있습니다. 이쪽은 상체를, 이쪽은 다리 쪽을 맡는 써레입니다. 머리는 이 작은 써레가 맡지요. 이제 아시겠습니까?”

장교는 세부 장치의 설명을 마치자 장치 전체에 대한 설명을 할 생각으로 탐험가를 향해 자세를 가다듬었다. 탐험가는 써레를 쳐다보는 내내 인상을 찌푸리고 있었다. 장교가 설명한 재판 절차가 도무지 납득이 가지 않았기 때문이었다. 하지만 이곳은 유형지라는 특수한 장소이기 때문에 이곳에서만 통용되는 재판절차에 따르는 것이 합당할 수 있다고 생각하며 애써 합리화하였다. 그러면서도 마음 한편에서는 신임 사령관에게 기대를 걸고 있었다. 탐험가는 이 장교의 무지막지하고 이해할 수 없는 재판절차를 신임 사령관이 개혁할 것이 분명하다고 생각했다. 탐험가는 신임 사령관을 염두에 두고 물었다.

"사령관도 형 집행에 참관하시나요?"

"아직 잘 모르겠습니다."

장교는 탐험가의 속마음을 알아챘는지 친절하게 미소 짓던 얼굴이 일그러졌다.

"그래서 더욱 서둘러야 합니다. 가능한 한 짧게 설명을 드리지요. 대신, 내일 이 장치의 청소를 끝낸 뒤에 자세하게 보충 설명을 해드리겠습니다. 이 장치의 유일한 결점은 한 번 사용하고 나면 너무 더러워진다는 것이랍니다. 그래서 지금은 꼭 필요한 것만 간략하게 말씀드리겠습니다. 저 죄수를 침대에 누이면 침대가 가볍게 흔들리기 시작합니다. 바로 그때 써레가 죄수의 몸을 향해 내려옵니다. 그때는 써레가 몸에 살짝만 닿도록 자동 조절됩니다. 완전히 조절된 뒤에는 이 쇠줄이 팽팽해져서 마치 철근처럼 보이지요. 그때부터 써레의 움직임이 시작됩니다. 모르는 사람들은 형이 집행되고 있다는 사실조차도 눈치 채지 못한답니다. 써레는 같은 운동을 반복하고 있는 것처럼 보입니다. 그러나 써레는 아주 빠르게 움직이면서 바늘 끝으로 계속 죄수의 몸을 찌르게 되지요. 침대의 진동 때문에 죄수의 몸도 계속 흔들리게 됩니다. 형 집행을 어디에서나 잘 볼 수 있도록 써레는 유리로 둘러싸어 있습니다. 그 끝에 바늘을 끼워 고정시키는 데는 몇 가지 어려운 점이 있었습니다만, 심혈을 기울여 연구한 끝에 성공했지요. 이 장치의 완성을 위해 저희들은 무척 고생했답니다. 이렇게 해서 몸에 새겨지는 문구 내용을 유리를 통해서 볼 수 있답니다. 가까이 오셔서 저 바늘을 구경해 보시겠어요?"

탐험가는 내키지 않는다는 듯이 천천히 일어서서 상반신을 굽히고 바늘을 살펴보았다.

"보시는 것처럼 두 가지의 바늘이 갖가지 모양으로 배열되어 있습니다. 긴 바늘 옆에는 꼭 짧은 바늘이 딸려 있지요? 긴 바늘이 글자를 새기면 짧은 바늘은 물을 내뿜어 피를 씻어내도록 되어 있답니다. 말하자면 새겨진 글자가 또렷하게 보이도록 하기 위해서지요. 핏물은 이 작은 여러 개의 통속으로 흘러서 다시 저 큰 통으로 모였다가 배출관을 통해 구덩이 속으로 흘러들어가게 되어 있습니다."

장교는 핏물이 흘러가는 경로를 손가락 끝으로 일일이 가리키며 설명했다. 그것도 모자라서 배출관 끝에 양손을 포개고 마치 흘러나오는 핏물을 받아내는 시늉을 했다. 탐험가는 장교의 그런 행동이 역겨워 머리를 돌리고 의자로 돌아가려고 했다. 바로 그때 장교는 사형수에게 장치를 가까이에서 구경하라고 명령했고, 사형수 역시 유리 너머로 몸을 내밀고 써레를 들여다보고 있었다. 졸고 있던 병사는 쇠사슬이 당겨지는 바람에 조금 앞으로 끌려나와 있었다. 그러나 사형수는 방금 두 사람이 주고받은 애기의 내용을 알 수 없으므로 들여다본들 그것이 무엇인지 알 도리가 없을 것이다. 사형수는 신기한 듯 아래 위를 훑어보고 있었다. 탐험가는 그러한 사형수의 행동이 더욱 죄를 무겁게 하는 것은 아닐까 하는 생각이 들어 사형수를 옆으로 밀어내려 했다. 그 순간 장교가 한 손으로 탐험가의 손을 잡고 다른 한 손으로 둑 위의 흙덩이를 집어 사형수를 향해 냅다 던졌다. 졸다가 놀란 병사는 총을 버리고 두 다리에 힘을 주어 버티며 쥐고 있던 쇠사슬을 잡아당겼다. 사형수는 그 자리에서 고꾸라졌다. 병사는 그대로 서서 사형수가 쇠사슬에 뒤엉켜 발버둥치는 모습을 바라보고 있었다.

"일으켜 세워!"

장교가 고함쳤다. 그는 사형수 때문에 탐험가의 관심이 엉뚱한 데로 빗나간 것을 알아차렸던 것이다. 탐험가는 내밀 수 있는 한 한껏 써레 너머로 몸을 내밀었고 써레 따위에는 관심을 전혀 두지 않았다. 오직 사형수가 어떻게 될지 염려스러웠다.

"조심해서 일으켜!"

장교는 또다시 소리쳤다. 그러고 나서는 장치 주위를 빙 돌아 사형수에게로 달려갔다. 그리고 손수 사형수의 겨드랑이에 손을 넣어서 버둥거리는 사형수를 병사와 함께 일으켜 세웠다.

"이제 어느 정도 알 것 같습니다." 탐험가는 장교가 돌아오자 이렇게 말했다.

"그렇지 않습니다. 가장 중요한 것은 설명하지 않았습니다."

장교는 탐험가의 팔을 붙들고 머리 위를 가리켰다.

"저 제도기 속에 써레 운동을 작동시키는 톱니 장치가 들어 있습니다. 톱니 장치는 판결 내용에 따라 도안대로 조절됩니다. 저는 지금도 전임 사령관의 도안을 사용하고 있습니다. 바로 이것입니다."

장교는 가죽 지갑에서 몇 장의 종이뭉치를 꺼냈다.

"하지만 직접 만져 보게 해드릴 수는 없습니다. 이것은 제가 가진 것 중에서 가장 아끼는 물건이니까요. 자, 앉으세요. 이 정도 거리에서는 보여드릴 수 있습니다. 이렇게 조금 떨어져서 보는 것이 오히려 눈에 잘 들어올 것입니다."

장교는 부스럭거리며 종이 중의 한 장을 집어 들었다. 탐험가는 예의상 감탄하는 말을 한 마디 건네야 한다고 생각했지만 아무리 보아도 사방으로 뒤엉킨 무수한 선밖에 보이지 않았다. 그 선들이 종이를 가득 메우고 있어서 여백은 거의 눈에 띄지 않았다.

"읽어보시겠습니까?" 장교가 탐험가를 보며 말했다.

"저는 도저히 읽지 못하겠군요."

"아니, 이 쉬운 걸 말입니까? 이 정교함이 기가 막히지 않습니까?"

"자세히 보시면 해독할 수 있을 겁니다."

장교는 웃음을 띠며 가죽 지갑을 다시 군복 주머니에 넣었다.

"학교에서 가르치는 글자가 아니라서 읽으려면 시간이 조금 걸리기는 합니다만 그다지 어렵지는 않습니다. 물론 간단한 글씨는 아니죠. 왜냐하면 글씨가 새겨지는 바로 그 순간에 숨통을 끊어지게 하는 것이 아니라 보통 세 시간은 걸리니까요. 글씨가 새겨지는 동안 조금씩 숨이 끊어지는 그런 글씨여야 하지요. 이 장치는 여섯 시간 만에 전력이 흐르도록 설계되었는데, 글씨는 띠 모양으로 몸통에 빙 둘러가며 새겨집니다. 글씨가 새겨지지 않는 다른 부분에는 장식 무늬가 새겨지게 됩니다. 이제 써레를 중심으로 한 이 장치의 기발한 성능을 인정하시겠죠? 그리고 이것도 좀 보시면……."

장교는 사다리를 타고 올라가 톱니바퀴 하나를 돌리면서 아래를 내려다보며 소리쳤다.

"조심하세요. 옆으로 비켜나세요!"

그 순간 장치가 일제히 작동을 시작했다. 톱니바퀴가 삐걱거리는 소리만 내지 않았더라면 굉장한 장치라는 생각이 들었을 것이다. 장교는 톱니바퀴의 소음이 못마땅하다는 표정을 지으며 톱니바퀴를 위협하려는 듯 주먹을 불끈 쥐고 흔들어 보였다. 그리고 탐험가를 향해 변명하듯 두 팔을 벌리며 어깨를 으쓱거렸다. 그런 후에 사다리를 내려와 장치를 쳐다보며 일일이 살피기 시작했다. 어딘가에 문제가 있는 것 같았다. 장교는 다시 사다리를 타고 올라가 이번에는 제도기 안으로 손을 넣어보더니 빨리 내려오기 위해 쇠기둥을 타고 아래로 미끄러져 내려왔다. 그는 매우 긴장한 듯이 보였다. 장교는 소음 때문에 탐험가의 귀에 대고 외쳤다.

"이제 장치의 기능과 동작 경로를 대충 이해하셨겠죠? 써레가 움직여서 저 사람 등에 글씨의 첫 윤곽을 새기면 솜이 든 요가 흔들리며 몸뚱이를 서서히 굴리게 됩니다. 그러면 이미 윤곽이 새겨진 부분은 요에 직접 닿게 되지요. 특수하게 제작된 요는 바로 지혈 작용을 해서 다시 글자를 새길 수 있도록 돕는답니다. 이쪽 써레의 돌기는 몸뚱이가 회전하는 동안 상처에 엉겨 붙은 솜털을 떼어내 구덩이로 버리는 역할을 합니다. 이런 식으로 써레는 같은 작동을 되풀이합니다. 써레는 이렇게 열두 시간 동안 같은 일을 반복하면서 글씨를 살 속 깊이 선명하게 새기는 겁니다. 처음 여섯 시간은 어느 사형수든 꿋꿋하게 견뎌냅니다. 두 시간 후에는 펠트 뭉치를 입에서 빼냅니다. 이미 그때쯤 되면 비명을 지를 기운조차 없어지기 때문이죠. 그리고 베개 위의 전기 가열기가 내장된 그릇에 따뜻한 죽이 지급되어 사형수가 혀로 핥아 먹을 수 있도록 해줍니다. 저는 지금까지 죽을 거부한 사형수는 단 한 사람도 보지 못했습니다. 제가 본 바로는 여섯 시간째로 접어들면 모두 식욕을 잃더군요. 저는 대개 이 자리에 무릎을 꿇고 앉아서 그런 상황을 세밀히 관찰해 왔습니다. 입에 들어간 마지막 음식물을 삼키는 자는 거의 없더군요. 입 속에서 음식물을 빙빙 돌리다가 마침내는 구덩이 속으로 뿜어내고 맙니다. 그 순간에는 잽싸게 머리를 움츠려야 하지요. 그러지 않으면 그 더러운 것을 정면으로 얼굴에 뒤집어쓰게 되거든요. 여섯 시간쯤 되면 모두 양처럼 순해집니다. 아무리 포악한 자도 이때가 되면 뭔가를 깨닫기 시작합니다. 그 징조는 제일 먼저 눈가에 나타나지요. 그리고 차차 온몸으로 번져 나간답니다. 그것을 지켜보고 있노라면 나 자신도 그런 자와 마찬가지로 나란히 침대에 눕고 싶은 유혹을 느끼곤 합니다. 형 집행은 여기서 일단 일단락됩니다. 그 뒤에는 사형수에게 자기 몸에 새겨진 문구를 판독하게 합니다. 사형수는 입을 삐죽 내밀고 귀를 기울이는 것처럼 행동해야 합니다. 조금 전에 직접 보셨듯이 글씨를 해독하기란 결코 쉽지가 않습니다. 하지만 사형수는 몸에 난 상처를 들여다보며 해독해야 한답니다. 물론 고통스러운 일이겠지요. 이 고통을 여섯 시간 동안 맛보게 하는 겁니다. 이것이 끝나면 써레의 날카로운 끝으로 사형수의 몸을 물고기처럼 낚아채서 구덩이 속으로 던져 버리게 됩니다. 그러면 시체는 피와 솜뭉치가 범벅된 구덩이에 떨어지면서 털썩 하며 소리를 내지요. 이것으로 처형이 모두 끝납니다. 그리고 저 병사와 제가 시체를 매장하지요."

장교의 설명을 유심히 듣고 있던 탐험가는 윗옷 주머니에 손을 넣으며 새삼스럽게 장치가 움직이는 것을 들여다보았다. 사형수는 곧 자신이 처형당한다는 것도 모른 채 호기심 어린 눈으로 기계를 살피고 있었다. 상체를 약간 앞으로 굽혀 머리를 내밀고 진동으로 떨리고 있는 바늘 끝을 눈으로 좇고 있었다. 이때 장교의 명령을 받은 병사가 칼을 빼들고 사형수의 등을 죽 내리그었다. 순식간에 사형수의 셔츠와 바지가 땅으로 떨어졌다. 사형수는 엉겁결에 떨어진 옷을 주워 몸을 가리려고 했지만, 그보다 먼저 병사가 쇠사슬이 팽팽해지도록 당겨서 사형수를 꼼짝 못하게 했다.

장교는 기계를 정지시켰다. 숨 막히는 정적이 계곡으로 퍼졌다. 사형수는 써레 밑에 눕혀졌다. 쇠사슬은 풀렸지만 대신 가죽 띠가 온몸을 죄었다. 사형수는 이것을 자신의 형벌이 줄어든 것으로 여기는 것 같았다. 사형수의 몸은 매우 말랐기 때문에 써레가 더욱 낮게 내려졌다. 써레의 바늘이 서서히 내려와 사형수의 몸에 닿는 순간 사형수는 온몸에 경련을 일으켰다. 병사가 사형수의 오른손을 묶고 있었기 때문에 묶이지 않은 왼손은 허공에서 버둥거렸다.

장교는 사형수의 왼손 가까이에 있었다. 그의 시선은 탐험가의 얼굴에 고정되어 있었다. 장치에 대한 설명을 모두 마쳤으니, 이제부터 집행되는 형을 보고 탐험가가 어떤 표정을 지을 지 기대하고 있는 것 같았다.

바로 그때 사형수의 손목을 묶고 있던 가죽 띠가 뚝 끊어졌다. 병사가 지나치게 힘을 주어 당겼기 때문이었다. 병사는 끊어진 가죽 띠 가닥을 장교에게 흔들어 보이며 도움을 청했다. 장교는 장치를 한 바퀴 돌아 병사에게로 달려갔다. 그리고 탐험가에게 미소를 지으며 변명했다.

"장치의 구조는 매우 복잡합니다. 가끔 끊어지거나 부러지는 문제가 발생하지요. 그러나 이런 문제 때문에 형 집행에 지장을 초래해서는 안 됩니다. 가죽 띠는 금방 다시 묶을 수 있으니까요. 쇠사슬을 대신 사용하면 간단히 해결됩니다. 쇠사슬 때문에 물론 오른팔의 미묘한 진동효과는 조금 줄어들겠지만 어쩔 수 없는 일이지요."

장교는 쇠사슬로 사형수의 손목을 직접 묶으면서 계속 말했다.

"기계를 제대로 유지하는 데 드는 예산이 턱없이 모자랍니다. 전임 사령관이 계실 때에는 이 기계를 위한 예산이 별도로 책정되어 있었습니다. 그땐 이곳에 부속품과 기자재를 보관하는 창고가 있었지요. 다 지나간 이야기이긴 합니다만, 솔직히 저는 그 모든 것을 너무 낭비하고 만 셈이지요. 신임 사령관은 기존의 제도를 무조건 바꾸려는 생각에 현실과는 동떨어진 이야기만 합니다. 사령관께서는 기계를 관리하는 예산 일체를 직접 주관하고 계시는데, 제가 새 가죽 띠를 청구하면 동강난 가죽 띠를 증거품으로 가져오라고 명령하십니다. 그러면서도 새 가죽 띠는 열흘이나 지난 뒤에야 겨우 지급되고 있습니다. 더군다나 그마저도 너무 싸구려라서 쓸모도 없는 것이지요. 가죽 띠가 없을 때 어떻게 기계를 작동시켜야 하는지에 대해 관심을 갖는 사람은 이제 아무도 없습니다.”

탐험가는 좀 더 신중해져야겠다고 생각했다. 남의 나라의 중요한 일에 간섭을 해서는 안 될 일이었다. 탐험가 자신은 이 유형지의 시민도 아니며, 더욱이 유형지가 속해 있는 나라의 국민도 아니었다. 그러므로 이런 극악한 형 집행에 이의를 제기하거나 이를 저지하려고 나섰다가는 외국인이 남의 나라 일에 끼어든다는 비난을 면하기 어려웠다. 그는 잠시 생각에 잠겼다. 그리고 겨우 변명삼아 원래 여행의 목적은 견문을 넓히는 것이었고, 자신은 이런 경우 자제력을 잃기 쉬운 성격이므로 타국의 재판제도에 대해 시비를 논할 생각은 조금도 없다고 결론 내렸다. 이 재판의 비합리적인 절차와 극악한 형 집행은 놀라운 것이었지만, 이 지방에는 그것 말고도 탐험가의 관심을 끄는 풍물들이 많았다. 따라서 재판에 대해 굳이 언급하지 않는다고 해서 탐험가의 이기심을 비난할 사람은 없을 것이다. 그리고 저 사형수만 하더라도 탐험가와는 아무 이해관계도 없는 타인이 아닌가. 같은 나라의 국민도 아니거니와 동정심을 베풀어야 할 사람도 아닌 것이다. 한편, 탐험가는 세력 있는 사람과 기관의 추천장을 가지고 왔으며 이곳에서 정중한 대접을 받고 있었다. 어쩌면 사령관은 재판 절차의 불합리성을 비판해 달라는 뜻에서 탐험가에게 사형집행을 참관해 달라고 제안한 것인지도 모를 일이었다. 이 추측은 방금 장교로부터 신임 사령관이 이 재판에 비협조적일 뿐만 아니라 장교에게 적의를 품고 있다는 말을 듣고 나니 더욱 분명해진 듯했다.

탐험가는 이러한 생각에 잠겨 있다가 느닷없는 장교의 고함소리를 들었다. 장교가 애써서 입에 집어넣은 펠트 뭉치 때문에 속이 거북해진 사형수는 먹은 것을 전부 토해 버렸던 것이다. 장교는 당황하여 사형수를 끌어내려 펠트 뭉치를 빼내고 머리를 구덩이 쪽으로 향하게 하려 했지만 이미 토해낸 오물이 장치를 따라 흘러내리고 있었다.

"이건 모두 신임 사령관 때문이야!"

장교는 악을 쓰며 놋쇠 기둥을 마구 흔들었다.

"장치가 짐승 우리처럼 더러워졌잖아!"

장교는 떨리는 손으로 탐험가에게 장치를 가리켰다.

"형 집행 전날에는 아무 것도 먹이지 말라고 사령관에게
한 시간 이상이나 설명했는데도 이 지경이 되고 말았습니다.
신임 사령관은 무엇이든 제 의견과는 반대랍니다. 사령관 부
인과 딸들은 사형수가 끌려간다는 소식을 듣고 목구멍이 터
지도록 과자를 쑤셔 넣더군요. 평생 썩은 생선만 먹던 놈에
게 값비싼 과자를 준다고 해서 무슨 도움이 되겠습니까? 그
건 인정상 그렇게 했으니 참을 수 있습니다. 그것을 비난하
지는 않겠습니다. 하지만 석 달 전부터 매일 같이 새 펠트를
지급해 달라고 독촉했는데도 모른 척 하는 것은 도대체 무
슨 심보일까요? 백 명 이상의 사형수가 물었던 펠트 뭉치를
물고도 토하지 않을 인간이 어디 있겠습니까?"

사형수는 이제 머리를 옆으로 돌리고 축 늘어져 있었다.
진정된 것처럼 보였다. 병사는 사형수의 셔츠로 오물을 닦아
내고 있었다. 장교가 탐험가에게로 다가왔다. 탐험가는 불안
하여 한 걸음 뒤로 물러섰다. 그러나 장교는 탐험가의 태도
에는 아랑곳하지 않고 탐험가의 손을 옆으로 잡아끌었다. 은
밀히 상의할 것이 있는데 괜찮겠느냐는 눈치였다.

"이런 재판 절차와 형 집행에 대해 당신에게 의외의 찬사
를 받긴 했지만, 사실 이 유형지에서는 아무도 공공연하게

동조하는 사람이 없습니다. 오로지 제가 대표이자 전임 사령관의 유산을 지키는 유일한 수호자이지요. 이런 현실로는 이 제도를 널리 퍼뜨릴 수가 없습니다. 그저 이곳에서만이라도 제대로 지키기 위해 전력을 다할 수밖에요. 전임 사령관께서 생존해 계실 때에는 이곳에서도 동조자가 매우 많았습니다. 저에게도 전임 사령관만큼 사람들을 설득할 능력이 있습니다만, 권력 앞에서는 어찌할 도리가 없습니다. 그러니 동조자들이 모조리 숨어 버릴 수밖에요. 어딘가에 동조자들이 있는 것은 분명하지만 나서지 않고 있을 뿐입니다. 오늘이라도 찻집에 가서 사람들에게 물어 보시면 알게 될 겁니다. 그들은 분명하게 말하지는 않겠지만, 모두 이 제도를 지지하고 있습니다. 하지만 그런 동조자가 있어도 제게는 아무런 힘이 되지 못합니다. 왜냐하면 제 상관인 신임 사령관이 자신의 생각을 고집하고 있으니까요. 그래서 저는 당신에게 묻고 싶습니다. 신임 사령관과 사령관의 주변 여자들 때문에 저 기발한 작품을……."

장교는 이렇게 말하며 기계를 가리켰다.

"파괴해도 된다는 말인가요? 그것을 뻔히 보면서도 허락해야 할까요? 당신은 외국인이긴 하지만 현재는 이 섬에 머물고 있습니다. 이제 더 이상 여유가 없답니다. 저의 재판권을 박탈하기 위한 음모가 진행되고 있으니까요. 이런 사실로 미루어볼 때 당신이 형 집행에 참관한 것은 그만한 이유가 있을 거라고 생각합니다. 저들은 모두 겁쟁이지요. 그래서 외국인인 당신을 보낸 겁니다.

전에는 사형 집행일이 이렇게 한산하지 않았습니다. 사형 전부터 이 골짜기는 사람들로 가득 찼지요. 구경하기 위해 몰려들었던 겁니다. 해가 뜨기도 전에 사령관은 부인들을 거느리고 참관했답니다. 나팔소리가 야영지에 울려 퍼지면 잠을 자던 병사들이 모두 일어나고, 저는 준비가 끝났음을 보고했지요. 고관들은 단 한 사람도 빠지지 않았답니다. 내빈들은 모두 기계를 빙 둘러 섰지요. 이 등받이 의자들은 성황을 이루었던 그때 사용되던 의자들이랍니다. 기계는 손질이 잘 되어 번쩍번쩍 빛났답니다. 저는 형을 집행할 때마다 거의 새 부속품을 썼으니까요. 구경꾼들이 저 건너 언덕까지 늘어서서 발돋움을 하고 있을 정도였답니다. 사령관은 직접 사형수를 써레 아래 눕혔답니다. 지금 병사가 맡아서 하던 일이 당시에는 제가 하던 일이었지요. 그것은 재판장으로서의 영예였으니까요. 이윽고 형 집행이 시작되면 누구 하나 숨소리도 내지 않았답니다. 더러 구경꾼들 중에는 눈을 감고 모래땅에 누워 있는 자도 있었지만, 정의로운 심판이 시작되고 있다는 것은 모두 알고 있었지요. 고요한 정적 속에 입에 물린 펠트 사이로 새어나오는 사형수의 비명만 간헐적으로 퍼져나갔답니다. 요즘에는 펠트를 물리면 격렬한 고통소리를 내게 할 수는 없지만, 당시에는 글씨를 새기는 바늘 끝에 살을 썩게 하는 약품이 흘러나오게 했기 때문에 펠트 뭉치를 물어도 소용이 없었던 겁니다. 하지만 요즈음에는 그 독약 사용이 금지되었지요. 그러는 동안에 여섯 시간이 흐릅니다. 관중들은 좀 더 가까이에서 잘 보려고 하지만 일일이 그들의 소원을 들어줄 수는 없는 일이었지요. 사령관은 원래 인정이 많은 분이라 어린 아이들에게는 특별한 배려를 하셨지요. 저는 직무상 기계를 떠날 수 없는 몸이라 사령관의 명령대로 어린아이들을 번갈아 양옆에 끼고 지켜보아야 했답니다. 아, 그때 가책과 고통으로 일그러진 사형수의 얼굴에서 언뜻 빛나는 숭고한 변모의 표정을 보았을 때의 우리들의 감격! 빛나는 순간 벌써 사그라지는 정의의 빛을 받고 서 있는 우리들의 상기된 뺨! 아, 얼마나 감격스러운 시절이었는지…… 이봐, 자네!"

장교는 감상에 젖어 자기 앞에 서 있는 사람이 누구인지 분간하지 못했다. 그는 탐험가를 끌어안고 탐험가의 어깨에 머리를 기대고 있었다. 탐험가는 어이가 없어 초조한 눈길로 장교의 어깨 너머를 바라보았다. 병사는 오물을 모두 닦아내고 반합에서 죽을 떠 전기 장치 그릇에 퍼 담고 있었다. 사형수는 거북하던 속이 가라앉았는지 혀로 죽을 핥기 시작했다. 이 죽은 좀 더 절차가 진행된 다음에 먹일 것이었는지 병사는 자꾸만 사형수를 밀쳐냈다. 그러나 더욱 참을 수 없는 광경은 병사가 더러운 손을 반합으로 쑤셔 넣어 굶주린 사형수 앞에서 죽을 훔쳐 먹고 있는 모습이었다. 이 세상에 이 광경보다 더 잔인한 것은 없을 것 같았다. 장교는 곧 제정신을 차렸는지 이렇게 말했다.

"저는 당신의 동정을 바라고 이런 말씀을 드린 것은 아닙니다. 이제 와서 예전의 상황을 이해해 달라고 요구할 수는 없는 일이니까요. 어쨌든 기계는 예전처럼 움직이고 있고, 자동으로 일을 처리합니다. 설령 이 골짜기에 기계만 남게 된다 해도 기계는 혼자 움직일 것입니다. 그리고 시체도, 파리 떼가 윙윙거리며 구덩이로 몰려들지 않는다 하더라도, 놀라울 정도로 매끄러운 포물선을 만들면서 구덩이 속으로 떨어질 것입니다. 당시에는 구덩이 둘레에 목책을 둘러쳤었지만 그것도 오래 전에 치워 버렸답니다."

탐험가는 더 이상 장교를 마주볼 수가 없어서 주변을 둘러보았다. 장교는 탐험가가 황폐한 계곡을 둘러본다고 생각했다. 그는 탐험가의 두 손을 맞잡고 시선을 붙들기 위해 한 바퀴 돌면서 물었다.

"이렇게 추악하게 된 것을 어떻게 생각하십니까?"

탐험가는 아무런 대답도 하지 않았다. 장교는 잠시 잠자코 있었다. 다리를 벌리고 두 손을 허리에 댄 자세로 한동안 땅만 내려다보았다. 그러다가 기운을 내서 입가에 웃음을 지으며 탐험가에게 말했다.

"어제 사령관이 당신을 형 집행에 초청한다는 제의를 할 때 저는 당신 곁에 있었습니다. 그 제의를 다 듣고 있었지요. 사령관의 성격을 잘 아는 저로서는 사령관의 의도를 알 수 있었답니다. 사령관은 저를 내칠 수 있는 권력을 갖고 있으면서도 그 결정을 미루고 있었습니다. 왜냐하면 외국인인 당신이 저를 비판하게 만들 작정이었으니까요. 사령관의 계산은 치밀했지요. 당신은 이 섬에 오신지 겨우 이틀째입니다. 그러니 사령관의 성격이나 생각을 전혀 알지 못합니다. 그분은 유럽식 사고방식에 사로잡힌 분입니다. 이 같은 장치를 이용한 사형방법이나 사형제도 자체에 대해 원칙적인 반대론자인지도 모릅니다. 사령관의 속셈은 이런 것이겠지요. 당신에게 사형이 군중들의 무관심 속에서 낡은 기계 장치로 집행되는 것을 보이면, 아니 이상의 사실들을 종합해보면,

당신은 당연히 이러한 재판 절차가 잘못되었다고 생각할 것이고, 그 생각을 사령관에게 이야기하겠지요. 당신은 탐험가로서 숱한 고난과 시련을 겪은 만큼 확고한 신념을 지니고 있으니 사령관에게 이 제도를 비판하는 말을 하지 않을 수 없을 겁니다.

이를테면 사령관의 심리는 이런 것입니다. 당신은 여러 나라의 사람들과 독특한 풍물을 겪었으니 그것을 존중할 줄도 아실 겁니다. 그러므로 이런 재판 절차에 대해서 강하게 비난하지는 않을 것으로 믿습니다. 사령관도 그런 것은 원하지 않을 것입니다. 지나가는 말로 한마디 하는 것, 그것으로도 충분할 겁니다. 그 한마디가 당신의 신념에서 나온 말이든 아니든 간에 사령관의 뜻과 일치한다면 그것으로 족합니다. 사령관은 온갖 방법을 동원하여 당신에게 캐물을 것입니다. 그리고 확신하건대, 사령관 부인과 딸들, 그리고 주변의 많은 여자들이 그 주위에 서서 귀를 곤두 세워 당신의 얘기를 들을 겁니다. 당신은 아마 그 자리에서 '우리나라에는 이런 재판 절차는 없다.'라든가 '우리나라에서는 중세 이후 이같은 고문은 하지 않는다.'라는 이야기를 할 것입니다. 물론 당신 입장에서는 모두 옳은 말입니다. 이는 저의 재판 절차에 저촉되거나 해가 없는 말씀이지요. 그러나 문제는 사령관이 당신의 말을 어떻게 받아들이는가에 있습니다. 사령관이 의자를 옆으로 밀어내며 발코니 쪽으로 달려가는 모습이 눈에 선하군요. 그 뒤를 부인과 아이들이 따르겠지요. 그러면 사령관은 호통을 칠 것입니다. 사령관 주변의 여자들은 이러한 사령관의 호통을 천둥소리라고 부르지요. 사령관은 이렇게 외칠 것입니다. '유럽의 위대한 학자시며 각국의 재판 제도를 연구하시는 분이 이곳의 낡은 관습에 의한 재판 제도를 매우 비인도적인 것이라고 방금 말했소. 이런 유명하신 분의 지적을 받은 이상 나는 이 잘못된 재판 절차를 도저히 보고 있을 수만은 없소. 본관은 명령하건대 오늘……' 하고 말할 것은 불 보듯 뻔한 일입니다.

당신은 사령관의 말을 부정하려 하겠지요. 당신은 장교의 재판 절차를 비인도적이라고 말한 적이 없을 뿐만 아니라 자신의 생각으로는 인간적인 절차이며, 더구나 기계 장치에 대해 매우 감탄했노라고 항의하려 하겠지요. 그러나 소용없는 일입니다. 당신은 발코니로 나갈 수조차 없을 테니까요. 왜냐고요? 발코니는 여자들로 꽉 차 있을 테니까요. 당신은 어떻게든 주의를 끌려고 노력하겠지요. 큰소리로 외치려고도 하겠지만 소용없을 겁니다. 여자들의 손이 당신의 입을 막고 있을 테니까요. 결국 제 자신은 물론 전임 사령관 일생의 역작이 무너지고 말 것입니다.”

탐험가는 애써 웃음을 감추었다. 매우 복잡하게 생각되던 문제가 장교의 말대로라면 의외로 쉽게 풀릴 것 같은 생각이 들었기 때문이었다. 탐험가는 슬쩍 물러나면서 말했다.

“당신은 내 영향력을 과대평가하고 있군요. 사령관은 이미 내 추천장을 보셨기 때문에 내가 재판 제도를 연구하는 사람이 아니라는 것을 알고 있습니다. 설령 내가 의견을 말한다 해도 그것은 사견에 지나지 않습니다. 그러므로 내 의견이 다른 사람의 의견보다 특별히 더 중요하게 여겨질 이유가 없습니다. 어쨌든 이 유형지의 절대적인 권력을 쥐고 있는 사령관의 의견은 내 의견과 비교할 수 있는 것이 못 됩니다. 그래서 말씀드리지만, 이 같은 재판 절차에 대한 사령관의 생각이 당신의 예상대로라면, 나 같은 사람의 미약한 의견을 기다릴 것도 없이 이미 이 제도와 장치의 최후는 멀지 않았을 것이라 생각합니다.”

이렇게 말했으니 장교도 알아들었을 것이다. 그러나 장교는 무슨 뜻인지 깨닫지 못한 것 같았다. 장교는 머리를 홱 돌려 사형수와 병사를 바라보았다. 두 사람은 깜짝 놀라 죽을 먹던 것을 멈추고 말았다. 장교는 탐험가의 코앞으로 바싹 다가왔으나 상대방의 얼굴을 똑바로 바라보지는 못했다.

대신 윗옷의 한 곳에 시선을 보내면서 좀 더 누그러진 목소
리로 말했다.

"당신은 사령관의 됨됨이를 잘 모르셔서 그렇게 말씀하시
는 겁니다. 당신은 사령관이나 우리들에게 전혀 무해한 입장
에 있습니다. 표현이 무례했다면 용서하십시오. 당신의 영향
력을 아무리 높게 평가한다 해도 과장된 것이 아닙니다. 제
말은 거짓말이 아닙니다. 저는 당신 혼자서 사형 집행을 참
관한다는 말을 듣고 매우 기뻤습니다. 사령관이 저에 대한
조처를 취하려 한다면 저도 가만히 있지는 않을 것입니다.
사령관의 조처를 역이용하여 습격할 테니까요. 당신은 뜬소
문이나 경멸에 찬 눈초리에 현혹되지 않고 – 이것은 형 집
행에 대한 관심이 지금보다 훨씬 강했을 때에도 피할 수 없
는 것이었지만 – 제 설명에 귀 기울이셨고, 또 형 집행을 직
접 목격하실 겁니다. 당신의 비판 방향은 이미 확고하게 정
해졌을 것입니다. 만약 다소 미심쩍은 점이 있다 하더라도
집행 장면을 목격하시는 동안 자연스럽게 해소될 것입니다.
제가 꼭 드리고 싶은 청이 하나 있습니다. 부디 사령관에게
대항할 수 있도록 힘이 되어 주십시오."

탐험가는 더 이상 장교의 이야기를 계속 듣고 있을 수가
없었다.

"그렇게는 할 수 없습니다. 그건 불가능한 일입니다. 나는 당신을 방해할 위인도 못 되지만, 당신을 도울 수는 더더욱 없습니다." 탐험가가 소리쳤다.

"그렇지 않습니다." 장교는 단호하게 말했다.

탐험가는 장교가 주먹을 불끈 쥐고 있는 것을 보자 점점 불안해졌다. 장교는 얼굴이 벌겋게 상기되어 계속 말했다.

"당신은 충분히 할 수 있습니다. 그리고 제게는 성공할 수 있는 묘안이 있습니다. 당신은 자신의 영향력이 그리 크지 않을 것이라고 말씀하시지만, 절대 그렇지 않습니다. 좋아요, 설사 당신 말대로 당신의 영향력이 별 볼일 없다고 해도, 이 제도와 장치를 온전히 유지하기 위해서는 최선의 노력을 다 해야 합니다. 위험한 계획이라 하더라도 과감하게 밀고 나가 야만 합니다. 제 묘안을 들어보시겠습니까? 무엇보다도 이것 을 성공하기 위해서는 당신이 이 유형지에서 목격하신 것에 대한 비판을 삼가는 것입니다. 직설적으로 질문 공세를 펴더 라도 절대로 당신 생각을 표현해서는 안 됩니다. 당신은 간 략하고 모호한 대답만 하시는 겁니다. 당신이 본 것들에 대 해 말하기를 꺼려하는 인상을 주어야 하며, 기분이 매우 나 쁜 듯한 표정을 지어야 합니다. 당신에게 느낀 점을 이야기 해 달라고 끈질기게 요구해도 당신은 대수롭지 않은 대답만

할 뿐이라는 인상을 주면 됩니다. 저는 결코 당신에게 거짓말을 해달라고 부탁하는 것은 아닙니다. 그저 간략하고 덤덤하게만 대답해 달라고 부탁하는 겁니다. 말하자면 ‘집행 장면은 모두 보았습니다.’라든가 ‘네, 설명은 잘 들었습니다.’라는 정도의 대답 말입니다. 그저 이 정도의 대답만으로 끝내고 더 이상 깊은 얘기를 안 하시면 됩니다. 이렇게 하면 모든 사람들은 당신이 무척 불쾌해하고 있다고 생각할 것입니다. 사령관은 당신을 이해하지 못하겠지만, 당신이 기분 나빠하는 이유를 충분히 만들 수 있을 것입니다. 물론 사령관은 나름대로 당신을 이해하려고 애쓰겠지요.

제가 말씀드린 묘안이란 바로 이것입니다. 내일 사령부에서 사령관이 의장이 되어 고급 행정관들이 총동원된 중대 회의가 열립니다. 사령관은 곧잘 이런 회의를 주재해서 자신의 권력을 과시하지요. 그가 만든 회의장은 언제나 사람들로 가득 찹니다. 저는 어쩔 수 없이 회의에 참석은 하지만 치가 떨릴 정도로 싫습니다. 아마 당신도 내일 그 회의에 초대될 것입니다. 당신이 오늘 저의 말씀대로만 행동해 주신다면 사령관은 제발 참석해 달라고 당신에게 애걸복걸할 것입니다. 만약에 무슨 이유에선지 당신을 초대하지 않는다면 당신이 자진해서 참석하겠다고 요구하셔야 합니다. 그러면 흔쾌히 초대할 것입니다.

이렇게 되면 당신은 내일 칸막이 뒤에 여자들과 나란히 앉게 될 것입니다. 사령관은 이따금 목을 길게 빼고 당신이 참석했는지를 확인하겠지요. 방청석을 의식한 불필요하고 의례적인 토의 — 토의래야 언제나 항구를 건설하는 이야기죠. 그 토의가 끝나면 재판 절차에 관한 것이 안건에 오를 겁니다. 만일 사령관이 제의하지 않거나 곧바로 안건으로 채택되지 않는다면 제가 어떻게든 안건으로 오를 수 있도록 힘을 써보겠습니다. 그때 당신이 일어나서 집행 결과를 간략하게 보고하면 됩니다. 이러한 보고는 아직 회의에서 단 한 번도 이루어진 적이 없었지만 제가 알아서 잘 처리해 보겠습니다.

사령관은 특유의 다정한 웃음을 지으며 감사의 뜻을 말하겠지요. 사령관이 자제력을 잃고 감사의 말을 떠벌이는 척하면서 이렇게 외칠 것입니다. '방금 사형 집행에 관한 보고가 있었습니다. 이 보고에 이어 본관이 덧붙이고자 하는 것은 여러분도 잘 알다시피 저명한 학자께서 이 유형지를 찾아주셨다는 점과 특히 형 집행에 참관하셨다는 사실입니다. 더욱 오늘 이 회의까지 참석해 주셨으니 저희는 영광으로 생각합니다. 그래서 이 기회에 그 분을 모시고 오랜 관습에 의한 재판 절차와 형 집행에 대해 이 분의 견해를 듣는 것이 어떻겠습니까?' 꼭 이렇지는 않더라도 비슷한 말을 사령관이 할 것입니다. 물론 만장일치의 박수가 터지겠지요. 누구보다도 저는 열렬히 환영의 박수를 보낼 것입니다. 사령관은 당신에게 인사한 후 이렇게 말하겠지요. '그럼 일동을 대표해서 제가 질문을 하나 드리겠습니다.'

그러면 당신은 난간 끝으로 나가야만 합니다. 두 손은 회의에 참석한 모든 사람들이 볼 수 있도록 난간 위에 올려놓아야 합니다. 그렇게 하지 않으면 여자들이 당신의 손을 주무를 테니까요. 이윽고 당신이 말할 때가 됩니다. 아, 그렇지만 저는 당신이 그 긴장된 서너 시간을 잘 견뎌낼지 의심이 가는군요. 당신은 조금도 머뭇거릴 필요가 없습니다. 당당하고 자신감 있게 말씀하셔야 합니다. 난간에서 몸을 내밀고 호령하듯이 말입니다. 바로 그겁니다! 당신의 확고한 신념을 사령관에게 말하는 겁니다.

하지만 당신은 이러한 것을 어색하게 생각할지도 모르겠군요. 어쩌면 이 방법은 당신의 성격과는 맞지 않는다는 생각도 듭니다. 그리고 당신네 나라 사람들은 이럴 때 이러한 방법으로 맞서지 않을 수도 있겠군요. 하지만 아무래도 좋습니다. 다른 방법도 있으니까요. 마음이 내키지 않으신다면 일어서지 않아도 됩니다. 두서너 마디만 말씀해주시면 됩니다. 작은 소리로 말해도 상관없습니다. 당신 앞에 앉아 있는 사람들이 들을 수만 있으면 되니까요. 당신은 형 집행에 별다른 관심을 보이지 않는 사람들과 낡은 톱니바퀴, 끊어진 가죽 띠나 한껏 더러워진 펠트 뭉치 따위에 관한 이야기는 하지 않으셔도 됩니다. 뒷일은 제가 능수능란하게 처리할 테니까요. 만약 저의 연설로 사령관이 견딜 수 없게 되어 회의장을 뛰쳐나가는 일만 없다면 저는 틀림없이 사령관을 그 자리에 무릎을 꿇릴 자신이 있습니다. 그리고 '위대한 전임 사령관이여, 당신 앞에 고개 숙여 사죄합니다.' 하는 말을 토로하게 할 것입니다. 이상이 제 묘안입니다. 어떻습니까? 제 계획대로 도움이 되어 주시겠죠? 당신에게 그런 의지가 생겼음을 저는 벌써부터 느끼고 있었습니다. 또한 그것은 당신의 의지일 뿐 아니라 의무라고 생각합니다."

장교는 말을 마치고 거친 숨을 내쉬면서 탐험가의 두 팔을 잡은 채 노려보고 있었다. 장교는 마지막 말을 거의 절규에 가까운 소리로 외쳤기 때문에 병사와 사형수도 어리둥절해 했다. 그들은 두 사람이 무슨 얘기를 주고받는지 알지도 못하면서 입 안에 든 죽을 오물거리며 탐험가를 바라보고 있었다.

탐험가의 대답은 뻔한 것이었다. 그는 오랫동안 많은 일을 겪어 왔기 때문에 아무리 장교가 애원한다 해도 마음이 동요할 사람이 아니었다. 정직과 공명정대함을 타고난 그에게 불의 앞에서 동요하거나 망설이는 것은 용납할 수 없는 일이었다. 그럼에도 불구하고 병사와 사형수를 바라보는 짧은 순간에 그는 잠시 마음이 흔들렸다. 하지만 다시 마음을 다잡으며 당당하게 말했다.

"거절하겠소."

장교는 깜짝 놀란 눈으로 탐험가를 응시했다.

"그 이유를 설명해야 합니까?" 탐험가가 묻자 장교는 아무 말 없이 고개만 끄덕였다.

"나는 당신이 모든 것을 솔직하게 털어놓기 전부터 – 물론 나는 당신이 나를 믿고 한 이야기들을 이용해서 당신을 곤란하게 만들 생각은 추호도 없습니다. – 내가 이 재판에 관여해도 되는지, 그리고 내가 끼어들어서 이 일이 성공할 수 있는지를 심각하게 고민하고 있었습니다. 그리고 내가 끼어들었을 경우, 누구를 상대로 해야 하는지도 잘 알고 있습니다. 말할 필요도 없이 당연히 사령관이겠지요. 당신의 설명은 내 생각을 더욱 분명하게 해 주었습니다. 물론 당신의 설명 때문에 결정하게 된 것은 절대 아닙니다. 당신의 고집스러운 신념에 감동을 받기는 했지만, 그렇다고 해서 제 결심이 흔들린 것은 아닙니다."

장교는 아무 말도 하지 않고 기계로 다가갔다. 그리고 제 도기에 이상이 없는지를 살피려는 것처럼 몸을 뒤로 조금 젖히며 놋쇠 기둥 하나를 붙잡았다.

병사와 사형수는 동정심 때문인지 그 사이에 조금 친해진 것 같았다. 사형수는 묶인 몸이 부자연스러울 텐데도 병사에게 눈짓으로 신호를 보내고, 병사는 사형수에게로 몸을 굽혔다. 그리고 사형수가 뭐라고 속삭이자 병사는 알았다는 듯이 고개를 끄덕거렸다.

탐험가는 장교의 등 뒤로 다가서며 이렇게 말했다.

"당신은 내가 어떻게 할 것인지 모를 겁니다. 나는 이 재판에 대한 내 견해를 사령관에게 애기는 하겠지만 절대로 내일 회의에는 참석하지 않을 생각입니다. 나는 그 회의에 참석할 만큼 한가하지 않습니다. 아마 내일 아침이면 나는 이미 이 섬을 떠났거나 아니면 배를 타고 있을 테니까요."

장교는 탐험가의 말을 귀담아 듣는 것 같지 않았다.

"결국 제 의견에 동의할 수 없다는 말씀이군요."

장교는 혼잣말처럼 중얼거렸다. 장교의 얼굴에 번진 미소는 마치 할아버지가 귀여운 손자의 재롱을 바라보며 자기의 생각을 묻어두는 것 같이 느껴졌다.

"마침내 때가 되었군요."

장교는 갑자기 눈을 빛내며 탐험가를 바라보았다. 그 눈빛은 구원을 애원하고 재촉하는 눈빛이었다.

"때가 되었다니요? 무슨 뜻입니까?"

탐험가는 불안한 감정에 휩싸였다. 하지만 장교는 탐험가의 말에 답하지 않았다.

"네 놈은 이제 자유다!"

장교가 사형수에게 소리쳤다. 사형수는 그 말이 믿기지 않는지 어리둥절해 했다.

"이제 자유로운 몸이 되었단 말이야!" 장교는 반복해서 외쳤다.

비로소 사형수의 얼굴에 기쁨이 피어났다. '이게 생시일까? 장교의 변덕은 아닐까? 곧 번복하는 것은 아닐까? 아니면 저 외국인이 나를 위해 특사라도 간청했단 말인가? 도대체 무슨 영문일까?'

사형수의 표정은 이러한 의문을 나타내고 있었다. 그러나 사형수의 망설임은 그리 길지 않았다. 곧 자유로운 몸이 되었다는 것을 깨달았는지 그는 곧 써레와 침대 사이에 끼여 꼼짝할 수 없는 몸을 마구 흔들어 대기 시작했다.

"가죽 띠가 끊어져 버리니까 가만히 있어! 곧 풀어줄 테니."

장교는 이렇게 외치면서 눈짓으로 병사를 불렀다. 병사는 장교를 도와 가죽 띠를 다시 풀기 시작했다. 그러는 동안 사형수는 소리를 내지 않고 히죽히죽 웃으며 장교와 병사를 번갈아 바라보았다. 물론 그러면서 탐험가도 힐끗힐끗 건너다보았다.

"어서 끌어내!" 장교가 병사에게 명령했다.

하지만 써레가 내려와 있었기 때문에 조심해야만 했다. 사형수는 급히 몸을 빼려고 움직이다가 등을 몇 군데 긁혔다. 하지만 장교는 이제 더 이상 사형수에게 관심을 보이지 않았다. 장교는 망설임 없이 탐험가에게 걸어왔다. 그리고 가죽 지갑을 꺼내 이리저리 뒤지더니 종이쪽지를 꺼내 탐험가에게 불쑥 내밀었다.

"이걸 읽어 보십시오."

"읽을 수 없습니다. 아까도 말했지만 나는 무슨 글자인지 알 수가 없습니다."

"자세히 보십시오. 정신을 집중하시고요." 장교는 탐험가 옆으로 와서 나란히 섰다.

탐험가가 아무런 반응을 보이지 않자 그래도 종이쪽지에

는 절대 손 댈 수 없다는 뜻으로 종이를 높이 쳐들어 새끼손가락으로 복잡한 선을 따라 짚었다. 탐험가가 해독할 수 있도록 최선을 다하고 있었던 것이다. 탐험가는 장교의 이러한 열의에 보답하는 뜻에서라도 읽어보려고 했지만 역시 무리였다. 장교는 답답하다는 듯 종이에 쓰인 글자 하나하나를 짚어보였다. 그리고 천천히 읽어나갔다.

"'정의를 수호하라.'라고 쓰여 있습니다. 어떠세요? 이젠 읽을 수 있겠죠?"

탐험가는 종이쪽지 위로 눈을 가까이 가져가며 바라보았다. 놀란 장교는 탐험가가 만지지 못하도록 종이를 든 손을 뒤로 멀찌감치 뺐다. 탐험가는 아무 말도 하지 않았으나 여전히 아무 것도 읽을 수가 없었다.

"'정의를 수호하라.'고 쓰여 있습니다." 장교는 다시 한 번 말했다.

"그런 것 같습니다. 그렇게 쓰여 있겠죠." 탐험가는 할 수 없이 그렇게 대답했다.

"그럼 이제 됐습니다."

장교는 만족한 표정을 지으며 종이쪽지를 든 채 사다리 위로 올라갔다. 그는 그 종이쪽지를 제도기 바닥에 깔고 톱니바퀴의 배열 순서를 그 글씨대로 일일이 바꾸는 것 같았다. 톱니바퀴를 배열하는 일은 매우 어려운 일처럼 보였다. 장교의 머리가 제도기 속으로 완전히 들어가 전혀 보이지 않기도 했다. 그만큼 주도면밀함을 요구하는 일이었다.

탐험가는 밑에서 장교가 작업하는 것을 낱낱이 지켜보고 있었다. 작열하는 태양 때문에 눈이 아리고 목덜미가 뻐근했다. 병사와 사형수는 자신들의 일에 몰두하고 있었다. 구덩이로 떨어진 사형수의 옷을 병사가 총검 끝으로 건져 올렸다. 그러자 사형수는 더러워진 셔츠를 통 속의 물에 담가 헹구더니 몸에 걸쳤다. 그리고 두 사람은 웃음을 터뜨렸다. 기껏 몸에 걸친 것이 등에서 두 갈래로 갈라져 있었기 때문이었다. 사형수는 자기에게 애써준 병사에게 고마움을 표시하기 위해서였는지 두 갈래로 찢어진 옷을 걸친 채 병사 앞에서 맴을 돌며 춤을 추었다. 병사는 그 자리에 웅크리고 앉아 웃으면서 무릎으로 장단을 맞추었다. 그러나 두 사람은 장교의 눈치를 보느라고 자신들의 감정을 최대한 억제하고 있는 것처럼 보였다.

장교는 톱니바퀴의 배열을 모두 마쳤는지 미소를 지으며 다시 한 번 구석구석을 살펴보고는 제도기의 덮개를 덮고 내려왔다. 그리고 구덩이 속을 들여다보고 사형수가 옷을 꺼내 입은 것을 확인하자 손을 씻으려고 물통 쪽으로 다가갔다. 하지만 죄수가 옷을 헹궈낸 탓에 물은 더러워져 있었다. 장교는 할 수 없다는 듯이 모래 속으로 손을 집어넣었다. 그러다가 벌떡 일어나더니 군복 윗옷의 단추를 풀기 시작했다. 그 순간 윗옷의 옷깃 안쪽에 대어 놓은 여성용 손수건 두 장이 떨어졌다.

"이걸 받아. 네 손수건을 돌려주겠다."

장교는 손수건을 사형수에게로 던졌다. 그리고 탐험가를 향해 설명했다.

"여자들이 이별의 선물로 준 거랍니다."

장교는 옷을 하나씩 벗을 때마다 정성을 다해 갰다. 특히 군복 윗옷에 붙은 금테 줄은 매우 소중하게 다루었는데 금실의 술이 흐트러지지 않도록 윗옷을 몇 번이나 흔들기도 했다. 그러나 이해할 수 없는 것은 옷을 정성들여 갠 다음에 불쾌한 표정으로 곧바로 구덩이 속에 던지는 것이었다. 마침내 마지막으로 그에게 남은 것은 가죽 끈이 달린 단검이었다. 그는 두 동강난 칼을 빼들고 칼집과 가죽 끈을 둘둘 말더니 미련 없이 구덩이 속으로 던져 버렸다. 구덩이 속에서 그것들이 부딪치는 소리가 잠시 들렸다.

장교는 알몸으로 우뚝 서 있었다. 탐험가는 입술을 깨물고 아무 말도 하지 않았다. 무슨 일이 벌어질지 충분히 짐작할 수 있었으나 그렇다고 장교의 행동을 말릴 권리도 없었다. 장교가 그토록 집착하고 있던 재판 절차가 - 탐험가는 이 재판에 대한 의견을 말해야 할 의무가 있었으므로, 어쩌면 그 결과는 탐험가에게 달려 있는지도 모른다. - 폐지될 운명에 놓여 있기 때문에 장교의 행동이 지나치다고 말할 수는 없을 것이다. 탐험가 역시 장교의 입장에 처했더라면 같은 행동을 할 수밖에 없었을 것이다.

처음 얼마 동안은 병사와 사형수는 무슨 일이 일어나고 있는지조차 모르고 있었다. 한참 동안 두 사람 쪽을 쳐다보지도 않았을 정도였으니까. 사형수는 손수건을 되돌려 받은 것이 기뻐서 정신이 없었다. 하지만 그 기쁨은 오래가지 않았다. 옆에서 병사가 갑자기 달려들어 그것을 빼앗아 버렸기 때문이다. 병사는 그것을 군복 바지와 벨트 사이에 끼워 넣었다. 그러자 사형수는 그것을 빼앗으려고 병사에게로 달려들었다. 병사도 호락호락한 상대가 아니었다. 두 사람은 반 장난삼아 놀이를 즐기고 있었다. 장교가 비로소 알몸이 되었을 때에야 그들은 심상치 않은 상황을 알아차렸다. 사형수는 굉장한 일이 벌어질 것을 예감한 표정이었다. '장교가 조금 전의 자신이 되어 있다. 어쩌면 이대로 최악의 사태로 가는 것이 아닐까? 저 외국인이 이렇게 사형수를 바꾸라고 명령한 것일까? 그렇다면 이것은 자신의 복수를 대신 해준 것이다. 자신은 다행히 단말마의 고통까지는 가지 않았지만 장교는 그 고통을 받게 되는 것이다.' 이러한 생각에 잠긴 사형수의 얼굴에는 미소가 번져 나오고 있었다.

장교는 이제 기계에 매달려 있었다. 이 기계의 조작에 관한 한 장교를 따라올 사람이 없다는 것은 다 아는 사실이었지만, 장교가 마음먹은 대로 기계를 움직이는 솜씨는 실로 놀라웠다. 장교가 써레에 손을 가져가자 어느새 써레는 아래위로 움직이기 시작했다. 써레는 서너 번 움직이더니 장교의 몸이 딱 맞을 만큼의 공간을 남기고는 이내 멈추었다. 장교가 침대 모서리에 손을 대자 이번엔 침대가 움직이기 시작했다. 그야말로 장교와 기계는 손발이 척척 맞는 파트너였다. 펠트 뭉치가 장교의 입으로 다가오자 장교는 그것만은 물고 싶지 않은 듯 잠시 주저했다. 그러나 어쩔 수 없는지 펠트 뭉치를 물었다. 장교가 할 수 있는 준비는 끝났다. 다만 가죽 띠만 침대 모서리에 늘어져 있을 뿐이었다. 그러나 이런 경우에는 가죽 띠는 필요 없었다. 장교를 붙들어 맬 까닭이 없기 때문이다. 그때 사형수는 가죽 띠가 묶이지 않은 것을 발견했다. 사형수는 가죽 띠를 묶지 않고는 집행이 도저히 불가능하다고 생각했는지, 눈빛으로 병사를 재촉했다.

사형수와 병사는 약속이나 한 듯이 동시에 장교를 묶기 위해 달려들었다. 마침 장교는 한 발을 뻗쳐 제도기를 작동시키는 조종 장치를 누르려고 하고 있었다.

두 사람이 달려드는 것을 본 장교는 다리를 움츠려 작동하는 것을 포기하고 그들에게 몸을 맡겼다. 몸이 묶이자 장교의 발은 조종 장치를 누를 수가 없게 되었다. 병사와 사형수는 어떤 것이 조종 장치인지 분간조차 못했다. 탐험가는 그들이 장치를 어떻게 조종할 것인지 끝까지 지켜볼 생각이었다. 그러나 그럴 필요가 없게 되었다. 가죽 띠가 온몸을 묶자마자 기계가 저절로 작동했기 때문이다. 침대는 진동을 계속하고, 수많은 바늘이 장교의 살갗위에서 춤을 추었으며, 써레는 위아래로 몸을 흔들어댔다.

이 광경을 묵묵히 바라보던 탐험가는 문득 제도기 안의 톱니바퀴 하나가 삐걱거릴 것 같은 느낌이 들었다. 조금 전 사형수가 누워 있을 때처럼. 그러나 기계는 아무런 불협화음 없이 조용히 움직이고 있었다.

이처럼 기계는 조용하게 움직이고 있었으므로 세 사람의 관심은 이내 다른 데로 옮겨갔다. 탐험가는 병사와 사형수를 바라보았다. 사형수는 생기를 되찾아 까치발로 기계의 구석구석을 들여다보기도 하고 끊임없이 병사에게 무어라고 말하며 기계를 가리켜 보였다. 탐험가는 두 사람의 무심함에 마음이 아팠다. 끝까지 이 자리에 남아 있을 결심을 한 탐험가는 화가 나서 두 사람에게 소리쳤다.

"이제 너희들은 돌아가라."

병사는 탐험가의 말대로 할 기색이었으나 사형수는 그것을 또 다른 처벌의 말로 오해한 것 같았다. 두 손을 비비면서 그 자리에 있게 해 달라고 애원했다. 탐험가가 고개를 저으며 그것은 안 된다는 뜻을 밝히자 사형수는 아예 무릎을 꿇고 애원하기까지 했다. 탐험가는 말만으로는 안 될 것 같아 두 사람 곁으로 다가가 내쫓으려고 생각했다.

바로 그때 머리 위의 제도기 속에서 요란한 소리가 들려왔다. 탐험가는 재빨리 제도기를 올려다보았다. '그 고장 난 톱니바퀴 때문일까?' 역시 그의 예상은 적중했다. 서서히 제도기 덮개가 들어 올려 지더니 강한 폭발음과 함께 열렸다. 열린 덮개 사이로 커다란 톱니바퀴의 아랫부분이 보였다. 그리고 그 톱니바퀴는 서서히 위로 올라가 마침내 톱니바퀴 전체가 모습을 드러냈다. 마치 거대한 힘이 제도기를 압축하는 바람에 톱니바퀴가 밖으로 밀려나온 것처럼 보였다. 톱니바퀴는 제도기의 모서리까지 밀려나오자 순식간에 밑으로 떨어져 한참을 모래 위에서 구르다가 힘없이 옆으로 쓰러졌다. 그러나 이미 머리 위로 또 다른 톱니바퀴가 솟아 있었다. 이처럼 연달아 크고 작은 무수한 톱니바퀴들이 똑같은 일을 되풀이했다. '이제 저 제도기 안에는 더 이상 톱니바퀴가 남아 있지 않을 것이다.' 하고 생각하면 어느새 또 다른 톱니바퀴가 솟아올랐다가는 아래로 굴러 떨어져 모래 위를 구르다가 옆으로 쓰러졌다.

이 광경을 본 사형수는 탐험가의 명령을 까맣게 잊고 있었다. 수많은 톱니바퀴의 출현에 환성을 지르고 있었다. 그리고 병사를 부추겨 톱니바퀴를 손으로 잡아채려고 했다. 하지만 막상 잡으려고 손을 내밀었다가는 도로 손을 빼내야만 했다. 그 뒤를 이어 또 다른 톱니바퀴가 달려들 듯이 굴러 내려왔기 때문이다.

이들 두 사람에 비해 탐험가는 침착성을 잃고 있었다. 곧 기계가 붕괴될 것이 틀림없었다. 조금 전에 소음 없이 작동했던 것은 붕괴의 전조였다. 장교가 자신의 몸을 움직일 수 없게 된 이상 지금이야말로 자신이 장교를 도와야 할 때였다. 탐험가는 잠시나마 톱니바퀴의 낙하에 정신을 빼앗겨 기계의 다른 부분을 소홀히 감시한 자신을 책망했다. 하지만 마지막 톱니바퀴가 굴러 떨어져 버리자 써레를 바라보고는 소스라쳐 놀랐다. 써레가 글씨 새기는 일을 중지한 것이다.

대신 장교의 몸 군데군데를 바늘로 찔러대고 있었다. 침대 또한 진동을 멈추고 정면으로 바늘 끝이 닿도록 장교의 몸을 들어 올리고 있었다. 탐험가는 마음이 급해졌다. 어떻게든지 기계의 작동을 멈추어야 한다고 생각했다. 지금 벌어지고 있는 것은 장교가 받고자 했던 고문이 아니라 직접적인 살인인 것이다.

탐험가는 우선 손을 뻗었다. 그러나 소용없는 일이었다. 써레는 작동된 지 열두 시간이 지난 뒤에야 할 일, 즉 장교의 몸을 꿰어서 치켜 올리면서 모서리를 향해 돌고 있었다. 이미 장교의 피는 여러 갈래로 흘러내리고 있었다.

물이 섞이지 않은 것으로 보아 물을 뿜어내는 바늘도 말썽을 일으킨 모양이었다. 그 뿐만이 아니었다. 맨 마지막 단계의 중요한 기능도 마비되어 있었다. 긴 바늘에 꿰인 몸뚱이에서는 피가 낭자하게 쏟아지는 데도 구덩이 위쪽에 매달린 몸은 구덩이로 떨어지지 않고 있었다. 써레는 원위치로 돌아가려 했으나 아직 장교의 몸이 매달려 있기 때문에 구덩이 위쪽에서 망설이고 있는 것처럼 보였다.

"이것 봐, 좀 도와 줘!"

탐험가는 두 사람에게 소리치며 장교의 발을 잡았다. 탐험가는 장교의 발을 잡고 매달릴 생각이었다. 그리고 두 사람을 장교의 머리 쪽으로 보내 잡아당기게 하면 장교의 몸을 바늘에서 서서히 빼낼 수 있을 것이라고 생각했다.

그러나 두 사람은 장교 가까이로 다가갈 용기가 없는 듯 보였다. 사형수는 아예 등을 돌리고 있었다. 탐험가는 할 수 없이 두 사람에게 달려와 윽박지르며 장교의 머리 쪽으로 쫓아 보냈다. 그 순간 탐험가는 장교의 얼굴을 보고야 말았다. 살아 있을 때와 조금도 다름없는 얼굴이었다. 장교가 그토록 확신하던 구원의 징조는 찾아볼 수 없었다. 입을 굳게 다물고 눈을 부릅뜬 채 살아 있을 때의 모습 그대로였다. 눈은 평온과 확신에 차 있었고, 이마에는 기다란 바늘 끝이 조금 삐져나와 있었다.

탐험가는 병사와 사형수를 데리고 유형지의 시내에 이르렀다. 병사가 한 집을 가리키면서 말했다.

"저 집이 찻집입니다."

그곳은 어느 건물의 아래층에 자리하고 있었는데, 내부가 깊숙하고 천장이 낮아서 둘레의 벽과 천장이 쉽게 구분되지 않았다. 벽과 천장에는 그을음이 심해서 찻집이라기보다는 흡사 동굴같이 느껴졌다. 그나마 거리에 접해 있는 벽을 모두 헐어내고 자유롭게 드나들 수 있도록 해 놓아서 한결 나았다. 말이 찻집이지 사령부의 우람한 건축을 제외한, 이 유형지에 있는 낡은 건물들과 조금도 다를 게 없었다. 그래도 탐험가는 역사적 기념물을 대하는 것 같은 감명을 받았다. 왜냐하면 지난 권력의 퇴락함이 느껴졌기 때문이었다. 탐험가는 앞으로 나아갔다. 두 사람과 함께 가게 앞 길가에 줄지어 늘어서 있는 빈 탁자 사이를 빠져나가 찻집 안의 곰팡내 섞인 찬 공기를 들이마셨다. 뒤따르던 병사가 말했다.

"전임 사령관이 이곳에 묻혀 있습니다. 이 마을에 묏자리를 쓰려고 했지만 목사님이 강경하게 반대를 하셨답니다. 묏자리가 없어 매장을 못하다가 결국 여기에 묻게 되었답니다. 아마 장교는 이 사실을 당신께 숨겼을 것입니다. 이 일을 장교는 매우 고통스럽게 여기고 있었고, 이 얘기만 나오면 풀이 죽어 고개도 들지 못했으니까요. 물론 장교는 으슥한 밤에 몇 번인가 시체를 파내 다른 곳으로 옮기려고 했지만 그때마다 들켜서 쫓겨나곤 했지요."

"그 묘는 어디에 있지?" 탐험가는 병사의 말을 그대로 믿을 수가 없어서 물었다.

병사와 사형수는 앞 다투어 달려갔다. 그리고 손을 뻗어 묘가 있음직한 곳을 가리키며 탐험가를 으슥한 벽 쪽으로 안내했다. 그곳엔 몇 명의 손님들이 탁자를 앞에 놓고 앉아 있었다. 모두 부두 노동자들로 보였다. 짧고 검은 구레나룻가 무성하고 거칠어 보이는 남자들이었다. 하나같이 누더기처럼 헤진 셔츠 차림을 한 것으로 보아 막노동꾼들인 것 같았다.

탐험가가 나타나자 두서너 명은 일어서서 벽 쪽으로 몸을 바싹 붙이면서 경계하는 눈빛을 보였다.

"외국인인가 보군."

탐험가의 주변에서 수군거리는 소리가 들려왔다.

"무덤을 구경하려나 봐!"

노동자들이 탁자 하나를 밀어내자 그 밑에 무덤으로 보이는 것이 나타났다. 탁자로 충분히 가릴 수 있을 만큼 돌멩이가 낮게 쌓여 있었다. 깨알 같은 글씨로 묘비명도 새겨져 있었다. 탐험가는 묘비명을 읽기 위해 바닥에 엎드려야만 했다.

'여기 노사령관이 잠들어 계시다. 굳이 이름까지 새기지는 않으나 노사령관을 추모하는 사람들이 모여 무덤을 파고 묘비를 세우다. 세월이 흘러 적당한 때가 되면 사령관은 되살아나 이 집에서 추종자들을 거느리고 이곳 유형지를 탈환하리니, 이 예언을 믿고 기다리라.'

탐험가가 묘비명을 다 읽고 나서 일어서자 주변에 있던 남자들도 따라 일어섰다. 그들은 얼굴 가득 비웃음을 띠면서 탐험가를 바라보았다. '우리도 읽어 보았지만 비웃음밖에는 안 나오는 문구요. 어떻소? 당신도 우리 생각과 같지 않소?’라는 뜻으로 웃는 것 같았다. 탐험가는 일부러 못 본 체 했다. 그리고 동전을 몇 개 꺼내서 남자들에게 쥐어 주고 탁자가 원래대로 놓이기를 기다렸다가 찻집을 나와 바로 부두로 향했다.

병사와 사형수는 찻집에서 아는 사람들과 어울리는 것 같았다. 그러나 어떻게 뿌리치고 빠져나왔는지 탐험가가 배를 타려고 긴 계단을 반 정도 내려갔을 때 헐레벌떡 뒤를 쫓아오고 있었다. 그들은 아마 이 기회에 간청을 해서라도 탐험가를 따라나설 작정인 것 같았다.

탐험가가 계단을 내려와 나룻배 사공에게 기선까지 데려달라고 부탁하고 있을 때 두 사람은 아무 말 없이 계단을 구르듯 내려오고 있었다. 미리 떠들면서 달려오면 계획이 수포로 돌아갈 것 같아 참는 것처럼 보였다. 그러나 두 사람이 계단을 다 내려왔을 때, 탐험가는 이미 나룻배에 올라 있었고, 배는 기선을 향해 출발한 뒤였다. 그래도 두 사람은 있는 힘을 다해 배로 뛰어 올랐다. 하지만 탐험가는 배 밑바닥에서 옭아맨 굵은 밧줄을 집어 들었다. 그리고 그것으로 두 사람을 위협해서 배 밖으로 쫓아내 버렸다.

판결

- 펠리체 B. 양을 위한 이야기

판결

- 펠리체 B. 양을 위한 이야기

봄이 한창이던 어느 일요일 오전이었다. 강물을 따라 길게 늘어선 야트막한 집들 - 모두 단순하게 지어 놓아 거의 높이와 색깔에 의해서만 구별이 되었다. - 가운데 한 채의 이층에는 젊은 상인 게오르크 벤더만이 자기 방에 앉아 있었다. 그는 외국에 나가 있는 어린 시절 친했던 친구에게 보내는 편지를 방금 다 쓰고 나서 장난하듯 천천히 봉투를 붙이고는 책상에 턱을 괸 채로 창 너머 강물이며 다리, 연록색의 강 건너편 언덕을 바라보았다.

벤더만은 편지 수신인인 친구가 자신과 집에서 함께 지내는 것을 불편하게 여긴 나머지 여러 해 전에 러시아로 그야말로 도피를 한 사실을 새삼스럽게 곰곰이 생각해 보았다. 지금 그 친구는 페테르부르크에서 사업을 하고 있는데 아주 가끔씩 고향에 찾아와서 하소연한 바에 따르면, 처음에는 그럭저럭 사업이 번창하는 듯했지만, 꽤 오래 전부터 일이 잘 풀리지 않고 있는 것 같았다. 그렇게 그는 낯선 곳에서 얻는 것도 없이 힘겹게 일만 하다 보니, 이국풍의 터부룩한 수염도 어릴 적부터 익히 아는 누렇게 뜬 병색 짙은 얼굴을 제대로 가려주지는 못했다. 그가 이야기하는 바로는 그곳 페테르부르크에 사는 고향사람과도 별로 연락하지 않고 지내며, 또한 그 고장사람의 가정들과도 사교적인 교류가 거의 없이, 그렇게 나름대로 총각 생활을 하고 있었다.

그 친구처럼 명백히 평범한 삶의 궤도에서 벗어나버린, 안됐지만 도울 수 없는 사람에게 무슨 말을 쓴단 말인가. 그에게 다시 집으로 돌아와 이곳에 생활터전을 잡고, 특별히 문제가 있었던 것도 아니니, 예전의 친구관계를 다시 회복해서 고향친구들에게 도움을 기대해보는 것은 어떻겠느냐고 권해야 할 것인가. 그러나 그를 아끼는 마음에서 한 말이라 해도, 오히려 그에게는 모욕적인 것으로 들릴 수 있을 것이다. 사실 그 말은 지금까지 한 헛수고들은 다 집어치우고 고

향으로 돌아와서 초라하게 낙향한 사람으로 살면서 모든 사
람들의 놀란 눈총을 견디고, 그나마 그를 이해하는 나의 집
에 머물면서 성공한 친구들이 하라는 대로 그저 따르라고
타이르는 것처럼 들리기도 한다. 그렇게 되었을 때 사람들이
그에게 가하는 엄청난 고통이 과연 어떤 의미가 있는 것일
까? 어쩌면 그를 집으로 데려오는 일은 절대 이루어지지 않
을 것이고 ― 그 자신이 고향 사정을 이제는 통 모르겠노라
고 말했다. ― 그런 만큼 그는 아무리 사정이 어려워도 충고
의 말에 기분이 상하여 친구들과는 한 치 더 멀어진 채 외국
의 낯선 도시에 머물러 있을지도 모른다. 그러나 그가 정말
로 충고를 받아들여 여기에 ― 물론 의도적이 아니라 어쩔
수 없이 ― 자리 잡게 된다면 친구들과 함께 어울리는 자리
에서든 친구들과 떨어져 혼자 지내는 곳에서든 어찌할 바를
몰라 당혹스러워 할 것이며, 수치심에 시달릴 것이며, 그때
가서는 정말이지 고향도 친구도 없어져 버릴 테니 그를 위
해서는 그대로 타향에 머물러 있는 편이 낫지 않을까. 어떻
게 그런 상황에서 그의 형편이 여기에 오면 실제로 좀 나아
지리라고 생각할 수가 있을까?

이러한 이유들 때문에, 비록 편지라도 꾸준히 주고받고
싶었지만, 별로 친하지 않은 사람에게도 스스럼없이 할 수

있는, 있는 그대로의 이야기를 그에게 할 수가 없었다.

친구가 고향에 들른 지도 벌써 삼 년이 넘었는데 그는 그 까닭을 매우 궁색하게도 러시아의 정치적 상황이 불안하기 때문이라고 설명했다. 그의 말에 따르면 소규모의 실업인이 잠깐 출국하는 것도 허락되지 않는다지만, 사실 한편으로는 러시아인 수십만 명이 유유히 세계를 돌아다니고 있었다. 그러나 이삼 년이 지나는 동안 바로 게오르크도 많은 것이 달라졌다. 어머니가 돌아가신 이 년 전부터, 게오르크가 늙은 아버지와 한 살림을 하고 있다는 것을 그 친구도 전해들은 듯 한번은 편지에서 건조하게 조의를 표했다. 건조했던 이유는 오로지 그런 사건에 대한 슬픔은 객지에서는 도저히 상상할 수 없다는 데 있었을 것이다. 그런데 게오르크는 그 무렵부터 다른 모든 사람들이 그랬듯이 대단한 결의로 사업에 매달렸다. 아마도 아버지는 어머니가 살아 계셨을 때는 사업에서 당신의 의견만을 주장했기 때문에 게오르크가 독자적으로 행동하는 것을 방해했던 것 같고, 어머니가 돌아가신 후부터는 사업에 간여는 하셨으나 보다 소극적으로 되셨고, 어쩌면 행운이 따랐던 것이 — 그럴 가능성이 매우 크지만 — 보다 결정적이었다고 보아야 할 것이다. 가게는 이 2년 동안 뜻밖에도 크게 발전해서 매상이 다섯 배로 늘어났고

종업원은 두 배로 늘어났다. 또한 앞으로도 이 사업이 더욱 번창하게 될 것은 의심의 여지가 없었다.

그러나 친구는 이러한 변화는 꿈에도 모르고 있었다. 전에 마지막으로 아마도 내 어머니의 죽음을 애도하는 편지에서 그는 러시아로 이민 오라고 게오르크를 설득하려 했고 페테르부르크에다 게오르크가 사업을 시작했을 때의 성공 가능성을 자세히 적어 보냈다. 그 수치들은 지금 게오르크가 하고 있는 사업 규모에 비하면 보잘 것 없었다. 그러나 게오르크는 친구에게 자기가 사업에 크게 성공했다는 것을 굳이 쓰고 싶지 않아서 말하지 않았는데, 이제 와서 뒤늦게 그런 이야기를 한다면 정말이지 이상하게 보이리라.

그래서 게오르크는 친구에게 언제나 한가한 어느 일요일 곰곰이 생각해 보면 기억 속에 두서없이 쌓아둔 같은 별반 의미 없는 사건들에 대해서만 쓰고 있었다. 다름이 아니라, 그는 친구가 그 긴 시간동안 고향에 대해 가졌을지도 모를, 일단 그것으로 만족하고 있는 느낌과 이미지들을 흐리지 않고 그대로 내버려두고 싶었을 따름이었다. 그러다 보니 게오르크는 자기와는 별 상관없는 어떤 사람이 역시 그만큼 별 상관없는 어떤 처녀와 약혼했다는 내용의 편지를 자그마치 세 번씩이나 반복해서 알려주기도 했는데, 친구는 게오르크

의 의도와는 정반대로 이 기이한 사건에 흥미를 갖게 된 적
도 있었다.

그렇게 게오르크가 그에게 자주 편지에 쓴 것은, 그가 한
달 전에 유복한 가정의 여성인 프리다 브란덴펠트와 약혼했
다는 고백보다는 오히려 그런 일들이었다. 게오르크는 자주
약혼녀에게 이 친구에 관하여, 그리고 자기가 그와 맺고 있
는 특별한 편지 왕래에 관하여 이야기했다. "그럼 그분은 우
리 결혼식에는 오지 않겠군요." 그녀가 말했다. "그래도 나
는 당신 친구 모두를 알고 지낼 권리가 있는데요." "그에게
심적인 부담을 주고 싶지는 않았어." 게오르크가 대답했다.
"나를 이해해 줘요. 아마 그는 오게 될 거요. 적어도 나는
그렇게 믿어. 그러나 그는 강요해서 참석한 것처럼 상처 입
은 듯이 느끼고 어쩌면 나를 부러워할 거요. 스스로가 초라
하게 느껴지기도 하고 서운하기도 하고, 그 서운함을 털어버
리기 위해, 혼자 되돌아갈 거요. 혼자. 그게 무슨 뜻인지 당
신 알겠오?" "네. 그럼 그 사람이 다른 방법으로 우리 결혼
을 알 길은 없나요?" "그렇게 된다면야 막을 수는 없지. 그
러나 그 친구가 사는 방식으로 봐서 그런 일이 있기는 어렵
지." "게오르크, 당신 친구들이 그렇다면 약혼 같은 건 하지
말 걸 그랬나 봐요." "그래요. 그건 우리 둘이 책임질 일이

요. 그러나 나는 지금도 사정이 달라졌으면 하는 생각은 없소." 그러고 나서 그녀가 그의 입맞춤으로 숨을 가쁘게 쉬면서도 또 "사실은 마음이 상했단 말이에요."라고 말하자, 그는 친구에게 모든 것을 편지에다 쓰는 것이 정말로 무해한 일로 여겨졌다. "나라는 인간이 그렇게 생겨먹었고 그도 나를 그렇거니 여기고 있다."고 그는 스스로에게 말했다. "그와의 우정을 유지하는데, 있는 그대로의 나보다 더 적합한 한 사람을 내게서 따로 떼어낼 수는 없지."

그리하여 그는 이 일요일 오전에 쓴 긴 편지에 자신의 약혼소식을 다음과 같이 알렸다. '좋은 소식을 마지막까지 아껴두었네. 프리다 브란덴펠트라는 아가씨와 약혼을 했다네. 자네가 떠난 지 훨씬 뒤에야 이곳으로 이주해 왔고 따라서 자네가 거의 알 리 없는 유복한 집안의 여성이지. 자네에게 내 약혼녀에 대해 좀 더 상세하게 알려줄 기회가 또 있을 테지. 내가 아주 행복하다는 것, 우리의 관계는 자네가 이제 지극히 평범한 친구 대신 행복한 친구를 갖게 되었다는 정도만이 달라졌을 뿐이지. 오늘은 이것으로 만족해주게. 그 밖에 내 약혼녀에 대해서는, 그녀가 자네에게 진심으로 안부를 전하고 머지않아 한번 자네에게 직접 편지를 쓰겠지만, 아마도 자네에게도 솔직한 여자 친구가 되어줄 걸세. 총각에게 아주 무의미한 일은 아니지 않은가. 여러 가지 사정이 있어 자네가 우리를 한번 찾아주기 어려울 줄 아네만, 내 결혼식이야말로 온갖 잡다한 일들을 한꺼번에 해치워버릴 절호의 기회가 될 지도 모르겠네. 그러나 어찌되었건 간에 이것저것 생각하지 말고 그냥 자네 좋은 대로 하게.'

이 편지를 손에 들고 게오르크는 오래도록 창밖을 바라보면서 책상에 앉아 있었다. 아는 사람 하나가 골목을 지나가다가 인사를 했는데도 생각은 딴 데 두고 무심히 웃었을 뿐 제대로 답례도 못했다.

마침내 그는 편지를 호주머니에 넣고 자기 방을 나와 짧은 복도를 가로질러 벌써 여러 달 째 출입하지 않았던 아버지의 방으로 갔다. 평소에는 굳이 아버지 방에 들어갈 일이 없었다. 아버지와는 가게에서 늘상 보고 있으니까. 점심은 그들 부자가 한 식당에서 같은 시간에 먹었고 저녁은 각자가 자기 편한 대로 차려먹기는 하나 그런 다음에는, 게오르크는 예전부터 그랬듯이 친구들과 어울리거나 이즈음에 들어서는 으레 그렇듯 약혼녀를 찾아가고, 그러한 약속이나 일이 없을 때면, 아버지와 게오르크는 각자 자기 신문을 들고 함께 사용하는 거실에 잠시 더 앉아 있곤 했다.

게오르크는 아버지의 방이 햇빛이 환한 오전시간에조차

너무나 어두운 것에 놀랐다. 좁은 뜰 건너편에 둘러쳐진 담장이 방 안에 어두운 그늘을 던지고 있었다. 아버지는 돌아가신 어머니를 떠오르게 하는 여러 가지 물건으로 장식된 창가 한구석에 앉아, 비스듬히 신문을 눈앞에 들고 읽고 계셨다. 아마도 시력이 나빠 신문의 글자가 잘 안 보이기 때문인 듯했다. 탁자에는 아침에 먹다 남은 것이 놓여 있었는데 많이 드신 것 같지는 않았다.

"아, 게오르크로구나." 아버지가 얼른 일어나 맞으셨다. 아버지의 무거운 가운이 걷는 중에 열려 양끝이 주위로 펄럭였다. '우리 아버지는 여전히 거인이구나.' 게오르크는 속으로 중얼거렸다. 그러고 나서는

"여기는 정말 심하게 어둡군요." 했다.

"그래, 어둡긴 어둡지." 아버지가 대답했다.

"창문도 닫으셨군요."

"그러는 게 더 낫더라."

"바깥은 아주 따뜻해요." 게오르크는 까마득한 후손이 먼 조상에게 말하듯 대꾸하며 앉았다.

아버지는 아침 드신 그릇들을 치워 찬장에 놓으셨다.

"실은 그냥 아버지께 말씀드리려 했어요." 노인의 거동을 아주 멍한 눈초리로 좇으며 게오르크가 계속 말했다. "이제

페테르부르크로 제 약혼 소식을 전했어요.” 그는 편지를 주머니에서 조금 꺼냈다가는 도로 집어넣었다.

“페테르부르크로?” 아버지가 물었다.

“제 친구가 있거든요.” 하며 게오르크는 아버지의 눈길을 살폈다. ― 가게에서와는 전혀 다르신데, 하고 생각했다. 여기에 떡 버티고 앉아 팔짱을 끼신 모습이라니…….

“그래, 네 친구가.” 아버지가 강조해서 말씀하셨다.

“아시잖아요, 아버지. 처음에는 그 친구한테 제 약혼을 숨기려 했던 것 기억하시죠. 신중을 기한 것이지요. 다른 이유는 아무 것도 없어요. 아버지도 아시다시피 그 친구는 사정이 무척 어려운 처지에 있습니다. 혼자서 곰곰이 생각해 보니, 다른 데서 제 약혼 소식을 들을 지도 모르겠더군요. 물론 그토록 외롭게 살고 있으니 거의 그럴 리야 없을 테지만요. ― 하지만 약혼소식을 듣지 못하게 제가 막을 수는 없지요. ― 그래도 한번은 저한테서 직접 들어야지요.”

“그런데 지금은 또 달리 생각을 해보았느냐?” 아버지가 물으시며 신문을 창문턱에 놓고 신문 위에 안경을 벗어놓은 다음 손으로 덮었다.

“네. 지금 다시 생각해 보았어요. 그가 저의 좋은 친구라면, 저의 행복한 약혼이 그에게도 행복일 것이라고 결론을 내렸지요. 그래서 더 이상 그 친구한테 알리는 걸 망설이지 않았어요. 그래도 편지를 우체통에 넣기 전에 아버지께 말씀 드리려 했어요."

"게오르크야" 하며 아버지가 이빨 없는 입 양귀를 잡아당겼다.

"어디 한번 들어 보거라. 너는 이 일 때문에 나와 상의하려고 내게 왔다. 그건 의심할 바 없이 너 자신을 명예롭게 하는 일이야. 그러나 그것은 아무 것도 아니란다. 아니 아무 것도 아닌 것보다 더 고약한 일이야. 만일 네가 지금 나에게 진실을 전부 말하지 않는다면 말이다. 여기에 관련되지 않은 것들을 들추어내지는 않겠다. 네 어미가 세상을 떠난 다음부터 무언가 불미스러운 일들이 있었다. 그런 일을 위해서도 때가 올 거고 어쩌면 우리가 생각하고 있는 것보다 훨씬 더 빨리 그런 때가 올지도 모르겠다. 사업상으로는 많은 것에서 내가 손을 떼고, 혹 나한테 숨기기야 하겠니. — 지금 나한테 숨기는 게 있다고는 가정하지는 않으련다마는 — 나는 이제 기운이 빠지고 기억력도 예전 같지 않아, 그 숱한 일들을 다 살펴보지는 못한다. 그것은 첫째는 자연의 순리요, 둘째는 네 어머니의 죽음이 너보다는 나에게 훨씬 큰 슬픔으로 기운을 잃게 만들었기 때문이다. — 그러나 우리가 바로 이 문제, 이 편지 문제를 다루고 있으니 말이다. 내가 너한테 부탁이니, 게오르크야, 나를 속이지 말거라. 그건 사소한 일이고 눈곱만큼의 가치도 없어. 그러니 나를 속이지 말거라. 너 정말 페테르부르크에 그런 친구가 있느냐?"

게오르크는 당황해서 일어섰다.

"친구 문제는 덮어둘게요. 친구 천 명이 아버지를 대신하지는 못합니다. 제가 무슨 생각을 했는지 아세요? 아버지는 스스로를 아끼지 않고 계세요. 그러나 사람은 나이가 들면 자기 자신을 아낄 권리가 있어요. 아버지는 제게 사업상 없어서는 안 될 분이세요. 그건 아버지께서도 잘 아시잖아요. 그렇지만 사업이 아버지의 건강을 해친다면 내일이라도 저는 영영 그걸 막겠어요. 안 될 말이지요. 우리는 아버지를 위해 다르게 사는 방식을 찾아야겠어요. 그것도 근본적으로요. 아버지가 지내시는 이 방은 너무 어둡고 쓸쓸한데, 거실에서 지내신다면 좋은 볕을 쐴 수 있으실 거예요. 그리고 아버지는 아침을 드는 둥 마는 둥 너무 조금씩 잡숫고 계세요. 제대로 기운 차릴 음식을 잡수시는 대신에 말이에요. 아버지는 창문을 모두 닫아놓고 계시는데 신선한 공기는 아버지한테 좋을 거예요. 안 됩니다, 아버지! 제가 의사를 불러올 테니 그 처방대로 따르세요. 아버지와 제가 방을 바꿔 아버지는 앞쪽 방으로 옮기시고 제가 이리로 오지요. 그것은 아버지에게 큰 변화는 아닐 거예요, 전부 같이 옮겨갈 테니까요. 그렇지만 그 모든 것은 적당한 때에 하도록 하고, 지금은 침대에 누우세요. 아버지에게는 절대 휴식이 필요해요. 자, 옷 벗으시는 것을 도와드릴게요. 제가 그럴 수 있다는 걸 보게 되실 거예요. 아니면 아버지께서 앞방으로 가시겠다면 잠시 제 침대에 누우시지요. 어쨌든 그러는 게 맞을 것 같아요."

게오르크는 아버지 곁에 바싹 붙어 섰는데 아버지는 헝클어진 하얀 머리카락이 성성한 머리를 가슴팍에 떨어뜨리고 있었다.

"게오르크야" 아버지가 나지막이, 움직이지 않고 말했다.

게오르크는 얼른 아버지 곁에 꿇어앉았다. 아버지의 지친 얼굴에서 동공이 너무도 크게 눈 가장자리에서 쏟아져 나와 자기에게로 쏠려 있는 것을 보았다.

"너는 페테르부르크에 친구가 없어. 너는 언제나 재담꾼이었고 내 앞에서도 이야기를 잘도 지어냈지. 도대체 어째서 바로 그곳에 네 친구가 있다는 거냐! 도무지 믿을 수가 없구나!"

"다시 한 번 생각 좀 해보세요, 아버지." 게오르크가 말하면서 아버지를 안락의자에서 일으킨 다음, 힘없이 자리에 서 있는 아버지의 잠옷 가운을 벗겼다. "그 일이 벌써 삼 년 전인데요, 그때 제 친구가 우리 집에 왔었어요. 아버지께서 그 친구를 별로 탐탁해하지 않으셨던 것도 기억나는 걸요. 그래서 최소한 두 번쯤 제가 그 친구가 없는 척한 적도 있었어요. 사실 그 친구가 제 방에 앉아 있었는데도 말이에요. 저는 아버지께서 그 친구를 꺼리시는 것을 아주 잘 이해할 수 있었어요. 제 친구는 아주 독특한 데가 있거든요. 그렇지만 나중에는 아버지께서도 다시 그와 이야기를 아주 잘 나누셨어요. 저는 그때만 해도 아버지께서 그의 말에 귀를 기울이시고 고개를 끄덕이고 이것저것 물어보시는 게 굉장히 자랑스러웠는걸요. 잘 생각해 보시면 틀림없이 생각이 나실 겁니다. 그 친구는 그때 러시아 혁명에 관한 믿기지 않는 이야기를 했어요. 예를 들면 사업차 여행 중에 폭동이 일어난 키예프의 어느 발코니에서 한 성직자가 손바닥에 넓게 피의 십자가를 새겨 그 손을 들어 군중을 불러 모으는 걸 보았다는 따위의 이야기를 말입니다. 아버지께서도 직접 그 이야기를 여러 차례 되풀이하셨잖아요."

그 사이 게오르크는 아버지를 다시 내려앉히고 린넨 팬티 위에 입은 면내의와 양말을 조심스럽게 벗겨낼 수 있었다. 별로 깨끗하지 않은 속옷을 보고 그는 아버지를 잘 돌봐드리지 않았다고 뉘우쳤다. 아버지가 속옷을 잘 갈아 입도록 하는 것도 분명 그의 의무였으리라. 그는 자신과 약혼녀가 앞으로 아버지를 어떻게 지내시게 할 것인지에 대해서는, 아직 분명하게 이야기를 하지 않았다. 서로 말은 하지 않았으나, 아버지가 혼자 있던 집에 남으리라고 전제하고 있었다. 하지만 그는 바로 지금 분명하게 결정했다. 아버지를 장차 살림을 꾸릴 가정에 모시겠다고. 심지어 그는, 향후 그의 집에서 아버지에게 해드려야 할 보살핌이 너무 늦을 것 같다는 생각마저 들었다.

아버지를 두 팔에 안고 침대로 걸어갔다. 침대를 향해 그가 몇 걸음 떼어놓는 사이에 아버지가 자기 가슴에서 시계 끈을 만지작거리는 것을 알아차리고는 갑자기 섬뜩한 느낌이 들었다. 그는 아버지를 곧바로 침대에 누일 수가 없었다. 그토록 꼭 시곗줄에 매달려 있었던 것이다.

그러나 침대 속에 들어가자마자 모든 것이 괜찮아 보였다. 손수 이불을 덮고 나서도 아버지는 이불을 어깨 위로 굉장히 많이 당겨 올렸다. 그는 덤덤히 게오르크를 올려다보았다.

"그렇잖아요, 벌써 그 친구가 기억나셨죠?" 하고 물으며 게오르크는 부추기듯 아버지에게 고개를 끄덕여 보였다.

"이불이 잘 덮였느냐?" 아버지는 마치 발이 충분히 덮였는지 살펴볼 수가 없기라도 한 듯이 물었다.

"침대에 누우시니 벌써 편안하신 거예요." 하며 게오르크는 이불을 좀 더 잘 여며주었다.

"이불이 잘 덮였느냐?" 아버지가 다시 한 번 물었는데 무슨 대답이 있을까 각별히 주의를 기울이는 것 같았다.

"안심하세요. 이불은 잘 덮여 있어요."

"아니다!" 아버지는 대답이 채 끝나기도 전에 튕겨내듯이 소리쳤다. 그리고는 한 번에 이불을 휙 날려 버리고는 ─ 이불은 날아가며 반듯이 펼쳐졌다. ─ 침대 위에 꼿꼿이 섰다. 한 손으로 천장을 가볍게 짚고 있었다. "너는 내가 이불에 덮였다고 주장했지만, 아들아, 나는 아직 덮이지 않은 것을 알고 있다. 비록 마지막 힘이라 해도 너한테는 충분하게, 너한테는 지나치게 많이 있단 말이다. 나는 네 친구를 잘 알고 있다. 그 아이가 내 마음에 드는 아들일 거야. 그래서 너는 그 아이를 여러 해 동안 속여 왔다. 그렇지 않다면 어째서? 내가 그 애를 위해서 운 적이 없다고 생각하느냐? 그 때문에 너는 네 사무실에 틀어박혀 아무도 방해를 못하게 한 거지, 사장님은 바쁘시다고 ─ 오로지 러시아로 못된 편지 나부랭이나 쓸 뿐이고 말이다. 그렇지만 다행히 애비한테 아들 생각을 들여다보라고 가르칠 필요는 없다. 네가 지금 믿는 바대로 너는 그 애를 억눌렀다, 너무 억눌렀어. 네 엉덩이로 그 애를 깔고 앉아 그 애가 꼼짝달싹 못하도록, 그래 놓고는 우리 아드님께서 결혼을 결심하셨지!"

게오르크는 아버지의 끔찍스러운 모습을 올려다보았다. 아버지가 갑자기 잘 알고 있다고 단언하는 페테르부르크의 친구가 너무나도 그리웠다. 먼 러시아 땅에서 실종된 친구의 모습이 보이는 듯했다. 남김없이 털린 가게의 부서진 진열대, 갈가리 찢어진 상품들, 떨어져 내린 가스관 사이에서 가까스로 서 있는 친구 모습이 보이는 듯 했다. 왜 그는 그토록 멀리 떠나야 했었던가!

"나를 보아라!" 아버지는 소리쳤고, 게오르크는 완전히 얼이 빠져서, 뭐든 잡기 위하여 침대로 달려갔다. 그러나 그는 중간에 멈추었다.

"그 여자가 치마를 들어 올렸기 때문이야!" 아버지가 끈끈한 목소리로 말하기 시작했다. "그년이 치마를 이렇게 들어 올렸기 때문에, 그 추잡한 년이." 하면서 셔츠를 높이 쳐들었다. 그러자 허벅지에서 전쟁 때 입은 상처 자국이 보였다. "그년이 치마를 이렇게, 이렇게 쳐들었기 때문에 네가 그년한테 들러붙었지, 그래 그년한테서 마음껏 욕심을 채우려고 네 어미의 영전을 더럽히고 그 친구를 배반하고 네 애비를 꼼짝달싹 못 하도록 침대에 처박아놓았다. 그렇지만 어디 봐라, 내가 꼼짝달싹 할 수 있나 없나?”

그러면서 아버지는 아무 것도 붙잡지 않고 서서 발길질을 해댔다. 아버지는 만면에 웃음을 띠면서 눈을 번뜩이고 있었다.

게오르크는 가능한 대로 아버지에게서 멀찌감치 떨어져서 한구석에 서 있었다. 아까부터 그는 아버지의 모든 행동을 빈틈없이 자세히 관찰하기로 결심하고 있었다. 뒤가 되었든, 위가 되었든, 여하간에 우회로에서 기습을 당하지 않도록. 그러나 그는 조금 전의 그 결심을 자꾸 깜빡깜빡 잊어버렸다가는 다시 기억하고, 다시 잊어버리기를 반복했다. 짧은 실오라기를 바늘귀에 꿸 때처럼.

“하지만 네 친구는 완전히 배신당하지 않았다!” 아버지가 소리쳤는데 둘째손가락을 쳐들어 흔들어대면서, 그 말을 강조했다.

“내가 그 친구의 이곳 현지 대리인이거든!”

“광대로군!” 게오르크가 더 이상 참지 못하고 소리치고는 즉시 그 잘못을 깨닫고 혀를 깨물어 – 두 눈이 굳어졌다. – 버렸다. 그는 아픔으로 허리를 꺾었으나 너무 늦었을 뿐이었다.

"그래 나는 광대짓을 했다. 광대짓을! 좋은 말이로구나. 홀아비가 된 늙은 아비한테 무슨 다른 위안이 남았겠느냐? 말해봐라, ─ 대답하는 순간에는 아직 살아 있는 내 아들이어야 한다. ─ 게으른 직원에게 쫓겨나 뒷방에 들어앉은, 뼛속까지 늙은 내게 무엇이 남았겠느냐? 그런데 내 아들은 신이 나서 세상을 활개 치며 돌아다니고 내가 마련해 놓은 가게들을 닫고, 노는 데 빠져 타락하면서도, 제 아비 면전에서는 신사처럼 진지한 표정을 지으며 살며시 도망쳤다! 내가, 너를 낳은 내가, 너를 사랑하지 않았다고 생각하느냐?"

'이제 앞으로 몸을 구부리겠지.' 게오르크는 생각했다. '제발 굴러 떨어져 산산조각이 나버렸으면!' 이 말이 그의 머릿속을 가득 채우고 요란한 소리를 내며 끓고 있었다.

아버지는 몸을 앞으로 굽혔으나 떨어지지는 않았다. 게오르크가 다가가지 않자 예상했던 대로 다시 몸을 일으켰다.

"있는 곳에 그대로 있어라, 나는 네가 필요 없어. 너는 이쪽으로 올 힘이 아직 남아 있지만, 네 뜻이 그렇기 때문에 그냥 있는 거라고 생각하는데, 착각하지 마라! 아직은 여전히 내가 훨씬 더 강하다. 혼자라면 내가 물러나야 했을지도 모르겠지만 네 어미가 나한테 자기의 힘을 주고 갔다. 네 친구와 나는 멋지게 짝패가 되었어. 네 거래처 명단도 나는 여기 주머니에 가지고 있어!"

"속셔츠에까지도 주머니가 있구나!" 하고 혼잣말을 하며 게오르크는 자기가 아버지를 자신의 말 한마디로 이 세상에서 영영 사라지게 할 수 있다고 생각했다. 물론 아주 짧은 한 순간에 스쳐간 생각이었다. 그는 자꾸 모든 것을 잊어버리고 있었기 때문에 어떤 생각이든 지속하지 못하고 있었다.

"어디, 네 약혼녀와 그럴듯하게 팔짱을 끼고 나에게 똑바로 와봐라! 그 여자를 네 옆에서 싹싹 쓸어내 버릴 테다, 내가 무슨 수로 그렇게 할지 네가 알 리는 없겠지만!"

게오르크는 믿지 못하겠다는 듯이 얼굴을 찡그렸다. 아버지는 그저 자기가 하는 말의 진실을 확인하듯 게오르크가 선 구석을 향해 고개를 끄덕였을 뿐이다.

"너는 오늘 내게 와서 네 약혼소식을 친구한테 어떻게 전하는 게 좋을지 물으면서 참 즐거워하더구나. 그 아이는 이미 다 알고 있다, 이 어리석은 놈아! 그는 다 알고 있어! 내가 그 애한테 벌써 그 소식을 알리는 편지를 썼단 말이다. 너는 내 모든 것을 빼앗아갔지만 어리석게도 필기도구를 뺏는 것은 잊어버렸지. 난 그 애에게 벌써 오래 전부터 편지를 써 왔다. 그래서 그 애는 벌써 몇 년 전부터 오지 않는 거다. 그 애는 모든 것을 너보다 백 배는 더 잘 알고 있다. 네 편지는 읽지도 않은 채 왼손에 구겨들고, 오른손으로는 내 편지를 읽으려고 앞에 받들어 모시고 있단 말이다!”

아버지는 흥분한 나머지 팔을 머리 위로 마구 흔들었다. “그 애가 모든 것을 천 배는 더 잘 알고 있어!” 그는 소리쳤다.

“만 배겠지요!” 게오르크는 아버지를 비웃기 위해 말했지만 그 말은 입에서 더할 나위 없이 진지하게 울렸다.

“나는 이미 여러 해 전부터 네가 이 질문을 가지고 올까 봐 조심하고 있었다. 그것 말고 내가 걱정할 게 달리 있던 줄 아느냐? 내가 신문을 읽는다고 믿지? 자!” 그러면서 그는 게오르크에게 어찌된 영문인지 침대 속으로 섞여 들어간 신문지 한 장을 집어던졌다. 게오르크는 이름조차도 전혀 모르는 낡은 신문이었다.

“너는 철이 들기까지 얼마나 오래 꾸물거렸느냐! 어머니는 세상을 떠나야 했고 생전에 기쁜 날이라고는 겪어보지도 못했다. 친구는 러시아에서 망해가고 있다, 이미 삼 년 전에 그는 내팽개쳐진 듯이 창백해져 있었다. 그리고 나, 나의 형편이 어떤지는 너도 보겠지. 그런 걸 보라고 눈이 달렸을 테니까!”

“그러니까 아버지는 숨어서 몰래 저의 동정을 살피고 있었던 것이로군요!"

게오르크가 소리쳤다. 연민을 품고 아버지가 지나가는 듯한 투로 말했다. "그 말을 너는 아마도 하고 싶었겠지. 이제 와서는 이미 전혀 어울리질 않아." 그러고는 더 크게, "이제 그럼 너 말고도 이 세상에 뭐가 있는지 알았지, 지금까지 너는 너밖에 몰랐다. 너는 본디 순진무구한 아이였지, 그러나 근본을 보면 너는 악마 같은 인간이었어! 그러니 잘 들어라! 나는 너에게 익사형을 내리겠다!"

게오르크는 방에서 내몰린 듯한 느낌이었다. 아버지가 자기 뒤에서 침대로 쿵 하고 나자빠지는 울림이 아직 그의 귀에 쟁쟁하게 울렸다. 그는 계단을, 마치 경사진 평지인 것처럼 서둘러 달려 내려가다, 마침 오전 청소를 하러 올라오던 하녀와 마주쳤다. "맙소사!" 하고 소리 지르며 그 여자는 앞치마로 얼굴을 가렸다. 그러나 그는 이미 그 자리에 없었다. 대문 밖으로 그는 튕기듯이 뛰어나갔다. 그는 차도를 건너 물가로 내몰리듯 달리고 있었다. 어느새 그는 굶주린 자가 먹을 것을 움켜쥐듯 다리의 난간을 꽉 잡고 있었다. 그는, 소년 시절 부모의 자랑이었던 뛰어난 몸놀림으로 체조 선수가 다시 된 듯이 난간 너머로 몸을 날렸다. 난간에 매달려 서서히 힘이 빠져가는 두 손으로 자신을 지탱한 채, 다리 난

간들 사이로, 자신이 추락하는 소리를 가볍게 눌러버리게 될
버스를 엿보았다. 그는 낮게 부르짖었다. "부모님, 저는 당
신들을 그래도 언제나 사랑했답니다." 그러고는 손을 놓아
몸을 던졌다.
　다리 위에는 마침 끝도 없이 긴 차들의 행렬이 이어지고
있었다.

시골의사

시골의사

나는 급히 가야 할 곳이 생겨 몹시 당황했다. 중환자 한 사람이 생겨 십 마일이나 떨어진 마을에서 기다리고 있었는데, 그와 나 사이의 넓은 공간을 거센 눈보라가 채우고 있었다. 마차는 있었다. 이 시골길에 알맞게 가볍고 큰 바퀴가 달린 마차였다. 나는 털옷을 꼭꼭 여미고 왕진가방을 든 채로 떠날 채비를 하고 마당에 서 있었다. 그런데 마차를 끌 말이 없었다, 말이. 내 말이 이 얼어붙은 겨울날에 추위를 못 견디고 간밤에 죽어버렸다. 하녀가 말 한 필을 빌리려고 지금 마을을 이리저리 뛰어다녔지만 별로 가망이 없다는 것을 알고 있었다. 눈은 점점 더 쌓여 움직이기조차 힘들어져

가고, 나는 속절없이 마당에 서 있었다. 대문에 하녀가 혼자 나타나 말을 구하지 못했다는 의미로 등불을 흔들었다. 당연하지, 누가 지금 이런 길에 말을 빌려주겠나? 나는 다시 한 번 뜰을 가로질러 걸었다. 아무런 가능성도 찾아내지 못하고, 망연히 괴로움에 잠겨서, 벌써 여러 해 사용하지 않는 돼지우리의 망가진 문을 발로 걷어찼다. 문이 돌쩌귀에 걸린 채 삐거덕거리며 열렸다 닫혔다 했다. 말의 그것 같은 온기와 냄새가 흘러나왔다. 축사 안의 흐릿한 등이 끈에 매달려 흔들거리고 있었다.

한 남자가 낮은 칸막이 너머로 웅크린 채, 푸른 눈의 맨 얼굴을 보였다. "말을 매어드릴까요?" 네 발로 기어 나오며 그가 물었다. 나는 무슨 말을 해야 할지 몰라 무엇이 축사 안에 또 있나 보려고 몸을 굽힐 뿐이었다. 하녀가 내 곁에 서 있었다. "자기 집 안에 무슨 쓸 만한 물건이 있는지도 모르고들 지내는군요." 해서 우리 둘은 웃었다.

"어이, 형, 어이, 누이!" 마부가 외치자, 힘차고 옆구리 탄탄한 말 두 마리가, 두 다리는 몸통에 바싹 오그려 붙인 채, 훌륭하게 생긴 대가리를 낙타처럼 숙이고는 힘 있는 몸으로 문틈을 비비적거리며 나왔다. 이내 그놈들은 드세게 숨을 내쉬며 껑충하게 똑바로 섰다. "저 사람을 도와주오." 내가 말하자 말 잘 듣는 하녀는 서둘러 마부에게 마구를 건네주었다. 그런데 하녀가 그의 곁으로 가자마자 갑자기 마부가 그녀를 껴안으며 자기 얼굴을 비벼댔다. 하녀가 비명을 지르며 내게로 도망쳐 오는데 그녀의 뺨에는 빨갛게 두 줄로 이빨자국이 나 있었다. "이런 짐승 같은 놈!" 나는 화가 나 소리쳤다. "채찍으로 얻어맞고 싶으냐?" 그러나 곧 그가 어디서 온 줄도 모르는 낯선 사람이라는 것과, 어느 누구도 나서지 못하는 판국에 자발적으로 나를 돕겠다고 한 것에 생각이 미쳤다. 그는 내 생각을 알고 있기라도 한 듯 나의 협박 따위는 대수롭지 않게 여기며, 계속해서 말을 다루는 데만 열중하며, 나를 한번 힐끗 돌아볼 뿐이었다. 그러고는 "타시지요." 하고 말했다. 정말로 모든 것이 완벽하게 준비되어 있었다. 아직껏 한 번도 그런 멋진 마구를 갖추고 말을 타본 적이 없었다는데 생각이 미치자, 나는 어느새 즐거운 마음으로 마차에 올랐다. "아무래도 말 모는 일은 내가 해야겠네, 자네는 길을 모를 테니." 내가 말했다. "물론입죠." 그가 말했다. "저는 함께 타고 가지도 않습니다요. 로쟈 곁에 있겠는뎁쇼." "안 돼요!" 로쟈가 외치면서 그녀의 피할 수 없는 운명을 분명히 예감하며 집 안으로 달려갔다. 이내 그녀는 문고리 사슬을 철거덕 소리가 나도록 잠갔다. 자물쇠를 잠근 것으로도 모자

라 그녀는 마루에서 또 온 방을 뛰어다니며 자기를 못 찾도
록 불이란 불은 다 끄는 것이 보였다. "자네도 같이 가든가."
내가 마부에게 말했다. "아니면 내가 그만두겠네, 그렇게까
지 절박한 것은 아니니, 마차를 타고 가는 대가로 저 처녀를
내줄 생각은 조금도 없어." "이랴!" 하며 그가 손뼉을 치자
마차는 물살에 휩쓸린 나무토막같이 순식간에 쏜살같이 내
달린다. 내 집의 문이 마부의 돌격으로 와지끈 부서지는 소
리를 나는 들었다. 그런 다음 내 눈과 내 귀는 오관을 골고루
파고드는 굉음으로 가득 찼다. 그러나 그것도 잠시뿐, 내 집
대문 앞에 곧바로 환자 집의 마당이 열리기라도 한 듯 나는
벌써 환자의 집에 도착해 있었다. 말들이 조용히 멈추었다.
눈은 그쳤다. 사방에는 달빛이 가득했고, 환자의 부모가 집
밖으로 서둘러 달려 나왔다. 그들 뒤에는 환자의 누이가 서
있었고, 사람들은 나를 마차에서 들어내듯이 내려주었다. 뒤
엉킨 이야기들에서 나는 아무 것도 알아내지 못했다. 환자가
누운 방안 공기는 숨을 쉬기 어려울 지경이었다. 되는대로
내버려둔 화덕에서 연기가 나고 있었다. 창문을 열어 젖혀야
지. 그러나 먼저 환자를 보아야겠다. 마르고, 열은 없이 차갑
지도 따뜻하지도 않은 퀭한 눈초리로, 내의도 입지 않은 채
깃털 이불 속에 누워 있던 소년이 몸을 일으켜 내 목에 매달

리며 귀에 속삭였다. "의사 선생님 저를 죽게 해주세요." 나는 주위를 둘러보았다. 아무도 그 말을 듣지 못했다. 부모는 묵묵히 허리를 굽히고 나의 선고를 기다리고 있고, 누이는 왕진가방을 내려놓을 의자를 가져왔다. 나는 가방을 열어 의료기를 찾고, 소년은 침대 위로 계속 몸을 일으키며 자기 부탁을 내게 상기시키기 위해 나를 더듬어 찾았다. 나는 핀셋 하나를 집어 촛불에 비춰 살펴보고는 도로 놓았다. "그래." 나는 불경스러운 생각을 했다. '저런 경우는 신들이 돕는다니까, 없는 말을 보내주고, 급하니까 한 필 더 붙여주고, 넘치게시리 마부까지 적선을 하시지.' 그제서야 비로소 다시로쟈 생각이 났다. 내가 무엇을 할 것인가, 어떻게 그녀를 구한단 말인가. 어떻게 내가 마부에 눌린 그녀를 빼낸단 말인가. 십 마일이나 떨어진 이곳에서, 제대로 다루지도 못할 말을 마차에 매어 놓고서 말이다. 지금 어쩐 일인지 마구를 헐겁게 만든 그 말들이, 어떻게 했는지는 모르겠지만, 창문을 바깥에서 열어젖히고, 한 마리씩 창문 하나에 대가리를 들이밀고, 식구들이 소리쳐도 끄떡없이 환자를 지켜보고 있다. '곧 돌아가야지.' 하고 나는 말들이 떠나라고 권하기나 하는 듯 생각했으나, 내가 방안의 후텁지근한 공기에 질려 있다고 믿은 환자의 누이가 내 털외투를 벗기는 것을 그냥 내버려두었다. 럼주도 한 잔 나오고 늙은 아버지가 내 어깨를 두드렸다. 자식을 내맡겼으니 이런 허물없는 태도는 괜찮은 것이었다. 나는 머리를 흔들었다. 노인의 소견 좁은 행동에 기분이 언짢아져서 럼주 마시기를 거절했다. 환자 어머니가 침대 곁에서 나를 그 쪽으로 오라고 했다. 나는 다가가, 말 한 마리가 방 천장을 향해 큰 소리로 힝힝거리고 있는 사이, 머리를 소년의 가슴에 댔고, 내 젖은 수염 때문에 소년은 몸을 떨었다. 짐작했던 대로다. 소년은 건강하다. 약간 혈색이 나쁘고, 걱정하는 어머니가 커피를 흠뻑 먹여놓았을 뿐 건강하다. 그저 발길로 뻥 차서 침대 밖으로 몰아내는 것이 상책일 것이다. 하지만 내가 세계를 개선하는 사람이 아닌 바에야 누워 있게 내버려두자. 나는 구역에 고용되어 있는데, 이건 너무하다 싶은 지경까지 내 의무를 수행하고 있다. 봉급은 적지만 나는 가난한 사람들에게 인색하지 않았고, 실제로 그들을 돕는 것을 좋아했다. 지금으로서는 로자를 구하는 것이 소년을 돌보는 것보다 더 급선무라는 것을 알기 때문에 나 역시 미칠 지경이다. 여기, 이 끝없는 겨울에 내가 할 수 있는 것이 무엇이겠는가! 내 말은 죽었고 내게 자기 말을 빌려줄 사람은 마을에는 없다. 돼지우리에서 마차에 맬 마소를 끌어내야만 했다, 만일 그것이 우연히도 말이 아니었다면 나는 암

돼지를 타고 달려왔을 테지. 일이 그렇다. 나는 식구들을 향해 고개를 끄덕였다. 그들은 그 사정을 모른다, 설령 그들이 사정을 알았더라도 믿지 않을 것이다. 처방전을 쓰기는 쉬우나 사람들과 의사소통을 하기는 어렵다. 자, 그럼 여기서 내 방문의 목적은 끝난 것 같다. 사람들이 또다시 내게 헛수고를 시킨 것이다, 그런 것에 나는 익숙해져 있다. 야간 비상종 덕택에 관할구역 전체가 나를 고문한다. 그러나 이번에는 내가 로쟈까지 내주었으니, 그 어여쁜 소녀는 여러 해, 나의 관심을 받지 않았으나, 내 집에서 살아왔는데 – 이 희생은 너무 크다. 따라서 나는 이 일을, 아무리 선의를 가져봐야 내게 로쟈를 돌려줄 수는 없는 이 가족에게 매달려 애쓰지 않으려면, 어떻게 해서든 이 상황을 정리할 방도를 찾아야 한다. 그래서 나는 왕진가방을 닫고 돌아갈 채비를 할 요량으로 털외투를 달라고 눈짓했다. 이때 환자의 아버지는 손에 든 럼주잔을 쿵쿵거리고 있었고, 환자의 어머니는 내게 실망하여 – 그렇다, 도대체 이 백성들은 나에게 무엇을 기대하고 있단 말인가? – 눈물을 머금고 입술을 깨물고 있으며, 환자의 누이는 피가 많이 묻은 손수건을 흔들었다. 이렇게 환자의 온 가족이 함께 모여 서 있는 모습을 보자 나는 웬일인지, 사정에 따라서는 소년이 어쩌면 아프다고 시인할 태세를 하고 있었다.

소년은 내가 다가가자 금세 기운을 되찾게 해주는 스프라도 건네받은 듯 나를 향해 미소 지었다. ─ 아, 이제 말 두 마리가 히힝거리는구나. 그 소음이, 높은 데서 나니, 아마도 진단을 쉽게 해주나 보다. ─ 그리하여 나는 소년이 정말로 아프다는 것을 발견했다. 그의 오른쪽 옆구리, 허리께에 손바닥만한 크기의 상처가 벌어져 있었다. 상처는 얼룩덜룩한 장밋빛이었는데, 깊은 곳은 진하고 가장자리께로 올수록 옅어지며 출혈 부위 주변에는 마른 피가 엉겨 붙어서 상처는 마치 파헤쳐진 광산처럼 열려있었다. 그것은 멀리서 본 모양이었다. 가까이에서 들여다보니 상태는 더 심했다. 이 상처를 낮은 신음을 토하지 않고 들여다 볼 수 있는 사람은 없을 것이다. 작은 손가락 크기의 벌레들이 본디 색깔에 피까지 뿌려져 선홍색으로 되어 상처 안쪽에 들러붙은 채 조그만 흰 머리와 수많은 작은 발을 꿈틀거리며 빛이 있는 쪽으로 꼬물거리며 기어 나왔다. 불쌍한 아이야, 너를 도울 길이 없구나. 나는 너의 큰 상처를 찾아내었다. 네 옆구리의 이 꽃으로 말미암아 너는 죽을 것이다. 가족들은 내가 진료하고 있는 것을 보며 행복해한다. 누이는 어머니에게 내가 진료일 하고 있다고 이야기하고, 어머니는 아버지에게, 아버지는 발

꿈치를 든 채 두 팔로 중심을 잡으며 달빛을 받으며 문으로 들어오는 몇몇 손님들에게 이야기한다. "저를 구해 주시겠지요?" 자기 상처 안에 있는 생명체에 질려서 소년은 훌쩍이며 속삭였다. 내가 사는 이곳 사람들은 이렇다니까. 언제나 불가능한 일을 의사한테 요구하지. 그들은 오랜 신앙을 잃어버렸다. 신부는 집에 들어앉아 미사복이나 손질하고 있는데, 의사는 모름지기 부드러운 외과의의 손으로 모든 것을 해내라는 것이다. 자, 그럼 좋으실 대로. 내 쪽에서 나선 것이 아닌 바에야, 너희가 나를 성스러운 목적에 쓴다면 나도 되는대로 내버려두겠다. 내가 무엇을 더 바라겠는가. 하녀를 강탈당한 늙은 시골의사가! 그러자 식구들과 촌로들이 와서 내 옷을 벗긴다. 선생이 선두에 선 학교 합창대가 집 앞에 서서 아주 단순한 멜로디를 노래한다. 그 가사는 이렇다.

그의 옷을 벗겨라. 그러면 그가 치료하리라.
그러고도 치료하지 않는다면 그를 죽여라!
그건 그냥 의사, 그건 그냥 의사.

그러고 나서 내 옷은 벗겨졌고, 나는 수염 속에 손가락을 넣고 머리를 숙인 채 사람들을 응시한다. 나는 어디까지나 침착하고 그들 모두보다 우월하고 앞으로도 그럴 것이다. 하지만 그러한 사실이 아무런 도움도 주지 않는다. 이제 그들이 내 머리와 두 발을 잡아 나를 침대 속에 들여다 놓았으니 말이다. 담벼락에다, 상처의 곁에다 그들은 나를 내려놓는다. 그런 다음 모두 방에서 나가고, 문이 닫히고, 노래가 잠잠해진다. 달은 구름에 가려졌고, 이불은 나를 따뜻하게 감싸고 있다. 창구멍으로 말대가리들이 그림자처럼 흔들린다. "그거 아세요?" 내 귀에 대고 하는 말이 들린다. "저는 선생님을 별로 안 믿어요. 선생님도 그냥 이 상황에 던져졌을 뿐이지, 선생님도 제 발로 오신 게 아니잖아요? 도와주시기는커녕 죽어가는 제 잠자리만 비좁게 하시는군요. 선생님 눈이나 후벼 파냈으면 좋겠어요." "옳다." 내가 말했다. "이건 치욕이다. 그런데 나는 의사야. 내가 무엇을 해야겠니? 믿어다오, 이건 나한테도 쉬운 일은 아니라는 걸 말이다." "저더러 그 따위 변명으로 만족하라고요? 아, 그래야 하겠지요. 언제나 나는 만족해야 하지요. 아름다운 상처를 가지고 나는 세상에 왔지요, 그것이 내게 주어진 전부였지요." "젊은 친구, 자네의 결점은 전체를 보지 못한다는 것이야. 온갖 병자들을 많이 보아온 내가 말하겠는데, 자네 상처는 그다지 나쁘지 않네. 쇠스랑을 두 번 날카롭게 쳐서 난 것일 뿐이지." "정말 그런가요, 아니면 열에 들뜬 저를 속이시는 건가요?” “정말 그래. 공직을 가진 의사의 명예를 걸고 하는 말을 들으렴.” 그리하여 그 소년은 그 말을 받아들이고 잠잠해졌다. 그러나 이제는 나의 구원을 생각할 시간이었다. 아직도 말들은 충실하게 자기들 자리에 서 있었다. 나는 옷과 털외투 그리고 왕진가방을 주섬주섬 뭉쳐 들었다, 옷을 입느라고 시간을 지체하고 싶지 않았던 것이다. 말들이 아까 이곳에 올 때만큼만 서둘러준다면 나는 이 침대에서 내 침대 안으로 뛰어들다시피 빨리 도착할 것이다. 얌전히 말 한 마리가 창에서 물러섰다. 나는 옷 뭉치를 마차 안에 던졌는데, 털외투가 너무 멀리 날아가 소매 하나만 갈고리에 걸렸다. 그만하면 됐다. 나는 날듯이 말 잔등에 올랐다. 가죽 끈을 느슨하게 질질 끌며, 말 두 필을 제대로 서로 잡아매지도 못한 채, 마차는 갈피를 못 잡고 끌려오고, 맨 끝에는 털외투가 눈 속에서 펄럭였다. “이랴!” 했으나 말들은 빠르게 움직이지 않았다. 늙은이들처럼 천천히 우리는 황량한 눈 속을 갔다. 오래도록 우리 등 뒤에서는 아이들의 새로운, 그러나 어딘가 잘못된 노래가 울렸다.

일어나라, 환자들아, 의사를 너희 침대 속에 눕혀놓았다.

절대로 이런 식으로 집에 돌아가지는 않겠다. 나의 화려
했던 의사생활은 망했다. 후임자가 내 자리를 넘보겠지만 소
용없는 짓, 그가 나를 대신하지는 못할 테니 말이다. 내 집
안에서는 구역질나는 마부가 날뛰고, 로쟈는 그의 제물이 되
어 있다. 그건 생각하고 싶지 않다. 벌거벗은 채, 이 극도로
혹독한 불운한 시대에 맨몸으로 내던져져, 지상의 마차에다
지상의 것이 아닌 말들로, 늙은 나는 이리저리 내몰리고 있
구나. 내 털외투가 마차 뒤에 걸려 있다. 하지만 내 손은 거
기에까지 닿지 않았고 변덕스러운 환자 주위의 불한당들 중
어느 누구도 손가락 하나 까딱하지 않는다. 속았구나! 속았
어! 한번 잘못 울린 비상종에 따라나섰던 나의 실수는 그 어
떤 것으로도 보상할 수가 없구나.

굴

굴

제법 굴이 잘 파진 것 같다. 밖에서 보이는 커다란 구멍은 사실 그 어디로도 이어지지 않아 몇 걸음만 지나면 단단한 암석면에 맞닥뜨리고 만다. 이런 꾀를 의도적으로 짜냈다고 뻐기고자 함이 아니다. 그것은 오히려 굴을 파는 동안 저지른 여러 번 반복한 시행착오의 흔적이었다. 그러나 이 구멍을 없애지 않고 그대로 두는 것이 나에게 유리해 보였다. 물론 꾀라는 것이 늘 자기 발등을 찍는 경우가 많다는 것을 누구보다 잘 알고 있느니만큼 이 구멍이 '여기는 무엇인가 찾아내 볼 만한 것이 있다.'는 걸 암시하게 만든 것은 확실히 대담하기까지 하다. 그렇지만 내가 비겁하기 때문에 굴을 파기 시작했다고 믿는 이는 나를 잘못 안 것이다. 이 구멍에서 천 걸음쯤 떨어진 곳에 이끼로 덮어놓은 통로가 있는데, 굴로 통하는 이 진짜 통로는 세상의 그 무엇보다도 안전하게 감추어져 있다. 분명, 그 누군가 이끼를 짓밟거나 들어 올리면 들어올 수는 있고, 그 통로를 통하면 나의 동굴이 다 드러난다. 또한 마음만 먹는다면 - 그러기 위해서는 아주 흔치 않은 특별한 능력이 필요하다는 것을 알아야겠지만 - 밀고 들어와 모든 것을 영영 무너뜨려 놓을 수도 있다. 그 점을 나는 잘 알고 있으며 내 삶의 전성기인 지금까지도 완전한 평온을 누리지도 못한 채, 저 어두운 이끼 속에서 언젠가 죽게 되리라 생각하면서 탐욕스러운 코를 쿵쿵거리며 끊임없이 돌아다니고 있다. 또한 언제든 큰 힘을 들이지 않고 이 - 새로 출구를 만들 수 있도록 위로는 단단한 흙으로 얇은 층을 이루고 밑은 푸석한 흙으로 된 - 구멍 입구를 내가 직접 무너뜨려 막아버릴 수도 있으리라고 생각한다. 그렇지만 그것은 불가능하다. 나는 즉시 도망갈 수 있는 가능성을 신중하게 고려해 보지만, 그 결과는 유감스럽게도 목숨을 담보로 한 모험을 감수해야만 한다는 것이다. 이러한 상황은 생각만으로도 너무나 고달프니 이따금씩은 머릿속으로만 생각하고 즐거워하는 현명한 방법을 택하기도 한다. 나는 즉시 도망칠 수 있는 가능성을 확보하고 있어야 한다. 내가 아무리 정신을 바짝 차리고 있더라도 예기치 못한 곳에서 공격받을 수도 있지 않은가? 내가 내 집 가장 깊은 곳에서 평화롭게 살고 있는 사이 천천히 그리고 소리 없이 적수가 그 어디선가 나를 향해 굴을 뚫고 들어오고 있는지도 모른다. 나는 나의 적이 나보다 예민한 감각을 지니고 있다고는 말하지 않겠다. 어쩌면 내가 그를 모르듯 그 역시 나를 모르고 있을 것이다. 그러나 덮어놓고 흙을 마구 파 뒤집는 우악스러운 강도들이 있는 법이다. 나의 굴이 엄청나게 기니까 그들도 어디선가는 나의 길과 맞닥뜨릴 가망이 있다. 물론 나는 내 집 안에 있으며 모든 길과 그 방향을 다 알고 있다는 이점이 있으므로, 달콤하고 맛있는 먹이에 유인당한 적이 나에게 사로잡힐 가능성이 더 높다. 그러나 나는 늙어가고 있고 나보다 원기 왕성한 적은 무수히 많으니 내가 어떤 적을 피해서 도망치다가 다른 적의 올가미로 달려 들어가는 일이 일어날 수도 있다. 아, 그 무슨 일인들 못 일어나겠는가! 나는 밖으로 나가기 위해 더 이상 작업하지 않아도 되는, 쉽게 도달할 수 있는, 완전히 열린 출구가 그 어딘가에 있다는 확신이 꼭 있어야겠다. 가령 아무리 가볍게 쌓아놓은 것이라 할지라도 내가 그곳을 절망적으로 파고 있는 동안 갑자기

— 제발 부디 그런 일은 없기를! — 적의 이빨을 나의 허벅지
에서 느끼게 되지 않도록. 한편, 나를 향하여 파 들어오는
것은 외부의 적들뿐만 아니다. 땅 속에도 적들은 있다. 아직
그들을 본 적은 없으나 나는 그들에 관한 전설을 굳게 믿고
있다. 그들은 땅 속 생물로서 전설에서도 그 모습은 전하지
않는다. 그들에게 희생된 이조차도 그들의 모습을 미처 보지
못했다는데, 흙 속에서 발톱 긁는 소리가 들리면 그들이 오
고 있는 것이고 그 소리를 들은 자는 이미 순식간에 사라져
버린다는 것이다. 그러니 땅 속에 있는 자기 집은 사실 그들
의 집 안에 있는 셈이다. 그들로부터는 저 출구도 나를 구하
지 못한다. 아니 실은 그 누구로부터도 나를 구하지 못하고
망하게 되겠지만 그래도 출구는 희망이며 나는 그것 없이는
살 수 없다. 이 큰 굴 외에도 들쥐들이 만들어 놓은 작은 굴
들은 바깥세상과 나를 가깝게 연결해주는 숨구멍이기도 하
다. 나는 그 작은 굴을 적절하게 내 굴과 연결시킬 수 있었
다. 그 굴 덕분에 나는 먼 곳의 냄새까지 맡을 수 있었고, 그
렇게 해서 나를 지켜낼 수 있었다. 또한 그 길을 지나가는
작은 족속들을 사냥해서 잡아먹을 수 있었기 때문에 굴을
파지 않고도 보잘것없는 생활을 어느 정도 이어나갈 수 있
었다. 그 작은 굴은 나에게 여러 모로 소중했다. 그러나 나

의 굴의 가장 멋진 점은 뭐니 뭐니 해도 정적이다. 물론, 정적은 한순간에 갑자기 깨질 수 있기 때문에 언제까지 이어진다고 믿을 수는 없다. 정적이 깨지는 순간은 모든 것이 그야말로 끝장인 것이다. 그러나 일시적이나마 아직은 정적이 있고 고요하다. 몇 시간이고 나의 통로들을 살금살금 다녀도 나는 조그만 동물들의 사각사각 소리와 — 소리가 나는 즉시 동물들을 내 이빨 사이에 넣어 조용하게 만든다. — 즉각적인 수리가 필요한 부분에서 나는 흙 새는 소리 외에는 아무 소리도 듣지 못한다. 그 밖에는 조용하다. 따뜻하고도 서늘한 숲의 공기가 들어온다. 이따금씩 기분 좋게 몸을 쭉 펴고 통로 안에서 몸을 이리저리 굴리기도 한다. 다가오는 노후를 앞두고 이런 집이 있다는 것, 가을이 시작되는데 지붕 밑에 있다는 것은 근사한 일이다. 백 미터마다 통로를 넓혀 조그만 둥근 광장을 만들어 놓았으니 거기서 나는 편안히 몸을 오그린 채, 체온으로 몸을 녹이며 쉴 수 있다. 거기서 나는 평화의 단잠을, 채워진 욕구를 그리고 자기 집을 소유한다는 도달한 목표를 꿈꾸며 단잠을 잔다. 이런 흡족한 잠에서 깨게 되는 것이 옛 시절의 습관인지 아니면 이 집의 안전을 위협하는 위험이 여전히 도사리고 있기 때문인지는 모르겠지만, 나는 규칙적으로 문득문득 깊은 잠에서 깨어나 밤이나 낮이나 변함없이 이곳에 가득 깔린 정적을 엿듣고 또 엿듣다가는 안심하며 웃고는 전신에 맥이 풀려 더욱 깊은 잠에 빠져든다. 기껏해야 낙엽더미 속에 기어들거나 무리에 끼여 세상 온갖 타락에 내던져져 있는 들길과 숲속의 저 가엾은 집 없는 떠돌이들! 나는 여기 사방이 안전한 광장에 누워 — 내 굴에는 이런 곳이 오십군데도 넘게 있다. — 꾸벅꾸벅 졸거나 정신없이 자는 사이에 시간이 가고, 그 시간마저도 마음이 내키는 대로 택한다.

적에게 추적을 당하지는 않더라도 포위를 당하는 극도로 위험한 경우를 대비하여 굴의 한가운데를 조금 비켜서 중앙 광장이 있다. 다른 굴을 만들 때 모든 것이 육체노동이라기보다는 오히려 긴장된 정신노동에 가까웠던 것에 반해, 이 성곽 광장은 내 몸을 있는 대로 다 써서 이룬, 더할 나위 없이 힘든 노동으로 만든 소산이다. 이 성곽 광장을 만들 때 고된 노동에 지치고 절망해서 몇 번인가 모든 것을 내동댕이치고 벌렁 드러누워 뒹굴면서 굴을 저주하기도 했다. 그럴 때면 굴을 열린 채로 내버려두고 몸을 질질 끌며 밖으로 나가 버렸다. 그럴 수 있었던 것은 다시는 굴로 되돌아오지 않으려 했기 때문이었는데 그러다가 몇 시간이나 혹은 며칠이 지나면 후회가 되어 되돌아왔다. 돌아와서는 굴이 성한 것이

기뻐 콧노래가 나올 지경이었고 정말 즐거워하며 새롭게 일을 시작했다. 하필 처음 계획한 곳의 지반이 약한 모래질이어서, 멋진 반원형 천장으로 마무리된 커다란 광장을 만들자면 그 부분의 땅을 단단하게 다져야 했다. 그 때문에 성곽 광장의 작업은 불필요하게도 ─ 불필요하다는 것은 애초의 의도대로 되지 않아서 결국 헛수고가 되어버렸다는 것을 말하려는 것이다. ─ 가중되었다. 그런 작업을 하기 위해 내가 가진 것이라고는 이마뿐이었다. 그러므로 나는 수천수만 번을 몇 날이고 몇 밤이고 돌진하여 이마를 땅에다 찧었다. 이마가 깨어져 피가 나면 행복했다. 그것은 벽이 단단해지기 시작한다는 증거였으므로. 그렇게 고통스러운 과정을 거쳐야만 이 멋진 성곽 광장을 가질 자격이 주어진다고 생각했다.

이 성곽 광장에 나는 내 저장품들을 모은다. 당장 시급히 필요한 것만이 아니라 굴 안에서 잡는 모든 것, 그리고 집 밖에서 사냥한 모든 것을 나는 여기에 쌓아둔다. 광장은 반 년치 저장품으로도 다 못 채울 만큼 크다. 그래서 나는 그것들을 쭉 늘어놓고 그 사이를 왔다 갔다 하면서 그것들을 가지고 놀기도 하고 그 많은 양과 갖가지 냄새를 즐기며 언제나 무엇이 얼마만큼 어떻게 있는지 파악하기도 한다. 또한 언제든 계절에 맞추어 배치를 새롭게 해볼 수 있고, 필요한 사냥계획도 짜볼 수 있다. 이렇듯 생계 걱정이 없다보니 먹는 일에 무심해져서 여기서 스쳐 돌아다니는 조그만 것들은 건드리지도 않을 때가 있는데 그것은 아무튼 다른 이유에서 신중치 못한 일일 것이다. 늘 어떻게 하면 더 안전하게 굴을 만들 수 있을까에 골몰하다 보니 자연스럽게 방어를 위한 굴 파기에 대한 내 견해는 변화하고 발전했다. 어쨌든 작은 테두리 안에서 방어의 기초를 성곽 광장에만 두는 것이 때로는 위험해 보이기도 한다. 굴이 다양할수록 나에게 주어진 가능성도 다양해지는 것이 아니던가. 저장물들을 조금씩 나누어 조그만 광장 몇 군데에 비치해 두는 것이 보다 신중한 일로 여겨진다. 그리하여 나는 대략 매번 세 번째 광장을 예비 저장소로 삼거나, 매번 네 번째 광장을 주 저장소로, 매번 두 번째 광장을 부 저장소나 그 비슷한 것으로 정하기로 했다. 아니면 눈속임을 위해 저장물을 쌓아서 길 몇 개를 아예 감추어버리든가 아예 각 중앙 출구에서의 위치에 따라 단 몇 개의 광장만을 선택하는 것이다. 보다 완벽한 방어를 위해 계획을 수정할 때마다 번번이 힘들게 짐을 운반해야 했기에 나는 새로운 계산을 하고 또 짐들을 이리저리 나르는 작업을 반복했다. 물론 나는 그 일을 지나치게 서두르지 않고 조용히 할 수 있으며 입에 좋은 것들을 물고 나르다가 실컷 냄새를 맡으며 원하는 곳에서 바로 그때 맛있는 것을 야금야금 먹는 것이 그다지 나쁠 리 없었다. 더 나쁜 것은 지금의 분배와 저장방식이 잘못되어 큰 위험을 초래할 수 있다는 생각에 화들짝 놀라 잠에서 깨어 피곤을 무릅쓰고 서둘러 식량을 다시 옮겨 저장해야 한다는 생각이 드는 것이다. 그러면 나는 서둘러 날듯이 돌아다닌다. 헤아려 볼 시간이 없다. 아주 치밀한 새 계획을 실행하고자 나는 입에 와 닿는 것은 닥치는 대로 물어서 끌어 나르며, 지쳐서 숨을 몰아쉬고 비틀거리면서도 어떻게 해서든 이 위험한 상태를 바꾸어 놓고 나서야 마음을 놓는다. 그러다가 마침내 서서히 제 정신이 들고 나면 내가 무엇 때문에 그다지도 서둘렀나 싶고, 내 자신이 어수선하게 만들었던 집의 평화로운 공기를 들이마시며 잠자리로 돌아가 잠이 든다. 잠에서 깨고 나면 그 전의 일들이 마치 꿈처럼 느껴지지만 야간작업의 증거로 이빨에 쥐 따위가 한 마리씩 매달려 있기도 한다. 그러다가 는 다시 양식을 모두 한자리에 모아놓는 것이 최선책으로 보일 때가 있다. 작은 광장에 모아둔 양식이 내게 무슨 도움이 되겠는가, 거기에 대관절 얼마만큼이나 보관할 수 있으며 또한 무얼 갖다 놓더라도 그것은 길을 막을 것이니 언젠가는 방어 시에 달려가는데 오히려 장애가 될지도 모른다. 그

외에도 어리석은 생각이기는 하지만, 한데 모아 놓은 양식이 한눈에 가늠되지 않으면, 그것을 바라보면서 느끼는 뿌듯함과 자부심이 괴로움을 겪는다는 점이다. 이렇게 많이 나누다 보면 잃어버리는 것이 많을 수 있지 않은가? 모든 것이 제대로 있는지 보려고 얽히고설킨 통로들을 줄곧 뛰어 돌아다닐 수는 없다. 양식을 나누어 놓는다는 기본 생각이야 옳지만 나의 성곽 광장 같은 곳이 여럿 있어야 비로소 효과가 있지 않을까? 진정, 그렇지 않겠는가! 물론이다! 그렇지만 누가 그것을 만들어내겠는가? 또한 내 굴의 전체 설계도에 그런 광장 몇 개를 이제 와서 추가시킬 수는 없다. 무엇이든 간에 그것을 다만 하나만 소지하고 있을 때는 늘 결함이 있기 마련이듯 그 점이 내 굴의 결함임을 시인하는 바이다. 그리고 고백하건대 굴을 파는 동안 나는 어렴풋하나마 여러 개의 성곽 광장을 더 만들어야 할 필요를 느꼈지만, 엄청난 작업 량을 소화할 자신이 없었기 때문에 그것을 포기해 버렸다. 그렇다, 작업의 필요성을 떠올리기에도 너무 약하다고 느꼈 던 것이다. 이런 어렴풋한 느낌으로 성곽 광장을 포기한 것 에 대해 위안을 삼을 수 있는 것이 하나 있었는데, 그것은 땅을 다지는 망치의 역할을 하는 내 이마가 보존되도록 하 늘이 각별히 은총을 내리고 있다는 생각이었다. 그렇게 해서 나에게는 성곽 광장이 하나밖에 없지만 이것만으로는 충분하지 못하리라는 어렴풋한 느낌이 가시지를 않는다. 하지만 어쨌든 성곽 광장을 대체할 공간이 현재로서는 없으니 이러한 생각이 내 마음속에서 강하게 떠오르면 다시 모든 것을 작은 광장들에서 꺼내다가 성곽 광장으로 끌어다 놓는다. 그래 놓고 나면 한동안은 모든 광장과 통로들이 트여 있다는 것, 성곽광장에 고기더미가 쌓여 하나하나가 그 나름으로 나를 매혹하며 멀리서도 내가 정확하게 구분할 수 있는 수많은 냄새들이 뒤섞여 제일 바깥 통로에까지도 풍겨나는 것이 확실히 어느 정도 위로가 된다. 그러면 나는 잠자리를 천천히 바깥 테두리에서 안쪽으로 옮겨가고 점점 깊이 냄새 속에 잠기다가 마침내는 참을 수 없게 되어 어느 날 밤 성곽 광장으로 뛰어들어 양식을 마구 헤집고 아주 무감각해질 때까지 내가 좋아하는 최상의 것으로 배를 채우는 더없이 평화로운 시기를 맞는다. 행복하지만 위험한 시간이다. 만약 누군가가 그것을 이용할 줄 안다면, 안전하고도 손쉬운 방법으로 나를 쉽사리 없애버릴 수도 있으리라. 내가 이 커다란 먹이더미에 유혹당해서 제 정신을 못 차릴 만큼 욕망에 휩싸였다는 점에서도 제2 혹은 제3의 광장이 없다는 것은 큰 손해임이 분명하다. 그래서 나는 그것에 대한 다양한 방어책

을 찾는다. 그러나 작은 광장들에서도 마찬가지로 결핍으로
인해 더욱 큰 갈망에 이르게 된다. 즉, 결핍에 대한 자각이
한꺼번에 밀어닥치면 그 목적에 맞추어 광장의 먹이들을 다
시 한데 모아놓고 싶은 갈망 말이다.

그런 시기가 지나고 나면 나는 마음을 가다듬기 위하여
굴을 수리하고 난 다음 이따금씩, 비록 점차 그 시간이 짧아
지기는 했지만, 굴을 떠나곤 했다. 오래 굴을 떠나 있으면
그 자체만으로도 내겐 너무나 가혹한 벌 같지만, 이따금씩
바람을 쐴 필요가 있기도 했다. 출구에 가까이 가면 늘 어느
정도는 엄숙해진다. 집 안에서 지내는 시기에는 출구를 멀리
하고, 심지어는 출구로 이어지는 통로의 그 끝부분에 가서는
발 디디기를 피하기까지 하였다. 그쯤에서는 돌아다니는 것
도 결코 쉬운 일이 아니었다. 출구 근처에는 작은 지그재그
통로를 만들어 놓았기 때문이다.

거기서 나의 공사가 시작되었는데 그때만 해도 내 계획대
로 공사를 끝마칠 수 있으리라는 희망이 없었기 때문에 반
쯤 장난삼아 이 작은 모퉁이에서 시작해 보았다. 그랬던 것
이 정신없이 사로잡혔던 첫 작업의 기쁨에 미로구조를 만들
어내었고, 그것이 당시에는 모든 굴들 중에서도 가장 멋진
것으로 보였다. 물론 지금은 그것을 전체 구조에 제대로 어

울리지 못하는 조잡한 것으로 여기고 있다. 그리고 그것은 사실이기도 하다. 이런 지그재그 굴은 꽤 희귀한 것이겠으나 ─ 여기에 내 집 입구가 있노라고 나는 당시에 보이지 않는 적에게 비꼬아 말하면서 벌써 그들이 모조리 입구 미로에서 질식하는 모습이 보이는 듯했다. ─ 실제로는 벽이 얇아도 너무 얇아 조잡한 것에 불과하여 심각한 공격이나 목숨을 걸고 절망적으로 덤비는 적에게는 버텨낼 수 없는 건축물이었다. 따라서 이 부분을 다시 지을 것인가 결정을 내리지 못한 채 내내 망설이고 있었으니 아마도 지금 그 굴은 그대로 있을 것이다. 만약 그것을 다시 짓는다면 엄청나게 많은 작업량을 감당해야 할뿐만 아니라 상당한 위험을 무릅써야만 한다. 처음 굴을 파기 시작하던 당시만 해도 나는 비교적 안정적으로 작업을 할 수 있었고, 다른 곳에 비해 위험 부담역시 별로 없었으나 지금 공사를 벌인다면, 여기 내 굴이 있다는 것을 만천하에 알리는 것과 다름없으니 사실상 불가능하다. 한편으로는 처음 지어놓은 굴에 대하여 확실히 예리한 비판 감각이 생겼다는 것이 기쁘다. 하기야 엄청난 공격이라도 가해진다면 어느 입구 설계도가 나를 구할 수 있으랴. 입구가 적들의 관심을 돌리고 괴롭힐 수는 있겠지만, 그것은 공격자도 급하면 다 할 수 있는 것이다. 그리고 정말 큰 공

격이라면 나는 즉시 굴 전체의 모든 수단과 심신의 모든 힘
을 기울여 맞설 방도를 찾아야 한다. 그것은 아주 분명하다.
그러니 이 입구 역시 그대로 두어도 괜찮을 것이다. 굴은 어
차피 자연이 가해 놓은 약점을 숱하게 지니고 있으니 내 손
으로 만들어 놓은 뒤에야 깨닫게 된 이 결함을 지니고 있어
도 괜찮을 것이다. 물론 굴의 이런 결함이 때로 나를 불안하
게 만들지 않았다는 것은 아니다. 평상시 굴속을 이리저리
돌아다닐 때, 내가 굴의 입구를 멀리한다면 그것은 주로 그
것을 보는 게 썩 유쾌하지 않기 때문이다. 이미 알고 있는
굴의 결함을 굳이 눈으로 확인하면서까지 나 자신을 불안하
게 만들고 싶지는 않았기 때문이다. 저기 저 위 입구가 아무
리 치명적인 결함을 안고 있다고 해도 그것을 피할 수 있는
한, 나는 그것을 보지 않아도 되는 것이다. 출구 쪽으로 가
기만 하면, 아직 통로들과 광장들이 막고 있는데도 나는 이
미 커다란 위험에 빠진 분위기에 휘말려 더러는 나의 가죽
이 얇아져 내가 곧 가죽도 없이 벌거벗은 맨살로 기다렸다
는 듯이 덤벼드는 적의 포효를 맞닥뜨릴 것만 같아진다. 확
실히 그런 느낌은 집의 보호가 끝나는 출구 자체에서 비롯
되는 것이지만, 그래도 나를 특별히 괴롭히는 것은 역시 굴
입구이다. 더러 나는 내가 굴 입구를 어마어마한 힘으로 아

무도 모르게 하룻밤 만에 재빨리 딴판으로 바꾸어 놓는 꿈을 꾼다. 그것은 내가 꿀 수 있는 가장 행복하고 만족스러운 꿈이다. 그런 달콤한 꿈에서 깨어날 때면 기쁨과 구원의 눈물이 나의 수염에 맺혀 반짝이고 있었다.

그러니까 굴 밖으로 나간다는 것은 굴 입구의 좁은 지그재그의 통로를 통과하는 육체적 고통을 극복하는 셈인데, 더러 내가 만들어낸 구조물을 통과하면서 내 자신이 잠깐씩 길을 잃을 때도 있다. 이미 오래전에 만들면서부터 결함을 안고 있었던 미로 같은 굴에 갇혀 길을 잃는 것은 여러 가지 결함에도 불구하고 여전히 쓸모 있다는 것을 증명하는 것 같은데, 그것이 내게는 노여우면서도 감동적이다. 하지만 그러고 나서는 자주 방치해두는 이끼 덮개 아래에서 숲속 땅으로 올라와, 어느새 한 살이 된 몸으로 — 그렇게 오래 나는 집 안에 틀어박혀 꼼짝을 않는다. — 한 번만 꿈틀하면 단박에 나는 다른 곳에 가 있다. 이 작은 움직임조차도 나는 오래 엄두를 내지 못한다. 오늘 내가 그걸 버려두고 떠나도 분명 다시 돌아오게 될 텐데 그러면 다시는 입구 미로를 벗어나지 못하지나 않을까 싶다. 다시는 입구의 미로를 벗어나지 못하게 되는 건 아닐까. 오늘 거길 떠났다가 꼭 다시 되돌아올 수 있겠는가. 어떻게? 나의 집은 적들로부터 차단되어 보호되고 있다. 나는 평화롭게, 따뜻하게, 잘 먹으며 살고 있다. 주인으로, 많은 통로와 광장의 둘도 없는 주인으로. 그러니 아마도 이 모든 것을 다 희생시키고 싶지 않겠지만 어느 정도는 내주려는가, 다시 판다는 보장이야 있다지만 많은 돈을 건, 너무도 많은 돈을 건 도박을 시작하려는가? 그럴 만한 합당한 근거라도 있는가? 아니다, 그런 일에는 합당한 근거란 있을 수 없다. 그러나 그런 다음에도 나는 조심스럽게 내려닫고는 내달린다. 한껏 빨리, 이율배반적인 장소를 떠나서.

그러나 내가 정말로 아주 바깥에 나와 있는 것은 아니다. 비록 통로들 때문에 더 이상 마음이 억눌리지 않고 탁 트인 숲에서 사냥할 때면 굴에서는, 성곽 광장 아니, 그보다 열 배나 더 큰 곳이라 하더라도 절대 느낄 수 없었던 새로운 힘을 몸 안에서 느낀다. 또한 먹는 것도 밖이 훨씬 나았다. 굴 속에 있을 때보다 비록 사냥하기가 더 어렵고 성과는 드물었지만 결과는 어느 면에서보다 더 높이 평가될 수 있으니, 나는 그것을 인정하고 또 즐기기도도 하였다. 적어도 다른 이들만큼은, 아니 다른 이들보다 훨씬 더 사냥을 잘 했다고 자부하는데, 나는 뜨내기들처럼 경박함이나 절망에서가 아니라 지극히 계획적으로 평온하게 사냥한다. 또한 나는 매인 데 없는 삶을 누리도록 결정되어 거기에 내맡겨진 존재가 아니라 나의 시간은 정해져 있으며, 나는 영원히 언제까지고 사냥만 해야 하는 것이 아니라, 내가 이곳의 삶에 지쳤을 때 내가 원한다면 누군가가 나를 부를 것이고 또 나는 그의 초대를 거역할 수 없으리라는 점을 알고 있다. 그러니 나는 이곳에서 보내는 이 시간을 남김없이 다 맛보고 근심 없이 지낼 수 있다. 아니 보다 정확하게 말하자면, 그럴 수도 있는데 나는 그럴 수가 없기도 하다. 굴이 나를 너무도 바쁘게 만든다. 재빨리 입구를 떠나지만 곧 나는 되돌아온다. 몸을 숨길 좋은 장소를 찾아 은신하여 나의 집 입구를 엿본다. ─ 이번에는 밖에서 ─ 몇 날이고 몇 밤이고. 어리석다 해도 좋다. 그럴 때면 나는 내 집 앞에 서 있는 것이 아니라, 바로 나 자신 앞에 서 있는 것만 같은 형언할 수 없는 기쁨을 느낀다. 그리고 그것은 나를 안심시킨다. 잠을 잘 때에도 이처럼 잠든 내 모습을 지켜볼 수 있는 행운이 있었으면 좋겠다. 내가 자부하는 나의 훌륭한 능력이 있으니, 잠의 무력함과 믿기 좋아하는 속성에 사로잡혀서만이 아니라 정말로 말짱한 정신에 평온한 판단력으로도 밤귀신들을 만날 수 있다는 것이다. 한편 이상하게도 내가 집으로 내려가 있을 때면 늘 그래왔던 것처럼, 내 집의 상황이 꽤 나쁘지 않은 것으로 낙관하는 경향이 생긴다. 그래서 다른 이유도 있지만 바로 이

점 때문에 밖으로 나와서 바람을 쒤 필요성을 느낀다. 내가
그토록 조심스럽게 입구를 눈에 띄지 않는 곳에 만들었는데
도, 일주일을 관찰해 보니, 입구 주변을 지나는 이들은 생각
보다 많았다. 그러나 누군가가 살고 있는 곳이라면 어디나
그만큼의 왕래는 있을 것이고, 심지어 왕래가 좀 잦은 곳에
노출되는 편이 관심을 끌지 않아서 그냥 지나쳐 다니게 되
는 만큼, 의심을 살 만한 한적한 곳에 입구를 만드는 것이
침입자에게 수색당하는 것보다 한결 나을 것 같다. 이곳에는
적이 많고 적과 비슷한 이들이 더욱 많지만 그들 또한 서로
싸우기도 하고 거기에 정신이 팔려 내 굴 앞은 그냥 지나쳐
버린다. 내가 굴 입구를 엿보던 시간 내내 그 누구도 내 굴
을 바로 찾아내는 이는 없었으니, 그건 그에게나 나에게 다
행한 일이다. 만약 내 굴을 찾아내는 이가 있었다면 나는 불
안함에 정신을 잃고 분명 그의 목덜미를 노리고 덤벼들었을
테니까. 물론 내가 멀리 있는 그들의 낌새만 알아차려도 그
근처에는 감히 머물지 못하고 도망쳐야 하는 족속도 있다.
그들이 내 굴을 어떻게 했는지에 대해서는 사실 내가 확실
히 말할 수는 없지만, 그들 중 그 누구도 내 눈에 띈 적이
없고 내 굴의 입구를 망가뜨리지 않은 것으로 보아 안심해
도 좋을 것 같다. 나에 대한 세상의 저주가 끝났거나, 굴의

위력이 나를 파멸로 몰아갈 거대한 힘으로부터 건져 올려주었다고 생각했던 행복한 시기가 있었다. 굴은 어쩌면 일찍이 내가 생각했던 것, 그리고 굴속에 살면서 생각했던 것 그 이상으로 나를 지켜주고 있는 것 같다. 이따금 다시 굴로 돌아가지 않고, 입구 근처에 살림을 차려 입구를 관찰하면서 내 일생을 보내고 싶다. 내가 굴 안에 있다면 얼마나 안전할 것인가를 눈으로 계속 확인하면서, 그 가운데서 행복을 찾으려는 유치한 생각에 사로잡히는 상태에 이르는 것이다. 그러나 이런 유치한 꿈에서 얼른 깨어나게 하는 것이 있다. 그것은 내가 밖에서 관찰하고 있는 굴속의 안전이 과연 얼마만큼 안전한가 하는 의심이다. 굴속에서 맞닥뜨리게 되는 위험을 내가 여기 굴 바깥에서 판단해도 좋단 말인가? 내가 굴 안에 있지 않으면 적들은 나의 냄새를 제대로 맡지 못할 것 아닌가? 굴 밖에 있어도 나의 냄새가 확실히 약간은 나겠지만 온전히 맡지는 못한다. 그러나 굴속에서 적들에게 내 냄새를 풍기면 곧바로 적들에 대해 위험한 상황에 놓여있는 것 아닌가? 그러니 나는 여기에서 시도하는 것의 절반이나 10분의 1이면 충분히 안심할 수 있다. 그리고 지나치게 안심한 나머지 극도의 위험에 직면할지도 모른다. 나는 어쩌면 잠을 잘 만한 안전을 만들었다기보다 오히려 나의 적이 공격하지 않고 있는 동안만 잠잘 수 있는 것인지도 모른다. 어쩌면 나의 적은 나와 다름없이 무심히 입구를 어슬렁거리면서 입구가 성하다는 것을 늘 확인하며 공격을 준비하고 있는지도 모른다. 어쩌면 내가 굴 안에 있지 않다는 것을 알기 때문에, 심지어 집주인이 굴 근처 덤불 속에 순진하게 숨어 있다는 것까지도 알고 있기 때문에 적은 굴 근처를 지나쳐 가는 많은 이들 중에 있을지도 모른다. 나는 늘 정찰하던 장소에서 벗어나자 굴 밖의 생활이 지겨워졌고, 여기서는 더 이상 배울 게 없다는 생각이 들었다. 여기 있는 모든 것과 작별하고 굴 안으로 내려가 다시는 나오지 않고 모든 일을 그저 되는 대로 두고 쓸데없는 관찰이나 하면서 시간을 허비하고 싶지는 않다. 그런데 입구 너머에서 일어나는 모든 것을 그렇게 오래 바라보다 보니, 굴로 내려가는 그 자체가 바로 이목을 끄는 행동이라는 것을 깨달았다. 내가 굴로 내려갈 때 내 등 뒤, 그리고 입구의 문 뒤 온 사방에서 무슨 일이 일어날지 모른다는 두려움은 너무도 고통스럽다. 우선 폭풍이 몰아치는 밤에 사냥한 것들을 잽싸게 굴로 집어던져 넣어본다. 제대로 던져졌는지는 직접 내려가 보아야 알 수 있다. 그것이 제대로 던져졌는지, 밖에 있는 나로서는 알 수 없을뿐더러 내가 알게 되었을 때는 한참이 지나서나 가능하다. 결국 나는 그걸 그만두고 내려가 보지 않는다. 나는 굴 입구에서 멀리 떨어진 곳에 시험 삼아 굴을 파본다. 내 몸 길이보다 길지 않고 입구를 이끼로 덮어 감춘 그 구덩이에 기어들어가 등 뒤에 이끼를 덮고 조심스럽게 시간을 보내본다. 때로는 길고, 때로는 짧게 느껴지는 그 시간들을 나는 며칠이 지난 것처럼 여기고 이를 헤아려본다. 그러고 나서는 이끼를 털어버리고 나와서 내 관찰을 기록한다.

나는 갖은 체험을 다해 봤지만 결국 굴로 내려가는 가장 완벽한 최상의 방법을 찾지 못했다. 때문에 나는 아직까지도 입구로 내려가지 못한 채 절망감에 사로잡힌다. 자칫하면 아주 먼 곳으로 가 처음부터 굴을 다시 파는 옛날의 암담한 생활로 돌아갈 결심을 해야 할지도 모른다. 안전이라고는 없고 어딜 가나 위험으로만 가득 찬 생활. 굴 안의 안전함과 굴 밖의 생활을 끊임없이 비교하며 배우게 된 위험은 이토록 정확히 보면서도 두려워하지 않아도 된다. 분명 이러한 생각은 무의미한 자유 속에서 너무 오래 살다 보니 생긴 바보 같은 사고이리라. 아직 굴은 나의 것이고 한 걸음만 떼면 나는 안전한 것을. 그러면 나는 온갖 의심을 떨쳐버리고 한낮에 곧장 굴 입구를 향해 내달린다. 이번에야말로 틀림없이 이끼를 들어 올리고 굴속으로 들어가기 위하여. 그러나 나는 그

렇게 하지 못하고 그냥 지나쳐 달려서는 일부러 가시덤불에
나를 처박는다. 내가 모르는 내 죄과를 벌하기 위한 것인 양.
아무튼 최종적으로 나는 내가 옳다고 말하지 않을 수 없다.
내가 가진 가장 귀한 것을 온 사방, 땅바닥, 나무 위, 공중의
모든 자들에게 완전히 내맡기지 않고는 굴속으로 내려가는
것은 정말 불가능하다. 그것은 그저 위험한 상상에 불과한
것이 아니라, 지극히 현실적인 불안이다. 나에게 자극을 받
아 나를 뒤따라오려는 자는, 그게 누구이든 간에 틀림없이
나의 진짜 적은 아닐 것이다. 그것이 누구여도 상관없을 세
상 물정을 모르는 조그마한 자, 호기심에서 나를 따라오다가
저도 모르게 나와 대적하는 상황에 놓이게 되는 어떤 밉살
스럽고 작은 생물, 어쩌면 그보다도 못한 것이 틀림없다. 어
쩌면 그것은 다른 것 못지않게 고약한 존재인지도 모른다.
가령 그것은 나와 비슷한 종류의 그 어떤 존재로서, 굴을 파
는 데에 일가견이 있고 또 그것을 평가하는 자, 숲에 숨어사
는 그 어떤 자, 평화를 좋아하는 자, 그러나 집을 짓지는 않
으면서 집을 갖고자 하는 난폭한 건달일 것이다. 만약 그런
자가 지금 눈앞에 나타나기라도 한다면, 그자의 더러운 욕망
으로 내 굴의 입구를 발견하기라도 하면, 이끼를 들어올리기
라도 하면, 그 자가 그것을 이루기라도 한다면, 나 대신 밀

고 들어가기라도 하면, 벌써 나한테 그의 엉덩이 쪽이 잠깐 보일만큼 들어가 있기라도 하면, 이 모든 일이 일어나 마침내 내가 미친 듯이 그자를 쫓아가 그에게 덤벼들어 물어뜯고 짓찧어 갈기갈기 뜯어 발겨 남김없이 빨아 마시고 찌꺼기는 다른 사냥물 더미에 냅다 처박아버릴 그런 사태가 벌어지기라도 하면. 이것은 그 어떤 것보다 중요한 문제이다. 나는 또 생각한다. 내가 다시 굴속에 들어가서 이번에는 기꺼이 훌륭한 미로에 찬탄을 보내게 되기라도 하면, 우선 머리 위로 이끼를 끌어당기고 쉬려고 하다면, 생각건대 나의 남아 있는 삶 모두를 그렇게 쉬고 싶은 것이다. 그러나 아무도 오지 않으며 내가 믿는 것이라고는 나뿐이다. 줄곧 어려운 일에 몰두하다 보니 나는 두려움이 많이 없어져 겉으로도 입구를 더 이상 기피하지 않게 되어 그 주위를 빙 둘러 돌아다니는 것이 가장 즐거운 취미가 되었고 어느덧 마치 내가 적이라도 되어 성공적으로 침입할 적절한 기회를 엿보기라도 하는 듯한 형국이다. 만약 나를 대신해서 관찰하도록 믿고 맡길 누군가가 있다면 나는 안심하고 굴속으로 내려갈 수 있을 것이다. 내가 내려갈 때 상황을 뒤에서 자세히 지켜보고, 위험한 조짐이 있을 때에는 이끼 덮개를 두드리라고 할 수 있을 것이다. 물론 그 외에는 아무 것도 하지 말아달라고 해야 한다. 그렇게 함으로써 내가 직면한 모든 문제가 깨끗이 처리되리라. 아무 것도 남아 있는 게 없기를, 고작해야 나를 대신하여 입구를 정찰하는 나의 신임자 외에는. 그런데 그가 특별한 대가를 요구하지 않는다고 하더라도 최소한 굴을 구경하겠다고 하지는 않을까? 누군가를 멋대로 내 굴에 들여놓는다는 것은 나에게는 더없이 거북한 일이다. 내 굴은 나를 위해 판 것이지 다른 방문자를 위해 판 것이 아니므로 당연히 그를 들어오게 할 수는 없을 것이다. 그가 나를 굴로 들어가게 해준 대가로도 나는 그를 들여보낼 수는 없다. 아니 나는 그를 결코 들여보낼 수 없다. 왜냐하면 만약 그를 내 굴로 데려오려면 그가 혼자 들어오든가, 나와 함께 내려가야 하는데, 그를 혼자 들여보낸다는 것은 상상조차 할 수 없는 일이고, 같이 내려간다면 그는 내가 굴속으로 내려가는 동안 내 뒤에서 망을 봐줄 수 없기 때문이다. 그리고 그에 대한 신뢰는 어떤가. 마주보고 믿는 사람을 보지 않고도, 이끼 덮개로 나뉘어 있는데도 과연 나는 여전히 그를 신뢰할 수 있을까? 누군가를 서로 감시하거나 적어도 누군가를 감시할 수 있을 때라면 대체로 상대방을 신뢰하는 것이 어렵지 않지만 ─ 심지어 멀리 떨어져 있다 하더라도 ─ 하나는 굴 밖에 있고, 다른 하나는 굴속에 있는 상태에서라면 전적으로 서로를 신뢰한다는 것은 불가능하다. 그러나 이런 의심까지는 필요하지도 않다. 내가 내려가는 도중이나 굴속으로 완전히 내려간 후에도 그와 나의 신뢰를 무너뜨릴 우연하고도 무수한 사건들이 얼마나 많이 일어날 것인가. 그러한 사건들이 그로 하여금 내 신뢰를 지켜낼 수 없을 만큼 예상치 못한 결과를 가져올 수 있는가를 생각하는 것만으로도 족하다. 모든 것을 종합해 보면 내 처지가 아무도 믿을 이가 없는 외로운 상황이라는 것을 한탄할 필요는 없다. 믿을 이가 없다는 것이 손해가 아니라, 믿을 이가 없기 때문에 나는 큰 손해를 안 볼 수 있다. 내가 믿을 수 있는 것은 오직 굴과 나 자신뿐이다. 이를 빨리 깨닫고 지금의 고민들을 대비한 조치를 취해야 했는데. 굴을 파기 시작했을 때 깨닫기만 했어도, 미약하나마 대비를 했을 텐데. 그랬다면 굴 입구를 지난 첫 번째 통로는 되도록 간격을 두고 두어 개로 만들었어야 했다. 그래야 내가 여기에서 굴 입구까지 온갖 위험과 골치 아픈 상황을 마다않고 내려가서는 재빨리 두 번째 입구까지 통로를 내달릴 수 있을 테니 말이다. 알맞게 설비된 굴 입구의 이끼 덮개를 약간 쳐들고 거기에서 며칠 간 상황을 살펴볼 수도 있었을 것이다. 그렇게 혼자 있다면 모든 일이 술술 풀리지 않았겠는가. 물론 입구가 둘인 만큼 위험이 배가되는 것도 사실이겠으나 그런 의심은 여기서는 접어야 겠다. 정찰장소로만 생각한 입구는 아주 좁아도 될 터이므로. 어느새 나는 굴 설계와 굴 파기의 기술적인 면을 고민하면서 완벽한 나만의 건축물을 꿈꾸기 시작했고, 그것으로 어느 정도 안심하고 눈을 감고 무아지경에 빠져 있노라면 남의 눈에 띄지 않게 살짝 드나들 훌륭한 굴을 만들 수 있을 것 같기도 하고, 그러지 못할 것 같기도 하다.

이렇게 여기 누워 그런 생각을 하다 보면 나는 이러한 설계와 건축이 꽤 가능하리라는 생각이 든다. 물론 기술적인 가능성일 뿐 실제로 이러한 건축물을 짓겠다는 것은 아니다. 그도 그럴 것이 아무에게도 눈에 띄지 않고, 방해받지 않고 드나드는 것이 대체 뭐란 말인가. 그것은 불안함, 나 자신에 대한 불신, 무언가 남들 보기에 떳떳하지 못한 욕망의 표시로, 굴을 바라보며 안심함으로써 더욱 커져가는 그런 깨끗하지 못한 품성의 표시이다. 물론 나는 지금 굴 밖에 있으며 굴속으로 다시 돌아갈 가능성을 찾고 있다. 그러자면 쓸모 있는 기술적 설비가 그 무엇보다도 필요하다. 그러나 어쩌면 그렇게까지 강력하게 필요한 것은 아닌지도 모른다. 굴을 그저 안전하게 기어들어가고자 하는 구덩이로만 본다면, 그건 일시적으로 지나치게 예민해져서 불안에 사로잡힌 나머지 굴을 너무 과소평가하는 것 아닌가? 분명히 굴은 이런 안전한 구덩이기도 하고, 아니라면 마땅히 그래야 하거늘, 내가 위험에 빠져 있다고 상상하다 보면 나는 어느새 이를 꽉 깨물고 온갖 의지를 다 짜내어 굴이 다름 아니라 바로 나의 생명을 구하도록 결정된 구덩이며, 이 분명한 임무를 가능한 한 가장 완벽하게 수행해주기를 바라며 다른 임무는 그것이 무엇이든지 간에 면제해줄 용의가 있다. 그런데 굴이 실제로는 ─ 어려움이 크다 보면 현실에는 눈길이 가지 않게 마련이나 위협을 받는 시간에는 오히려 이런 현실을 보는 식견을 가져야 한다. ─ 나를 안전하게 지켜주기는 하나 결코 완벽할 수 없는 것도 사실인데, 굴속에 있다고 근심이 일찍이 다 털어지기야 하겠는가? 그것은 또 다른, 보다 자부심에 차고 내용이 좀 더 풍부한, 자주 내면으로 한껏 커져가는 근심이지만 삶을 소모시키는 정도로 따진다면 바깥에서 생활하면서 생기는 근심들과 맞먹을 것이다. 내가 단지 내 생명의 안전만을 위해서 굴을 만들었다면, ─ 물론 내가 기만당한 것은 아닐 테지만 ─ 굴을 만들기까지의 엄청난 작업량에 비해 내가 실제로 느낄 수 있는 안전은 만족할 정도는 아니다. 그 점을 시인하기는 몹시 괴로우나 사실 시인할 수밖에 없다. 바로 저기 저 입구, 건축가이자 주인인 나와 맞서 스스로를 폐쇄하며 그야말로 경련을 일으키고 있는 바로 저 입구를 직면했을 때는 그렇게 해야만 한다.

굴은 생존을 위한 장소에 그치지 않는다. 사냥한 고기들이 높이 쌓여 있고, 저장품 고기에 둘러싸여 있는, 나의 특별한 설계에 따라서 깊게 꺼졌거나 때론 솟아 있고, 뻗어 있거나 굽어 있고 넓어지거나 좁아지며 모두 한결같이 고요하고 텅 빈 광장으로 인도하는 열 개의 통로로 얼굴을 향한 채 성곽 광장에 서 있다 보면 이런 생각이 든다. 굴의 안전에 대한 생각은 어느새 잊어버리고, 내가 그동안 긁어내고 때론 이빨로 깨물어 부수고, 끊임없이 다지고 부딪쳐 단단하고 견고한 바닥을 파헤쳐 얻어낸 나의 성곽, 그 어떤 방식으로도 다른 이의 것일 수 없고, 결국 내가 적의 치명적인 공격을 받게 되어도, 나의 피는 내가 다져 놓은 이 바닥으로 흘러내릴 테고, 내 존재는 이 집에서 사라지지 않을 테니 죽음마저도 침착하게 받아들일 수 있게 만드는 것이 바로 나의 이 성곽이라는 생각이다. 그리고 한 치의 오차도 없이 내 몸에 딱 맞게 설계된 이 통로들은 내가 편안하게 몸을 쭉 뻗거나 어린애처럼 뒹굴어도, 꿈에 잠겨 누워있거나 편안한 죽음의 순간을 맞이할 때에도 내 생애를 함께 한다. 내 삶을 통틀어 절반은 이 통로들에서 평화롭게 잠자고, 절반은 즐겁게 잠깨

며 있을 테니 통로는 내가 보내는 아름다운 시간들 그 자체
의 의미가 아니고 달리 무엇이겠는가. 시간들의 의미가 이것
이 아니고 달리 무엇이겠는가. 그리고 작은 광장들, 그 하나
하나를 내가 환히 알고 있고, 다른 이의 눈에는 똑같이 보일
지 모르지만, 내가 두 눈을 감고도 벽이 솟아오르고 꺼진 모
양만 보고도 똑똑히 구별할 수 있는 이곳 통로들이 평화롭
고 따뜻하게 나를 감싸고 있다. 편안한 둥지에 감싸인 그 어
떤 새보다도 더 안전하고 따뜻하고 평화롭게 말이다. 심지어
이 굴속의 온 사방은 고요하고 텅 비어 있다.

그런데 이런 사정에도 왜 나는 망설이는 것일까. 왜 나는
내 굴을 다시는 못 보게 될 가능성, 그 이상으로 침입자를
두려워하는 것일까. 물론 다행스럽게도 내가 굴을 다시 못
본다는 것은 있을 수 없는 일이니, 심사숙고하면서 굴이 나
에게 어떤 의미를 지니는지를 분명히 할 필요도 전혀 없다.
내가 아무리 불안하더라도 고요하게 이곳에 머무를 수 있고,
온갖 의심과 불안을 이겨내고 입구를 열어보려고 할 필요가
없을 만큼, 나와 굴은 하나가 되어 있으니, 가만히 기다리고
있는 것만으로도 충분하리라. 아무 것도 나와 굴을 갈라놓지
는 못할 테고, 어떻게든 내가 굴속으로 돌아가고 말 테니까.
물론 그때까지 얼마나 시간이 걸리고, 그 사이에 얼마나 많

은 일이 일어날지는 알 수 없다. 여기 위에서든 저기 아래에서든. 그러니 시간을 단축해서 일을 할 것이냐 말 것이냐는 전적으로 나 자신에게 달려 있다.

어느덧 나는 피곤해져서 생각 따위는 할 수 없게 되었다. 나는 고개를 떨군 채 불안한 두 다리로 절반쯤 잠에 취해서 걷는다기보다는 더듬으면서 굴 입구로 다가가 천천히 이끼를 들어올린다. 그리고는 굴속으로 천천히 내려간다. 방심한 나머지 입구를 덮어놓은 이끼를 필요 이상으로 오래 덮지 않은 채 둔다. 그리고는 빠뜨린 것이 생각이 나서 그것을 챙기러 다시 올라간다. 그러나 올라갈 필요가 있겠는가? 이끼 덮개만 닫으면 될 것을. 좋다, 그래서 나는 다시 내려가 이제 드디어 이끼 덮개를 덮는다. 나는 이렇게 잠과 피로에 취한 상태라야만 이 일을 해낼 수 있다. 그렇게 하고 나서는 이끼 아래에 들여다 놓은 사냥물 더미 위에 사냥물의 피와 육즙으로 흥건히 젖은 채로 눕는다. 열망하던 잠을 잘 수도 있으리라. 아무도 나를 방해하지 않고, 아무도 나를 쫓아오지 않는다. 이끼 위는, 적어도 지금까지는 조용해 보인다. 그리고 설사 조용하지 않다고 해도 이제는 더 이상 바깥 상황을 관찰할 기운이 나에게는 없다고 생각한다. 나는 장소를 바꾼 것이다. 나는 지상세계를 떠나 굴속으로 왔으며, 이제

이 지하세계인 굴의 영향력을 금세 느낄 수 있을 것이다. 이 곳은 새로운 힘을 주는 새로운 세계이니, 위에서는 피로했던 것이 여기에서는 피로하게 여겨지지 않는다. 나는 여행에서 돌아온 것이다. 힘이 들어 기절할 만큼 피곤하지만 나의 옛 보금자리를 다시 본다는 것, 또 내가 해야 하는 굴속의 정돈 작업, 대충이라도 훑어보아야 할 많은 방들, 그러나 무엇보다 가장 먼저 성곽 광장으로 달려가는 것, 그 모든 것이 나의 피로를 분주함과 열정으로 변화시키니, 마치 내가 굴에 발을 들여놓은 순간 깊고 긴 잠에서 깨어난 것만 같이 느껴진다. 첫 작업은 몹시 힘이 든 것이어서 있는 힘을 다해야 했다. 비좁고 벽이 얇은 미로의 통로를 지나서 내 포획물들을 가져와야 했기 때문이다. 있는 힘을 다해 앞으로 밀어붙여본다. 먹이더미는 너무도 천천히 움직인다. 따라서 나는 먹이더미에서 고깃덩어리 일부를 찢어 버리고 그것을 타넘고, 헤쳐 가며 밀고 나간다. 이제 내 앞에는 한 토막만 있고, 그것을 앞으로 가져가기는 한결 쉬워졌다. 그러나 그런 식으로 나는 혼자 다니기에도 불편한 이 비좁은 통로들에 고깃덩어리들을 떨어뜨려 놓았다. 나는 여기 비좁은 통로들 안에 가득 찬 고깃덩어리들의 한가운데 있게 되니, 내 자신의 양식 속에서 질식해 죽기 십상인 지경까지 이르렀다. 아마도 나는 다른 생각이나 할 일 없이 다만 먹고 마시는 것만으로 산더미처럼 쌓인 먹이더미에서 벗어나 나를 지킬 수 있다. 그러나 나는 오래지 않아 통로에 쌓여 있는 먹이들을 모두 옮겼다. 먹이더미가 쌓인 미로는 사라졌고, 나는 비로소 한 숨을 돌리고는 겨울에 대비하여 특별히 마련한, 경사가 심한 성곽 광장으로 이어지는 중앙 통로로 먹이더미를 옮겼다. 그 다음은 일도 아니다. 이제는 먹이더미가 모두 저절로 굴러 내리기 때문이다. 드디어 나의 성곽 광장이다! 이제 나는 쉬어도 좋다. 모든 것이 변함없다, 큰 사고가 일어난 것 같지 않다. 첫눈에 알 수 있는 작은 피해들이야 곧 수선될 것이고 우선 먼저 통로를 오래 거닐어본다. 그것은 절대 힘든 일이 아니다. 이것은 나에게 옛 친구들을 다시 만나는 것과 같다. 내가 옛 시절에 함께 했던 것 같은, 아니면 – 나는 아직 전혀 그렇게까지 늙지는 않았지만, 많은 것에 대한 기억이 아주 흐려지긴 했다. – 내가 그랬던 것처럼 혹은 그렇게 했다고 기억하는 것처럼. 두 번째 통로부터는 일부러 천천히 간다. 성곽 광장을 본 후에는 시간이 아주 여유롭다. – 나는 굴 안에서는 언제나 시간이 끝없이 남아돈다. 두 번째 통로에서부터는 내가 행하는 모든 것이 훌륭하고 중요하며, 또 나를 굉장히 만족시키므로 가능한 한 천천히 움직인다. 두 번째 통로 중간쯤에서 잠시 통로의 점검을 중단하고는 세 번째 통로로 넘어간다. 거기서부터는 발길 닿는 대로 성곽 광장으로 되돌아와 버리니, 두 번째 통로를 다시 만들어야 하고 그런 식으로 놀이삼아 작업을 하는 한편, 작업량이 늘어나는 것을 즐거워하며 혼자 웃고, 기뻐한다. 많은 작업이 뒤죽박죽이지만 일을 그만두지는 않는다. 너희들 때문에, 너희 통로며 광장들이며, 그리고 무엇보다 성곽 광장, 너의 물음들이여, 너희로 하여 나는 세상에 태어났고, 너희를 위해서라면 그 어떤 일에도 목숨을 아끼지 않겠다. 내가 오랫동안 불안하여 너희에게로 돌아오는 것을 망설이는 어리석음을 저지른 후로는, 내가 너희 곁에 있는 지금 위험이 무슨 대수로운 일이겠는가. 너희와 내가 하나로 결합되어 있는데 우리에게 무슨 일이 일어날 수 있겠는가. 지상에서 떼거리가 몰려와 그 주둥이들로 이끼를 뚫고 쳐들어올 준비를 하고 있다면 어디 해보라지. 이 굴 전체가 침묵과 적막으로 나를 환영해주고 나를 지지하고 있다. 그러나 어느새 내게는 슬금슬금 게으름이 생겨 내가 좋아하는 곳의 하나인 어떤 광장에서 약간 몸을 오그린다. 굴속을 다 돌아보자면 아직도 멀었지만 어차피 앞으로도 계속 살펴볼 것이지 않은가. 나는 여기서 잠을 자려는 것이 아니라 다만 잠자는 시늉을 하면서 앞으로 할 일을 준비하려는 것뿐이다. 여기서 아직도 그 전처럼 자는 게 잘 될 것인지 확인해 보려는 것이다. 그런데 이상하게도 잠자는 것은 수월하게 할 수 있는데, 잠을 뿌리치는 것은 잘 되지 않는다. 여기서 나는 오랜 시간을 깊은 잠에 빠져든다.

펙 오래 잤나 보다. 끝까지 다 자고 저절로 잠기운이 떨쳐졌을 무렵 비로소 나는 깨어났는데, 그 무렵 잠은 꽤 얕아져 있었던 것 같다. 귀에 들릴 듯 말 듯한 사각사각하는 소리에 나는 잠을 깼기 때문이다. 나는 즉시 사태를 알아차렸다. 이 것은 분명 내가 감시를 소홀히 하여 굴을 그대로 방치한 틈을 타서 작은 동물이 어딘가에 새 길을 뚫었고, 그 길이 오래된 길 하나와 만나 막혔던 공기가 통하면서 생긴 소리였던 것이다. 도대체 어떤 동물이 쉬지 않고 일하면서 이런 성가신 통로를 만들었단 말인가! 나는 내 통로의 벽에 귀를 대고 탐색하여 시험 삼아 파보면서 이 성가신 일이 어디에서 일어나고 있는지 확인부터 해야겠다. 그 다음에 소음의 원인을 완전히 제거할 수 있다. 그건 그렇고 그 새로운 작은 통로는, 그것이 어떻게든 내 굴의 상태에 맞기만 한다면, 새로운 통풍구가 될 테니 나로서는 역시 환영할 일이다. 그러나 작은 생물들에 대해서는 이제부터 더 주의를 해야겠다, 아무

것도 그냥 내버려두어서는 안 되겠다.

이런 유의 수색은 많이 해봤기 때문에 오래 걸리지는 않는다. 다른 할 일들이 눈앞에 쌓여 있지만, 우선 수색작업부터 먼저 해야겠다. 다른 일보다 가장 시급한 것은 내 통로들을 조용하게 만드는 일이다. 이 소리는 어쨌든 나에게 도움이 되었는데, 내가 집에 왔을 때 전혀 듣지 못했던 것을 이제 비로소 듣게 되었다는 것만으로도 내가 집에 완전히 적응하여 자리를 잡았다는 것을 증명하기 때문이다. 이런 미미한 소리는 대부분 집주인 귀에만 들리는 것이니까. 그리고 그런 소리가 늘 그렇듯이 계속되지도 않는다. 오랫동안 멈췄다가 다시 들리는데, 아마도 어딘가 공기가 막혀서 그런 것 같다. 수색을 시작하지만 어디를 파 보아야 할지 쉽게 결정할 수가 없다. 몇 군데 구덩이를 파보기는 하지만 그냥 되는 대로 판 것일 뿐이다. 이렇게 하다가는 아무 성과가 없을 뿐 아니라 파 놓은 구덩이를 다시 덮어서 원래대로 하는 것이 더 골치 아픈 일이 되어버릴 것이다. 나는 소리 나는 곳을 찾기는커녕 근처에도 접근하지 못했는데, 희미한 소리는 변함없이 규칙적인 간격을 두고 계속 울린다. 어떤 때는 사각사각 하는 소리 같기도 하고, 또 어떤 때는 휘파람 소리 같기도 하다. 물론 나는 그것을 일단 그냥 내버려둘 수도 있다.

몹시 거슬리기는 하지만 소리의 원인이 무엇인지 내가 알고 있는 바에 따르면 그 소리는 더 커질 리도 없고, 오히려 그런 소음들이 대부분 그렇듯이 ― 지금껏 내가 그렇게 오래 기다려본 적은 없지만 ― 시간이 지나면 작은 짐승이 굴을 계속 파고 지나가 버려서 더 이상 들리지 않게 될 것이기 때문이다. 또는 그런 것들을 생각하지 않는다고 해도, 우연히 소음의 원인을 찾아낼 수도 있을 것이다. 그렇게 위안을 삼으며 차라리 내 굴의 통로들을 돌아다니면서 아직 살펴보지 못한 많은 광장들을 찾아보고 성곽 광장을 둘러보는 것이 훨씬 나을 것 같다. 그러나 그렇게 되지가 않는다. 나는 계속 소리의 원인을 찾아야 할 것 같다. 보다 유익하게 사용할 수도 있는 많은 시간을 이 작은 족속을 찾는 데에 보내야 할 것 같다. 이런 상황에서 내가 관심을 끊지 못하는 것은 기술적인 문제, 예컨대 미미하게 들려오는 소리를 내 귀가 아주 정확하게 찾아내는 재주가 있어서, 내 나름대로 소리가 나는 상황을 머릿속으로 그려보고는 그것이 맞는지 확인하고 싶어서 조바심이 난다. 설령 벽에서 떨어진 모래알이 어디로 굴러갈 것인가에 대한 문제만 해도, 나는 그것조차 확실하게 느낄 수가 있는데, 그것을 확인할 수 없는 만큼 설명 가능한 충분한 근거가 내 머릿속에 있는 셈이기도 하다. 그러니 그런 소리 하나라도 이러한 상황에서는 절대 사소한 사건이 아니다. 그러나 중요하든 중요하지 않든 아무리 찾아보아도 나는 아무 것도 찾지 못하고 있다. 아니 오히려 너무 많이 찾아내고 있다. 하필 내가 가장 좋아하는 광장에서 이런 일이 꼭 일어나야 하나, 그곳을 벗어나서 제법 멀리 떨어진 다음 광장 입구의 한가운데에 서서 나는 생각한다. 이 모든 건 농담일 뿐이라고, 이를테면 마치 바로 내가 가장 좋아하는 광장 혼자서 나에게 이러한 방해를 마련한 것이 아니라 방해는 다른 쪽에도 있다고 증명이라도 하려는 듯이, 그러고는 웃으며 귀를 기울이기 시작하나, 곧 웃기를 그친다. 같은 사각사각 소리가 여기서도 정말로 들리기 때문이다. 저건 아무 것도 아니야, 이따금씩 나는 생각한다. 나 말고는 아무한테도 들리지 않을 거야. 물론 반복해서 소리에 집중해서 예민해진 내 귀에는 그 소리가 점점 더 똑똑하게 들린다. 내가 비교를 해봐서 확실히 아는데, 그것은 사실 어디서나 똑같은 소리로 들린다. 또한 벽에 귀를 바짝 대지 않고, 그냥 통로 가운데서 엿들어보면 소리는 더 커지지도 않는다. 그 소리는 바짝 긴장을 하고 여기저기에 엎드려 집중해야 하지만 아주 작은 소리를 짐작으로 알아차릴 수 있을 뿐이다. 그러나 바로 그것, 어디에서든 소리가 꼭 같게 들린다는 점이 가장 신경에 거슬린다. 그것은 애초의 내 가정과 일치하지 않기 때문이다. 내가 이 소리의 원인을 제대로 알아 맞혔다면, 그것은 어디에선가는 가장 크게 들려야 하고 그 지점에서 멀어질수록 소리가 작아져야 하는데, 이런 내 설명이 맞지 않으니, 그것은 도대체 무엇이란 말인가? 소리의 중심이 두개가 있어서 내가 지금까지 그 중심들에서 멀리 떨어져 귀를 기울였고, 내가 한 중심에 다가가서 그 소리를 듣기는 하나 또다른 중심의 소리가 줄어들어서 전체 결과는 대체로 듣기에 늘 같을 가능성도 있었다. 어느덧 나는 자세히 귀 기울여 보면서, 비록 아주 희미하게나마 이 새로운 가정에 부합하는 음의 차이를 알아듣는다고 거의 믿게 되었다. 아무튼 나는 탐색지역을 지금까지 살펴보았던 것보다 더 넓혀야 했다. 그래서 나는 통로의 아래쪽 성곽 광장까지 내려가 거기에서 다시 귀를 기울여 보았다. 기이하게도 여기에서도 역시 같은 소리다. 그렇다면 내가 이곳에 없는 동안 침입한 어떤 파렴치하고 보잘것없는 짐승들이 주변에서 굴 파기를 하고 있는 소리라고 생각할 수밖에 없다. 아무튼 그들이 일부러 내 쪽으로 올 리는 없을 테고, 다만 자기들의 작업에 골몰해 있을 터이니 큰 장애물이 나와서 더 이상 굴을 팔 수 없는 상황이 되지 않는 한, 굴 파기의 방향을 바꾸려 들지 않을 것이다.

나는 이제 모든 것을 알았다. 그러나 그럼에도 불구하고 그들이 감히 내 성곽 광장에 접근한다는 것이 나로서는 쉽게 이해되지 않으면서, 한편으로는 흥분하여 이성적으로 내 작업에 몰두할 수 없게 만든다. 따라서 나는 성곽 광장이 있는 곳이 아주 깊은 곳인지, 또 굴을 파고 있는 자들에게 겁을 줘서 방향을 바꾸게 만드는 것이, 이 성곽 광장의 큰 공간에서 일어나는 공기의 흐름 때문이었는지, 아니면 성곽 광장이라는 사실 자체가 그들의 둔감한 감각으로 느껴졌던 것인지 그런 것은 생각하지 않기로 했다. 아무튼 파 들어간 흔적은 지금까지 성곽 광장 벽에서는 보이지 않았다. 아마도 내가 여기에 성곽 광장에 쌓아둔 사냥물의 강한 냄새에 이끌려 무리지어 이곳까지 온 작은 침입자들이 저 위 어딘가에서 나의 굴로 파들어 왔고, 마음을 졸이면서도 강하게 이끌려 자기들이 판 통로를 따라 이곳까지 달려온 것이리라. 그러니 이제 그들 또한 자기들 통로 안에서 열심히 굴을 파고 있을 것이다. 최소한 내가 젊은 시절과 어른이 되었을 때 세운 계획들 중 가장 중요한 하나를 실행했더라면, 아니 그 계획을 실행할 힘이 있었다면 얼마나 좋았을까. 내가 가장 아끼던 계획 중의 하나는 성곽 광장과 그것을 둘러싸고 있는 지면과 분리시키는 것이었다. 즉, 성곽 광장의 벽들을 내 키만큼

의 두께만 남겨두고 그 너머에는 성곽 광장을 빙 둘러서 유
감스럽게도 지면에서 떼어낼 수 없는 최소한의 기초만을 남
겨두고 벽 넓이만큼 빈 공간을 마련하겠다는 것이었다. 이
빈 공간을 나는 언제나 내가 가질 수 있는 가장 멋진 은신처
로 그려보곤 했는데, 그건 아마 틀린 생각이 아니었다. 이
빈 공간의 흰 벽에 매달려 있는 것, 위로 올라가는 것, 미끄
러져 내려오는 것, 공중에서 한 바퀴 넘고 다시 발로 바닥을
딛고 서는 것, 이 모든 놀이는 말할 필요도 없이 성곽 광장
안에서 행해지는 것이지만 엄밀하게 말하자면 성곽 광장 바
로 그 공간에서는 아니다. 성곽 광장을 피할 수 있다는 것,
그곳으로부터 눈을 떼어 쉬게 할 수 있다는 것, 그곳을 보는
기쁨을 나중으로 미룰 수 있다는 것, 그러면서도 그곳을 아
주 떠나 지내지 않아도 되고 그곳을 손에 단단히 움켜쥐고
있는 것, 그런 건 거기에 접근하는 보통의 열린 출입구가 하
나만 있다면 불가능한 일이다. 그리고 무엇보다도 성곽 광장
을 감시할 수 있다는 것, 굴을 둘러보지 못하는 대가로 성곽
광장에 있을 것인가 광장 밖 빈 공간에 머물 것인가를 택할
수 있다면 오직 그 두 곳을 오락가락하며 성곽 광장을 지키
기 위해 평생 언제든지 분명 광장 밖의 빈 공간을 택하리라
는 것은 분명하다. 그러면 벽에서 들리는 소리도 없으리라,

광장에 이르도록 무례하게 파들어 오는 이들도 없었으리라, 그러면 이곳의 평화는 보장되었으리라, 그리고 나는 평화의 파수꾼이 되었을 텐데. 조그만 족속들의 굴 파기 따위나 꺼림칙하게 귀 기울이는 것이 아니라 지금은 내가 아주 잃어버린 그 무엇, 성곽광장에 서린 정적의 소리를 황홀하게 들었을 텐데.

그러나 이런 멋진 것은 지금 존재하지 않으며 나는 내 일을 해야만 한다. 그 일이 성곽 광장과 직접 관련된다는 사실만으로도 나는 너무나 기뻐 흥분될 지경이다. 그게 마치 나에게 날개를 달아준 듯했기 때문이다. 물론 나는 처음에는 대수롭지 않게 보이던 일들에 내 모든 힘을 쏟아 붓고 있다.

나는 지금은 성곽 광장의 벽을 엿듣고 있는데, 내가 귀 기울이는 곳은 높은 곳, 깊은 곳, 벽, 바닥, 입구들 혹은 내부이다. 온 사방이 같은 소리이다. 끊어졌다가 이어지고 하는 소리를 이렇게 오랫동안 집중해서 듣는 데 얼마나 많은 시간이, 또 얼마나 큰 긴장이 필요한지. 자기만을 위해서 굳이 작은 핑계거리를 찾는다면, 이곳 성곽 광장에서는 귀를 땅바닥에서 떼면 통로에서와는 달리 광장의 크기 때문에 전혀 아무 소리도 들리지 않는다고 할 수 있다. 하지만 그건 그렇다 치고, 대체 무슨 일이 일어나고 있단 말인가? 이 현상에 대해서는 내 첫 번째 해석이 전혀 통하지 않는다. 또한 다른 해석들도 신통치가 않다. 내 귀에 들리는 것이 바로 작업하고 있는 작은 생명체 자체의 소리라고 생각해볼 수도 있을 것이다. 그러나 그것은 모든 경험에 어긋나는데, 늘 존재했는데도 내가 한 번도 들어본 적이 없는 것을 갑자기 듣게 될 리는 없지 않은가. 굴속에서 여러 해를 지내면서 거슬리는 것들에 대해서는 더욱 예민해졌을지 몰라도 청각은 결코 더 예민해지지는 않았다. 들리지 않았다는 것은 이 소리 내는 작은 동물이 예전에는 존재하지 않았다는 뜻이다. 이전에 언제 내가 거슬리는 작은 소리를 참고 넘긴 적이 있었단 말인가? 굶어죽을 위험을 무릅쓰고라도 거슬리는 것들을 모조리 없애 버렸더라면 좋았을 것을. 그러나 어쩌면 지금 문제가 되고 있는 것은 아직까지 내가 한 번도 본 적이 없는 어떤 동물인지도 모른다. 이런 생각이 슬슬 들기 시작한다. 그래, 아마 그럴 수도 있다. 내가 이미 조심스럽게 땅속 굴에서의 삶을 관찰하고 있기는 하지만 세상에는 고약하고 괴상스러운 일이 일어나지 말란 법은 없으니까. 또한 이 동물은 한 마리가 아닐 수도 있다. 갑자기 내 굴속으로 한꺼번에 쏟아져 내릴 수도 있는 큰 무리임에 틀림없다. 소리가 들리는 것으로 미루어 보아 조그만 것들보다는 한 수 위이겠지만, 도무지 그들이 작업하는 소리 그 자체는 별 볼 일 없어 보이니, 그저 아주 작은 짐승보다야 조금 나은 동물들의 큰 무리이리라. 따라서 그것은 모르는 동물들, 나를 잠시 방해하기는 하나 머지않아 긴 행렬이 끝날, 그저 지나쳐갈 뿐인 뜨내기 무리일 수도 있으리라. 그렇다면 나는 그저 기다리고만 있어도 되는 것이니, 굳이 불필요한 작업을 하지 않아도 될 것이다. 그런데 그 낯선 동물들을 나는 왜 이제까지 한 번도 마주친 적이 없었을까? 이렇게 여기저기를 파헤치면서 그들을 찾아내려 했는데, 어째서 단 한 마리도 발견하지 못한 것일까? 어쩌면 그것들은 내가 예상하는 것보다도 훨씬 더 작은데 몸집에 비해 큰 소리를 내는 것은 아닐까? 그래서 나는 파헤쳐 놓은 흙을 다시 살펴보았다. 흙덩어리가 잘게 부서지도록 높이 던져 올린다. 그러나 흙덩어리 속 어디에서도 소리를 낼 법한 작은 동물들을 찾을 수는 없다. 가만히 생각해 보니, 그렇게 아무데나 파헤쳐서는 그 어떤 것도 찾아낼 수 없을 것 같다. 이렇게 마구 파헤치는 것은 내 굴의 벽을 마구 헤집어 놓을 뿐이다. 나는 곧 파헤친 흙을 급히 이곳저곳에 흩뿌렸다. 구멍들을 메울 시간이 없다. 이미 여러 곳에 통로와 내 시야를 가리는 흙무더기들이 쌓여 있다. 물론 그것들은 그저 내 신경에 거슬리는 아주 작은 부분에 불과하다. 지금 나는 자유롭게 돌아다닐 수도 이곳을 둘러볼 수도, 편히 쉴 수도 없기 때문이다. 이따금 나는 작업을 하다가 어느새 어떤 구멍에서 잠깐 잠이 들기도 하는데, 앞발 하나는 위쪽 흙 속에 발톱을 박아 놓은 채로 잠이 든다. 어렴풋이 잠에서 깨었을 때, 흙 한 덩이라도 긁어내기 위해서이다. 이내 나는 내 방식을 바꾸려고 한다. 제대로 된 큰 구덩이를 만들어서, 이 소리의 원인을 머릿속으로 설명하기를 그만두고, 소리가 나는 쪽을 향해서 이 소리의 진짜 원인을 찾아내어 내 눈으로 확인하기 전까지는 절대 구덩이 파는 일을 그만두지 않겠다. 그 다음에는 구덩이를 내 힘이 닿는 대로 없애버릴 것이고, 그렇게 하지 못하더라도 적어도 완전히 안심하거나 아니면 절망하게 될 확신을 갖게 될 것이다. 어쨌든 이것 아니면 저것일 테니 의심의 여지가 없다. 나는 이 결정이 아주 마음에 들었다. 내가 지금까지 행한 모든 것은 지나치게 서두른 것이었다는 생각이 든다. 굴로 돌아왔다는 흥분 때문에 아직 지상세계에서의 근심에서 벗어나지 못하고 굴의 평화에도 완전히 익숙해지지 못하여, 내가 그토록 오랫동안 굴 밖에서 지냈다는 사실에 너무나 민감해졌기 때문에 이상한 현상 하나를 보고는 분별력을 완전히 잃었던 것이다. 그렇다면 무엇이란 말인가? 긴 간격을 두고 들리는 작고 가벼운 사각사각 소리. 아무 것도 아니다. 그렇게 말하고 싶지는 않지만 익숙해질 수도 있는, 아니 익숙해질 수야 없겠지만, 특별한 행동을 하지 않은 채 한동안 관찰해볼 수도 있는 것으로 몇 시간씩 이따금 귀를 기울이며 인내심 있게 결과를 기록해둘 수도 있는 것이다. 나처럼 귀를 벽에서 떼지 않고 벽을 따라가며 그 소리가 들릴 때마다 거의 매번, 진짜 무얼 찾기 위해서라기보다는 내면의 불안을 떨쳐내기 위해 땅을 파헤치지 않을 수도 있다. 그래 이제는 달라지리라, 나는 희망한다. 그리고 또 다시금 희망하지 않으니 ― 내 자신에 대하여 노하며, 두 눈을 감고 시인하느니 ― 여전히 불안이 내 안에서 몇 시간 전처럼 도사리고 있다가, 이성이 제지하지 않는다면 나는 분명 무슨 소리가 들리든지 말든지 상관하지 않고, 둔감하게, 반항적으로, 오로지 파기 위해서 되는대로 파기 시작할 것이기 때문이다. 어느새 맹목적으로 파거나 아니면 다만 흙을 먹기 때문에 파고 있는 저 작은 동물과 별로 다르지 않게. 이 새로운 계획은 내 마음을 끌기도 하고 끌지 않기도 한다. 그것에 이의를 제기할 것은 없다. 적어도 나는 이의가 없다. 그 계획은 내가 알기로는 틀림없이 목표에 이를 것이다. 하지만 그럼에도 불구하고 그리리라고는 근본적으로는 믿지 않는다. 그 결과에서 있음직한 충격도 결코 두려워하지 않을 만큼 별반 믿지 않는다. 결코 충격적인 결과를 생각지 않는다. 그렇다. 나는 소리가 처음 출현했을 때부터 시종일관 그런 굴 파기를 생각했는데, 다만 확신이 서지 않아 지금껏 그걸 시작하지 않았던 것 같다. 그럼에도 불구하고 물론 나는, 다른 수가 없으니, 굴 파기를 시작할 것이다. 그러나 즉시 시작하지는 않겠다. 작업을 약간 미루겠다. 다시 분별력을 회복하면 시작할 것이니, 이 일에 완전히 매달리지는 않겠다. 어쨌든 먼저 내가 파헤치는 바람에 굴을 망가뜨린 것부터 손보아야겠다. 그것은 오랜 시간이 걸리지는 않지만 꼭 필요한 작업이다. 새로 파는 굴이 정말 틀림없이 목표에 도달한다면 그것은 필경 길어질 것이고, 아무런 목표에 도달하지 못한다면 그것은 끝이 없을 것이니 아무튼 이 작업은 굴에서 꽤 멀리 떨어져 있어야 하는 것인데, 저 지상세계에 있으면서 굴을 떠나 있는 것만큼 나쁘지는 않을 테니 내가 원한다면 일을 중단하고 집에 다녀갈 수도 있고, 그렇지 않더라도 성곽 광장의 공기가 내게로 불어와 작업 중에도 나를 감쌀 것이다. 그러면서도 그 작업은 굴에서 멀어지는 것이고, 불확실한 운명에 몸을 내맡기는 것이니 나는 내 뒤에 잘 정돈된 굴을 남겨두어야겠다. 굴의 평화를 얻기 위하여 싸웠던 내가, 스스로 그 평화를 교란해 놓고 즉시 회복시키지 못하는 상황이 되어서는 안 되지. 그래서 나는 흙을 구멍들 속으로 다시 흩뿌려 넣기 시작했다. 이것은 내가 정확하게 알고 있는 작업, 내가 헤아릴 수도 없이 여러 번 거의 일한다는 의식도 없이 행했던 작업이니, 특히 마지막 압착과 고르기라면 내가 ― 이것은 분명히 그저 자기 자랑이 아니라 그대로 진실이다. ― 타의 추종을 불허할 만큼 해낼 수 있는 작업이다. 이번에는 그렇지만 그게 어렵다. 나는 너무도 산만하고, 자꾸자꾸 한창 작업을 하다 말고 귀를 벽에 갖다 대고는 내 발 아래서 채 퍼 올려지지도 않은 흙이 다시 비탈로 흘러내려도 무심히 내버려둔다. 한결 강력한 집중을 요하는 마무리 작업은 거의 해내지를 못한다. 보기 흉하게 불거져 나온 곳, 장애가 되는 틈바구니가 그대로 있다. 또한 전체로 보아 그렇게 누더기처럼 꿰맨 벽에는 옛날의 둥그런 곡선이 자태를 나타낼 리 없음은 말할 필요도 없고 나는 이것이 다만 임시방편이라는 것으로 애써 위안을 삼는다. 내가 되돌아와 이 모든 불안이 해소되고 나면, 모든 것을 최종적으로 개수하리라, 그때면 모든 것이 눈 깜짝할 사이에 이루어지겠지. 그렇지, 모든 것이 눈 깜짝할 사이에 이루어지는 건 동화 속 이야기이니, 이 위로 또한 동화 속의 위로이다. 물론 지금 즉시 완벽한 작업을 하는 것이 더 낫기는 할 것이다. 그러나 작업을 자꾸만 중단하고 통로를 느긋하게 돌아다니며 새로 소리 나는 곳이 어딘지 확인하는 것보다는 훨씬 나으리라. 그렇게 돌아다니는 거야 아주 쉬운 일이다. 아무데나 멈춰 서서 귀 기울이는 것 외에는 달리 아무 것도 요하지 않으니까. 그리고 그밖에도 쓸모없는 발견을 하기도 하는데, 더러는 그 소리가 그치기라도 한듯 느껴지는 것이 바로 그것이다. 사실 꽤 오랫동안 소리가 멈춰있는 것뿐이고, 귓속에서 내 피가 지나치게 심하게 박동을 할 때면 그 두 가지 멈춤이 하나로 합쳐져 잠깐 동안 그 사각사각 소리가 영원히 끝났다고 생각된다. 그렇게 귀 기울이지 않아도 되는 순간이 되면 마치 삶이 송두리째 180도 달라지는 듯하다. 굴속은 마치 정적이 흘러나오는 근원의 문이 불쑥 열리기라도 한 듯하다. 이 순간을 발견한 즉시 검증하기보다는 의심을 품기에 앞서서 그것을 믿고 털어놓을 수 있는 그 누군가를 찾아 성곽 광장까지 내달린다. 내 존재의 모든 것과 더불어 새로운 인생에 눈을 떴으므로, 벌써 오랫동안 아무것도 먹지 않았음을 기억해내고, 흙 속에 절반은 파묻힌 양식에서 아무거나 좀 끌어내어, 믿을 수 없는 발견이 이루어졌던 장소로 되돌아오는 동안에도 그걸 꿀꺽꿀꺽 삼킨다. 처음에는 그저 무심하게 넘겼던 것이 먹이를 먹으며 점차 선명해지는 소리를 듣는 순간, 즉각 치욕스러운 실수를 확인했는데, 거기 먼 곳에서 변함없이 사각사각 소리가 나고 있다. 결국 나는 먹던 음식을 모두 뱉어낸다. 음식을 땅바닥에 꽉꽉 밟아 넣고만 싶다. 작업으로 되돌아가지만 어느 작업으로 돌아가야 할지도 전혀 모르겠다. 필요해 보이는 곳, 어디에나 그런 곳이라면 충분히 있으니, 기계적으로 무엇인가를 하기 시작한다. 마치 감독관이 오기라도 한 듯이, 또한 감독관에게 이 우스꽝스러운 행동을 보여야 한다는 듯이. 그런데 잠시 그런 식으로 작업을 했는데 곧바로 다시 새로운 발견을 하게 된다. 소리가 더 커진 것 같다. 여기에서는 완벽하게 그 차이를 구별해낼 수는 없지만, 그래서 소리가 훨씬 더 커졌다고 할 수는 없어도 약간 더 커진 것은 똑똑하게 알아들을 수 있다. 그리고 이렇게 소리가 커지는 것은 분명 소리의 근원이 점점 분명하게 다가오는 것을 의미한다. 나는 그 발자국을 보기라도 하듯이 벽에서 펄쩍 뛰어 물러나서는 이 결과로 벌어질 수 있는 모든 일을 내 눈으로 보려고 애쓴다. 굴은 본래 공격에 대한 방어용으로 설계한 적이 없는 듯하다. 그런 의도야 있었지만 공격의 위험이란 늘 내 삶의 경험에 어울리지 않는 것으로 보였고 그래서 방어 시설들은 나와는 거리가 먼 것으로 보였던 것이다. 아니면 전혀 무관하지는 않더라도(어찌 그럴 수 있으랴!), 서열에 있어서 평화로운 삶을 위한 설비들보다는 까마득하게 하위에 있었던 것이다. 그래서 굴 안에서는 평화로운 삶을 위한 시설들에 우선을 두었던 것이다. 많은 것이 기본 계획에 어긋나지 않으면서도 그 방향에서 설비될 수도 있었을 터이니, 그것은 지금 와서 보면 납득하기 어려울 정도로 소홀해진 것이다. 이 몇 해에 나는 많은 행운을 누렸고, 행운은 나의 버릇을 나쁘게 만들었다. 나는 불안하기는 했으나, 행운 속의 불안은 아무것도 못하는 법이었다.

지금 우선 할 수 있는 일은 방어를 목표로 삼아 방어에서 상상할 수 있는 온갖 가능성에 비추어 굴을 살펴보고, 방어 계획과 거기에 속하는 건축 설계를 만들어내어 즉시, 젊은이처럼 원기왕성하게 작업을 시작하는 것이리라. 물론 너무 때늦은 상황이었으나 그것은 필수불가결한 작업인 것이다. 실은 무방비 상태로 나의 온힘을 기울여 해야 할 것은, 그러다보니 위험이 너무 늦게 닥치지 않겠는가 하는 어처구니없는 염려까지 해가면서 위험을 찾아내는 데 몰두하는 것밖에 없는 그런 굴 파기일 것이다. 나는 갑자기 이전에 내가 세웠던 계획을 도무지 이해할 수 없게 되었다. 예전에는 사려 깊다고 생각했던 그런 계획에서 도대체 눈곱만큼도 심사숙고한 흔적이라고는 찾아볼 수가 없다. 나는 다시 작업에서 손을 놓고 귀 기울이는 것도 그만둔다. 지금은 소리가 더 커지는 것을 발견하고 싶지 않다. 발견이라면 충분히 했지 않았는가. 나는 모든 것을 방치한다. 내면에서 복잡하게 일어나는 심리적 동요를 진정시키기만 하면 좋겠는데. 다시 발길 닿는 대로 통로들을 지난다. 점점 더 먼 통로 안으로 간다. 굴속으로 돌아온 후 아직 한 번도 보지 못한, 파헤치는 발길이 아직 전혀 닿지 않은 통로로 내가 가면, 정적은 깨어나 나의 위로 내려앉는다. 그러나 나는 굽히지 않고, 계속 발길을 재촉한다. 무엇을 찾고 있는지도 전혀 모른다. 그저 시간을 미루고 있는 것이리라. 나는 길을 훨씬 벗어나 미로까지 오고 말았다. 이끼 덮개가 귀를 대고 소리를 듣고 싶어 하는 내 마음을 끌어당긴다. 그토록 멀리 있는 사물들이, 이 순간 그토록 멀리 있는 사물들이 내 관심을 끄는 것이다. 나는 이끼 덮개 위로 밀고 올라가서 귀를 기울인다. 깊은 정적, 여기는 얼마나 좋은가. 저 밖에서는 아무도 나의 굴 따위엔 관심도 없고, 각기 나와는 아무 상관도 없이 자기들의 일을 하는 이들만 있을 뿐이다. 내가 지상세계에 나가기 위해 무슨 짓을 하든지 아무도 신경 쓰지 않을 것이다. 여기 이 이끼덮개는 어쩌면 지금 몇 시간씩 귀 기울여 봐야 아무 소리도 듣지 못하는 내 굴의 유일한 장소이다. 굴속의 관계는 완전히 거꾸로이니, 지금껏 위험한 장소였던 곳이 평화의 장소가 되고, 반면 성곽 광장은 세상의 소음과 그것이 지닌 여러 가지 위험물의 소음에 휘말려버린다. 그럼에도 불구하고 결코 낙관할 수 없는 사실은, 여기에도 결코 평화는 없다는 것이다. 여기서는 아무 것도 달라진 것이 없으나, 조용하든 시끄럽든 상관없이 이끼 위로는 전과 마찬가지로 위험이 잠복해 있는데, 굴속의 벽에서 나는 사각거리는 소리에 내가 너무 시달린 나머지 바깥세계의 위험에 둔감해졌던 것뿐이다. 가만, 내가 소리에 시달리고 있다고? 소리는 커지고, 가까워오는데 나는 미로를 살금살금 돌아다니며 여기 가장 높은 곳인 이끼 아래서 태평하게 진을 치고 있다. 내가 여기 위쪽에서만 잠시나마 평화를 찾는다는 건, 벌써 사각거리는 소리를 내는 자에게 내 집을 온통 내맡겨버린 거나 다름없지 않은가. 사각거리는 소리를 내는 자에게라고? 소리의 원인에 대하여 내가 새로이 분명하게 정리한 견해라도 있단 말인가? 그 소리는 아마 작은 존재가 파는 작은 구멍들에서 나는 것일 텐데도? 그것이 내가 확실하게 결론지은 내용이지 않은가? 아직은 내가 거기서 벗어나지는 않은 것 같다. 그리고 그건 구멍에서 직접 나는 소리가 아니라 하더라도, 어떻게든 간접적으로 거기서 나는 소리이리라. 그리고 만일 그것이 그 구멍들과 전혀 상관이 없다면 결국 아무 것도 미리부터 가정할 수가 없으니, 아마 원인을 찾아내거나 그 자체가 드러날 때까지 기다려야 한다. 가정을 세우고 결론을 찾아가는 즐거운 놀이는 지금도 물론 할 수 있다. 가령, 이렇게도 말할 수 있는 것이다. 어딘가 먼 곳에서 느닷없이 물이 새어 들어 왔고, 나에게 휘파람 소리나 사각거리는 소리로 들리는 것이 사실은 졸졸 물 흐르는 소리일지도 모른다고. 그러나 내가 이런 것에 대해 전혀 경험이 없다는 사실을 제쳐놓더라도 - 내가 처음 발견한 지하수는 즉시 물길을 돌렸으니 이 모래 바닥에는 다시 흘러들지 않았다. - 그것은 사각대는 소리이지 졸졸 물 흐르는 소리로 들리지는 않는다. 하지만 침착하라는 온갖 경고가 무슨 소용이겠는가. 상상력은 멈추지 않고 나는 어느새 내가 상상해낸 이유들이 사실인 양 이렇게 곧이곧대로 믿는 데 집착한다. - 그것 자체를 부인하는 것은 실없는 일이다. - 그 사각대는 소리는 한 마리의 동물, 즉 많은 작은 동물들이 아니라 단 한 마리 큰 동물에게서 난다고 생각된다. 무엇보다 그 소리가 사방 어디서나 들리며 언제나 같은 크기일 뿐만 아니라 그 밖에도 밤낮으로 쉬지 않고 들린다는 것이 이유이다. 물론 이를 부정할 만한 조짐도 있기는

하다. 확실히 처음에는 어느 정도였는가 하면, 작은 동물들
로 가정하는 쪽으로 마음이 기울 수밖에 없었으나, 이리저리
파보는 동안 그것들을 내가 하나라도 찾아냈어야 했는데, 그
러지 못한 것으로 미루어 이제는 큰 동물이 존재한다는 가
정만이 남는다. 특히 그 동물은 내 예상을 벗어난 것으로 보
일지 모르지만, 사실은 그냥 사물들이, 그 동물을 형편없이
무례하게 만드는 것이 아닐까. 다만 온갖 상상을 훨씬 넘어
설 만큼 위험하게 만드는 사물들이다. 오로지 그 때문에 나
는 그 가정에 저항했다. 나는 이 자기 기만을 그만둔다. 이
미 오래 전부터 나는 한 가지 생각을 이리저리 굴리고 있다.
즉 그 동물이 맹렬하게 작업을 하는데, 산보객이 노천 통로
를 지나듯 빠르게 땅을 파서, 그가 팔 때면 땅이 진동하고
그가 지나간 한참 후에도 여전하여, 뒤따르는 진동과 작업하
는 소리 자체가 먼 거리를 두고 한데 섞여 그 소리가 잦아드
는 마지막 잔향만 듣는 나에게 그 소리가 어디서나 똑같게
들린다는 가정이 그것이다. 거기에도 그 동물이 나를 향해
다가오고 있지는 않다는 생각이 섞여 있어 영향을 미치니,
그 때문에 그 소리가 변함없는 것이고, 오히려 내가 그 뜻을
꿰뚫어볼 수 없는 어떤 계획이 이미 마련되어 있다. 나는 다
만 나에 관해 알고 있다고 결코 주장하고 싶지 않은 그 동물

이 나를 포위하고, 내가 그것을 관찰하기 시작한 때부터 이 곳을 둘러싸는 몇 개의 원을 이미 나의 굴 주변에 그어 놓았으리라고 가정할 뿐이다. 소리의 종류, 사각거리는 소리인가 휘파람 소리인가는 나에게 생각거리를 많이 안겨준다. 내가 내 방식대로 땅을 긁어보고 파헤쳐 보면 전혀 다른 소리로 들린다. 이 사각거리는 소리로 보아, 그 동물의 주된 연장은 발톱이 아니다. 혹 발톱은 보조적으로 사용할지는 모르지만 아무튼 그 엄청난 힘은 물론 어떤 날카로움을 지닌 주둥이거나 큰 코라고밖에 설명할 수 없다. 필경 세찬 일격으로 큰 코를 땅 속으로 박아 커다란 흙덩이를 떼어내는데, 이 동안에는 내가 아무 소리도 듣지 못하기 때문에 소리가 멈춘 것이다. 그러나 그러고 나서는 다시 새로운 일격을 위하여 공기를 들이마신다. 그 동물의 힘 때문만이 아니라 또한 그가 작업을 너무나 열성적으로 한 나머지 지나치게 서두른 결과 땅을 뒤흔드는 소음을 일으킨 것이 틀림없는 거친 호흡이 내게는 낮게 사각대는 소리로 들린 것이다. 하지만 도저히 짐작조차 할 수 없는 내용은, 쉼 없이 일할 수 있는 그의 능력이다. 어쩌면 잠깐씩 소리가 멈추는 것을 잠깐 숨을 돌리는 것이라고 생각할 수도 있겠지만, 휴식다운 긴 휴식은 내 보기에는 아직 없었던 것 같고, 밤낮으로 그는 땅을 파기

만 한다. 늘 같은 힘과 같은 정도의 기력으로, 급히 진행시
켜야만 하는 그의 계획과 계획을 실현할 모든 능력을 지니
고 모든 계획을 성공적으로 수행할 태세로. 그런 적수를 나
는 전혀 예상하지 못했다. 그러나 그의 색다른 점들은 제쳐
놓고라도 지금 내가 마땅히 늘 두려워했어야 했을 그 무엇,
거기에 맞서 늘 대비를 했어야 마땅했을 그 무엇인가가 일
어나고 있는 게 사실이다. 누군가 다가오고 있는 것이다! 어
찌하여 그토록 오랜 시간 만사가 고요하고 행복하게 흘러갈
수 있었던가? 누가 적들의 길을 인도하여 그들이 나의 소유
지 둘레를 크게 에워싸게 되었는가? 지금 와서 이렇게 놀라
게 될 바에는 왜 그토록 오래 무사했더란 말인가? 그러한 생
각을 거듭하면서 세월을 보내고 결국 이 하나의 위험을 대
면하게 된 온갖 작은 위험들은 무엇인가? 내가 이 굴의 주인
이니 찾아올지 모를 모든 자들보다 공격력이나 방어력, 상대
방에 대한 정보력에서 당연히 우세하기를 바랐던 것인가?
바로 이 크고 복잡한 건축물의 주인이기 때문에 비교적 진
지한 모든 공격에 대해 무방비 상태에 있었다고 하는 편이
오히려 납득이 간다. 굴을 소유했다는 행복이 나를 자만하게
만들었고, 굴의 예민함이 나를 예민하게 만들었으며 굴의 상
처가 내 자신의 상처인 듯 아프다. 바로 이 점을 나는 미리

예상했어야 했다. 내 자신의 방어만이 아니라 – 그런데 그것조차도 나는 얼마나 가볍게 여기고 별다른 대책 없이 행해왔던가 – 굴의 방어도 생각했어야 했다. 무엇보다도 굴의 하나하나의 부분들이, 그리고 될 수 있는 대로 많은 하나하나의 부분들이, 누군가의 공격을 받으면, 방어가 최단 시간에 이루어져야 할 터인데, 흙이 무너져 내림으로써 덜 위험한 부분들과 분리되게끔, 그것도 그러한 흙덩어리로 공격자가 그 뒤에 진짜 굴이 있다고는 전혀 눈치 채지 못할 만큼 효과적으로 분리되게끔 배려해야 했던 것을. 더 나아가 이렇게 흙이 무너져 내리는 것은 굴을 감추는 것만이 아니라 공격자를 파묻는 데에도 적절해야 한다. 그런 종류의 그 어떤 것이라 해도 나는 사소한 노력조차 시작하지 않았다. 아무 것도, 전혀 아무 것도 이 방향에서는 이루어지지 않았으니, 나는 어린애처럼 경솔했던 것이다. 나는 내 성년기를 어린아이 같은 장난질로 보냈고, 현실적인 위험들이 실제로 일어날 수 있다는 것을 생각하는 데에 소홀했다. 물론 경고가 없었던 것은 아니다.

지금의 사태만큼 심각한 정도는 아니었더라도 굴을 처음 만들기 시작했던 무렵에는 비슷한 일이 일어났으니 말이다. 지금과 크게 다른 점은 바로 그때는 굴을 만드는 시작 단계였다는 것이다. 그 당시 나는 그야말로 아직 첫 단계의 보잘 것 없는 실력으로 작업에 나섰다. 미로는 겨우 윤곽만 잡혀 있었고, 조그만 광장 하나를 벌써 파놓기는 했으나 그것은 크기로나 벽을 다지고 마무리 하는 데 있어서 거의 실패작이나 다름없었으니, 간단히 말해 그때의 굴 파기는 그저 시험 삼아 이것저것 시도해보는 정도였기 때문에 언젠가 인내심이 바닥나면, 별다른 고민 없이 쉽게 손을 놓아버릴 수 있는 것으로 여겼다. 그 무렵이었다. 한번은 작업 중간 휴식 중에 – 나는 내 삶에서 늘 작업 중간에 너무 많이 쉬었다. – 파낸 흙더미 사이에 누워 있다가 문득 멀리서 어떤 소리를 들은 적이 있었다. 젊었기에 나는 그 일로 하여 겁먹기보다는 호기심이 일었다. 작업을 버려두고 귀 기울여 듣는 데 마음을 쏟았는데 그래도 그때만 해도 그냥 귀 기울이기만 했지, 저 위 이끼 아래로까지 달려가지는 않았다. 거기서 몸을 뻗고 누워 귀 기울이지 않아도 되었으니 말이다. 어쨌든 나는 최소한 귀를 기울여 내 굴 주변에서 들려오는 소리를 감지하였다. 내 것이나 다름없는 굴이 문제되고 있음을 잘 판별할 수 있었으니, 약간 더 약하게 울리는 것 같기는 한데, 그중 얼마만큼 떨어진 거리 탓으로 돌려야 할지는 알 수가 없었다. 바짝 긴장해 있었으나 한편으로는 냉정하고 침착했다. 어쩌면 내가 어떤 낯선 굴에 들어와 있다고 생각되기도 했다. 그 주인이 지금 내 가까이로 파 들어오고 있는 것은 아닌가 하고. 이런 가정이 옳은 것으로 판명되었다면 내가 결코 정복욕에 차 있거나 호전적이지 않은 만큼, 내 쪽에서 떠났을 것이다. 어디 다른 곳에서 굴을 만들려고, 어디 다른 곳에서 집을 지으려고. 그러나 물론, 그때만 해도 나는 젊었고 아직 굴도 없었던 터라, 어느 정도 냉정하고 침착할 수가 있었다. 이어진 사건의 진행 또한 나에게 강한 흥분을 초래했다기보다는 상황에 대해 판단하기가 쉽지 않은 것이 괴로울 따름이었다. 그곳에서 작은 소리를 전해오며 굴을 파고 있던 자도 역시 내가 굴을 파는 소리를 들었기 때문에 정말로 내 쪽으로 오려고 애썼던 것이라면, 그때 실제로 그런 일이 일어났듯이, 그가 방향을 바꾸었을 때, 그가 그렇게 했던 이유는 내가 작업 도중에 잠시 쉬는 바람에 내 쪽에서 아무런 소리가 들리지 않아, 길을 잃고 다른 곳으로 방향을 틀어버렸기 때문인지, 아니면 그냥 그가 마음이 바뀌어서 방향을 바꾼 것인지는 확실히 알 수 없었다. 그러나 어쩌면 내가 자신을 기만했던 것이며 그가 똑바로 나를 향한 적은 한 번도 없었을 것이다. 아무튼 그 소리는 또 한동안, 마치 그가 다가오기라도 하듯 강해졌는데, 젊었던 나는 그 당시로서는 아마도 그 자가 느닷없이 땅에서 솟아나오는 것을 본다면 오히려 흡족했을지도 모른다. 그러나 그런 비슷한 일은 일어나지 않았고 어느 특정한 지점에서부터는 굴 파기가 약해져, 마치 그 자가 점차 자기가 처음 취했던 방향을 바꾸기라도 한 듯이 점점 더 약해지다가 갑자기 뚝 그쳐버렸다. 마치 그가 이제 정반대 방향으로 가기로 결심이라도 하여 나를 떠나 곧장 먼 곳으로 가기라도 한 듯이. 오래도록 그의 자취를 찾아 정적에 귀 기울이다가 나는 다시 일을 시작했다. 그런데 그때 경험이 충분히 명확한 경고였음에도 불구하고 나는 모든 일을 곧 잊어버렸고, 나의 건축 설계도에 거의 영향을 미치지 못했다.

이제 나는 그때 당시의 청년이 아니라, 한창 나이를 먹은 장년이 되었다. 당시와 오늘 사이에는 나의 청장년기가 가로 놓여 있다. 그런데 그 사이에 전혀 아무 것도 가로 놓이지 않기라도 한 것 같지 않은가? 아직도 여전히 나는 작업 중간에 오래 쉬고 벽에다 귀 기울이며, 상대방은 새로 뜻을 바꾸어 선회하여 그의 여행에서 돌아오고 있다. 그는 나에게 그 사이에 자기를 맞이하기 위한 준비를 할 충분한 시간을 주었다고 생각한다. 그러나 내 쪽에서는 모든 것이 당시보다 오히려 준비가 덜 되어 있으니, 커다란 굴은 여기 무방비 상

태로 덩그렇게 만들어져 있으며 나는 이제는 꼬마 견습공이
아니라 노장의 건축사이며, 아직 남아 있는 힘은, 결단의 시
기가 왔을 때 제대로 쓰지 못할 것 같다. 차라리 지금의 상
태보다 훨씬 더 늙었으면 좋겠다. 그렇다면 이끼 아래의 내
휴식처에서 더 이상 몸을 움직이거나 일으킬 힘조차 남아
있지 않을 테니 말이다. 그러나 나는 이내 이곳을 견디지 못
하고 몸을 다시 일으켜, 평화를 만끽하면서 새로운 근심이
가득해져서 다시 굴속으로 질주해 아래로 내려간다. 굴속의
모든 것들의 마지막 모습이 어떠했던가? 사각거리는 소리는
이제 약해졌을까? 아니, 더 요란해졌다. 나는 아무데나 열
군데쯤에서 귀를 기울이는 데 내 착각을 똑똑히 확인할 수
있었는데, 그 소리는 여전히 똑같은 크기와 간격으로 변함없
이 들려오고 있다. 저 너머에는 아무런 변화가 일어나지 않
고, 거기 사는 이들은 조용히 시간을 초월해 있는데 이곳에
서 귀 기울이고 있는 나에게는 매순간 요란하게 진동하고
있다. 나는 다시 성곽 광장에 이르는 긴 통로로 돌아간다.
내 눈에 보이는 사방의 모든 것은 몹시 격앙되어 있는 것 같
고, 나를 보고 있는 듯하다. 또 나를 방해하지 않기 위해 재
빨리 다시 눈을 돌리는 것도 같고, 한편으로는 그들을 구원
하겠다는 나의 결심을 살피려는 듯 다시금 바짝 긴장하는

것 같기도 하다. 나는 아직 그런 결심이 서지 않았다는 의미에서 고개를 가로젓는다. 또한 특별한 계획을 실행하기 위하여 성곽 광장으로 가지도 않는다. 탐사 굴을 파려고 했던 자리를 지나간다. 다시 한 번 그것을 살펴본다. 확실히 거긴 좋은 자리였던 것 같다. 그 굴의 대부분은 작은 환기구들이 있는 방향으로 이어질 수도 있으니 그것들이 나의 작업을 훨씬 수월하게 해주었을지도 모른다. 어쩌면 소리의 진원지를 찾아서 아주 멀리까지 파지 않아도 되었을 텐데. 그저 환기구처럼 생긴 이 작은 통로들에 귀를 대고 소리를 듣고 방향을 짐작하는 것만으로도 충분했을 텐데. 그러나 그 어떤 생각도 이렇게 반복해서 굴을 파헤치는 것보다 더 중요하게 여겨지지는 않는다. 이 굴이 나에게 확신을 줄 수 있을까? 나는 이제 아무런 확신도 바라지 않을 상태가 되어버렸다. 성곽 광장에서 나는 가죽을 벗겨낸 빨갛고 근사한 살코기 한 점을 골라내어 흙무더기 속으로 기어들어갔다. 이 굴에 만약 아직도 진정한 정적이라는 게 있다면 바로 이 흙무더기 속임에 분명하다. 나는 고기를 핥으면서 야금야금 먹어가며 한번은 멀리서 그의 길을 가고 있는 낯선 동물을 생각하고, 그 다음에는 다시 내가 아직 그를 찾아다닐 수 있는 동안 나의 양식을 한껏 즐겨야 한다는 생각을 번갈아 한다. 후

자는 아마도 내가 유일하게 실행 가능한 계획인 것 같다. 아무튼 그건 그렇고, 나는 그 작은 동물의 계획을 알아내고자 무던히 애쓰고 있다. 그것은 유랑 중인가, 아니면 자기 자신의 굴을 만들고 있는 것일까? 그가 유랑 중이라면 혹시 그와의 의사소통이 가능할지도 모른다. 그가 정말로 나한테까지 뚫고 들어오면, 그에게 내 양식을 조금 주고 나면 그는 자기의 갈 길을 계속 갈 것이다. 내 흙더미에서 나는 물론 모든 것을 꿈꿀 수 있고 정체를 알 수 없는 그 동물과의 의사소통도 꿈꿀 수 있다. 물론 나는 분명히 알고 있다. 만약 우리가 서로를 보게 된다면, 아니 서로의 기미를 근처에서 느끼기만 해도 그 순간 금방이라도 까무러칠 듯 정신을 잃고 누가 먼저랄 것도 없이 아무리 배가 잔뜩 부르다고 해도 새로운 허기에 사로잡혀 상대를 향해 발톱과 이빨을 드러내고 공격할 태세를 갖출 것임을. 그리고 늘 그래왔듯이 그렇게 하는 것은 이곳에선 너무나 당연한 반응이다. 그도 그럴 것이 그 누가, 아무리 떠돌고 있다 해도, 나의 굴을 보고 나서 여행 경로와 장래 계획을 바꾸지 않겠는가? 그리고 혹시라도 그 동물이 자기가 살아갈 굴을 파고 있다고 해도 그와 나의 의사소통이란 도무지 상상하기가 어렵다. 만약 그게 아주 이상스러운 동물이라서 그의 굴 주변에 다른 동물이 이웃하는 것을 용납한다고 해도, 나는 그렇게 할 수 없다. 나는 내 굴 주변에서 이렇게 끊임없이 소음을 내는 이웃은 견딜 수 없다. 지금은 그 동물이 물론 아주 멀리 떨어져 있는 듯하고, 만약 그것이 조금만 더 내쳐 물러나 있기라도 하면 저 소음도 사라질 것이고 그러고 나면 어쩌면 모든 것이 예전처럼 좋아질 수도 있으리라. 그러면 그건 다만 불쾌했지만 꽤 유익한 경험으로 남을 테고, 나는 이 일을 계기로 굴 이곳저곳을 재보수할 마음을 먹게 될 것이다. 곧바로 다른 위험이 들이닥치지 않고 내가 금세 안정을 되찾는다면, 나는 그간의 불명예를 씻어낼 작업 능력이 아직은 꽤 있다. 혹시라도 그 동물이 자기의 굴 파기 능력으로 미루어 엄청난 가능성들을 보고 나의 굴 쪽을 향하는 굴 파기를 포기하고, 대신에 다른 방향으로 진로를 잡는다면 이 또한 그와 나의 협상을 통하지 않고, 그 자신의 분별에 따라, 아니면 내 쪽에서 행사하는 어떤 강제력에 따라 이루어질 수 있다. 이 두 가지 점을 통해서 그 동물이 나에 관해 알고 있는지, 또 그 밖에 무엇을 알고 있는지를 확인할 수 있을 것이다. 그러한 생각에 빠져들수록, 그 동물이 내 소리를 들었다는 것을 확신할 수 없게 된다. 나는 그의 존재에 대해 전혀 상상할 수조차 없을 만큼 사전지식이 없지만, 그 동물은 나에 대해 무언가를 알

고 있을지도 모른다. 하지만 그 동물도 아마 내 소리를 듣지
는 못했을 것이다. 내가 그에 관해 아무 것도 몰랐던 것처럼,
그 역시 내 소리를 들었을 리가 없는 까닭은 내가 참으로 조
용히 행동했기 때문이다. 내가 나의 굴로 다시 들어온 이후,
이 이상 조용했던 적이 있으랴. 내가 시험 삼아 굴을 파보았
을 때, 그가 혹시라도 내 소리를 들었을지도 모른다. 비록
내가 굴을 파는 방법으로는 거의 소음을 내지 않지만 극히
작은 소리라도 그가 들었다면 나 역시 그 사실을 어느 정도
는 눈치 챌 수밖에 없었으리라. 그도 내 소리를 듣기 위해
귀 기울이고 있었다면 적어도 작업 중에 이따금씩은 멈추어
야 했을 테니. 그러나 모든 것은 언제까지나 변함없었다.

'가족'이라는 신화와 자기 해방의 역설

- 카프카의 「변신」

유 임 하(한국체육대학교)

1.

　'외롭다'고 느끼는 사람들에게 위로가 될 법한 표현 하나가 있다. '외로워진 상태에서라야 세계의 가려진 의미들을 통찰하는 지혜를 얻을 수 있다'는 말이 그것이다. 때로 고독은 일상의 굴레에서 해방된 자만이 누릴 수 있는 깨달음의 이치에 다가서게 해주는 역설적인 조건이 되기도 한다. "사랑이 사랑을 알아보고 죽음이 죽음을 알아본다."라는 말처럼.

　삶의 주위를 둘러보면, 지하철에서나 버스 안에서, 또는 여

행 중이거나 공부할 때 헤드폰을 낀 사람들을 자주 목격하게
된다. 이런 사람들은 자신만의 몰입상태를 보여주는 것이기도
하지만 실상 외로움을 두려워하는 몸짓인지도 모른다. 귓전을
맴도는 소음이라도 있어야 마음의 평정을 유지할 수 있기 때
문일까. 언제나 사람들 틈에 있어야 한다는 강박관념은, 유행
하는 것들에 민감하도록 만들고 늘 화제에 끼어들지 못하면
쉽게 소외감을 느끼도록 한다.

소외감이 다른 이들과 잘 어울리지 못하는 사람들에게 찾아
오는 감정 상태이긴 하지만 이를 자신의 불행 탓으로 돌릴 필
요는 없다. '외로움'은 인간이 살아가는 한 절감해야 하는 본
원적인 상태이자 현대 사회가 강요하는 기본 속성의 하나이기
때문이다.

다양한 직종을 가진 사회에서 구성원들은 전혀 다른 경험을
가질 수밖에 없다. 회사 경영자는 회사를 먹여 살려야 할 방도
와 전략에 대한 중대 결단을 앞두고 있을 때 지극히 외롭다.
그 결단은 사원들의 몫이 아니라 오로지 경영자 자신의 몫이
기 때문이다. 직업상 이유 때문에, 관심 분야의 차이 때문에,
사람들의 대화에서 생각의 차이는 점점 커져간다. 농사짓는
부모와 회사 다니는 아들의 경험이 똑같을 수 없다. 이들은 경
험만 다른 게 아니라 가치관도 크게 다르다.

이런 생활 속에서 가족 구성원은 이기심으로 팽배해진다. 아버지는 어머니를, 아들은 아버지를, 어머니는 아들과 딸의 심정을 서로 이해하기 어렵게 되는 것이다. 친구와 심각한 이야기를 나누다가 집에 늦게 들어갈 경우가 종종 있다. 이때도 부모님은 내가 처한 상황에 대한 이해보다는 "왜 늦게 오는 거니? 걱정했잖아!"라고 소리친다. 부모의 호통은 그 어떤 변명도 할 수 없게 만든다.

개인의 감정상태가 충돌하는 첫 지점이 바로 가족이라는 사회이다. 이 사회는 개인과 개인의 관계이기도 하지만 혈연으로 맺어진다는 점에서 여느 사회와는 크게 다르다. 유교의 이념은 상하 위계질서를 강조하며 대가족 제도를 성공적으로 안착시켰다. '임금은 임금답게, 신하는 신하답게, 아비는 아비답게, 자식은 자식답게'라는 충과 효에 바탕을 둔 정명(正名)의 사상이나 유교의 교리를 관통하는 '수신제가 치국평천하(修身齊家 治國平天下)' 같은 명제는 대가족 제도의 골간을 다진 국가와 사회, 개인과 가족의 준칙이었다. 하지만, 우리가 살아가는 '현대'는 더 이상 특정한 이념의 지배력을 존속하도록 내버려두지 않는다. 그 해방의 강제력은 개인이든 가족이든 사회이든 국가이든 어떤 차원의 가치로 휘발시켜, 탈신화화의 시대를 살아가도록 강요한다. 「공산당선언문」의 유명한 구절을 빌려 말하면 '단단한 모든 것은 녹아 공기 중으로 사라지는(All that melts into the Air)' 시대가 바로 현대이다.

우리 사회의 현실에서도 가족의 상은 별반 다르지 않게 급속히 바뀌고 있다. 대가족 제도가 빛을 잃어버린 것도 아련한 기억 속에서나 찾을 수밖에 없다. 최근 한 조사에서 할아버지와 할머니가 가족에 포함되지 않는다는 응답률이 70%를 넘겨 충격을 준 바 있다. 이제 한국 사회에서 대가족은 돌이킬 수 없는 기억 속 제도가 되어버렸다. 50대 이상의 기성세대가 자녀들과 노후를 보내겠다는 응답이 10% 이하인 것도 가족제도의 격심한 변화를 말해준다.

한 사회학자의 연구에 따르면 한국 사회는 이미 70년대 초반부터 극심한 변화를 겪어왔다고 한다. 아버지는 산업전사로서 아파트 평수를 늘리는데 평생을 바치고, 어머니는 아버지의 수입으로 자녀들을 교육전사로 키우기 위해 치맛바람을 일으키고, 자녀들은 명문대학 입학에 올인(all in)하며 청소년의 발랄한 시기를 희생해야 하는 현실이 이어지고 있다는 것이다. 가족 성원 간의 이해와 사랑이 낯선, 시대의 중심에 우리가 서 있다. 이제는 전혀 낯설지 않은, 세칭 '기러기 가족'은 현대판 이산가족이다. 자녀의 성공을 위해 부모가 자신들의 전 생애를 투여하는 용기는 실로 가상하지만, 그렇다고 해서 자녀의 사회적 성공이 과연 부모의 행복으로만 귀결되지는 않는다. 그러한 삶이 과연 행복하다고 자신할 수 있을까. 이런 사례들을 떠올려보면, 과연 가정과 개인의 행복은 무엇이며 '가족은 무엇인가'라는 의문에 이르게 된다.

'가족'이라는 문제를 두고 현대가 빚어내는 무차별적인 가치 붕괴의 속성을 선구적으로 포착한 작가의 한 사람이 체코의 저명한 작가 프란츠 카프카(1883~1924)이다. 그는 「변신」에서 혈연의 최소 단위인 가족이라는 신화의 뒷편에 놓인 허망한 진실 하나를 충격적으로 보여주었다. 어느 날 갑작스레 갑충(甲蟲)이 되어버린 가장의 모습을 통하여 가족 성원들의 이기심이 '가장된 평화'일지 모른다는, 가족에 관한 매우 낯선 문제를 제기했다.

2.

카프카의 「변신」은 한 보험회사에 다니는 외판사원 '그레고르 잠자'가 거대한 딱정벌레로 변해버린 이후 가족 간의 단절과 그의 죽음을 보여주는 작품이다. 그러나 작품에서 그려진 가족들의 구체적인 모습은 가족 문제에만 해당되는 것이 아니다. 사회의 냉혹한 구조와도 통한다. 그레고르의 숨 막히는 삶은 가족들에게 나날의 평온을 보장해 준다. 그러나 그가 쓸모없는 벌레로 변하자마자 상황은 뒤바뀐다. 직장에서 쌓은 성실한 평판이나 가장으로서의 위치는 순식간에 증발해 버리고 만다. 벌레가 된 그레고르는 가족으로부터 배척당하며 죽음을 맞는다.

어느 날 아침 불안한 꿈에서 깨어나자마자 그레고르 잠자는 자신이 커다란 딱정벌레로 변한 것을 알게 된다. 벌레로 변한 순간부터 그는 자신이 짊어진 책임과 의무에서 해방된다. 어느 상점의 고용원이라는 직업적 의무, 부모·여동생 그레테의 생계를 도맡은 고단한 생활이 이제 끝난 것이다. 하지만, 잠깐 동안의 해방감은 출근하라는 아버지의 목소리와 여동생의 걱정 소리를 들으면서 차츰 사라져간다.

1시간도 지나지 않아 달려온 지배인은 '사정이야 어떻든 간에 빨리 출근하지 않으면 해고 하겠다'고 으름장을 놓는다. 지배인과 부모와 여동생은 잠긴 방문이 열리는 순간 거대한 벌레로 변한 그레고르의 모습을 보고 나서 놀라고 만다. 도망치듯 사라진 지배인으로부터 그레고르는 해직을 통고 받는다. 또한, 이 순간부터 그레고르는 아버지와 어머니로부터 자상한 말 한 마디도 들을 수 없게 된다. 그러나 벌레가 된 그레고르는 가족에게 애정을 가지고 대화에 나서지만 "쉿쉿"하는 벌레 소리만 날 뿐이다. 부모나 사랑하는 누이동생도 갑충의 흉칙한 몰골에 진저리치며 그레고르를 차츰 잊어간다.

순식간에 벌레가 되어 버린 이 상상 불가능한 현실은 과연 무엇을 뜻하는가. 갑충이 되어버린 그레고르의 상황은 무엇을 상징하는 것일까. 무엇보다도 그의 변신은 현대 사회 속에 가장으로서의 무거운 책무를 떠안은 개인의 현실을 뜻하는 것이라 할 수 있다. 현대의 개인은 어떤 경우에도 자신의 경제적 능력을 상실하면 그 사회로부터 추방될 수밖에 없는 서글픈 운명에 놓여 있다. 작품에서 '그레고르가 벌레로 변신한다'는 상황 설정은 현실로서는 불가능하지만 이와 유사한 상황은 얼마든지 생각해낼 수 있다. 식물인간이 되어 버린 식구, 정리해고로 직장을 잃은 가장…… 등등. 여러 상태에서 사회와 가족으로부터 격리된 존재에 대한 이해가 필요한 지금, 우리가 한 번쯤은 짚고 넘어가야 할 본질적인 문제 제기가 작품에 담겨 있는 셈이다.

어느 날 아침, 잠자던 그레고르 잠자는 불안한 꿈에서 깨어난 뒤, 침대 속에서 자신이 커다란 벌레 한 마리로 변해버린 걸 알았다. 그는 껍질이 딱딱한 등을 침상에 대고 천장을 향해 벌렁 누운 채였는데, 약간 고개를 쳐들어 보니 활처럼 굽은 불룩한 거북껍질 무늬로 된 단단하고 거무튀튀한 배가 보였고, 불룩한 배 위로는 이불이 겨우 덮여 있었으나 그나마 흘러내릴 것 같았다. 몸통의 크기에 비해서는 너무나도 가느다란 여러 개의 다리가 눈앞에서 맥없이 건들거리고 있었다.

'대체 어찌된 거야?' 하고 그는 생각했다. 정녕 꿈은 아니었다. 거주하기에는 약간 좁긴 하지만, 어찌됐건 분명 사람이 거처하는 자기 방은 사방으로 낯익은 벽면으로 둘러싸여 있었다. 각각 따로 묶은 옷감 견본이 흩어진 테이블 위에는― 그레고르 잠자는 외판원이었다. ― 얼마 전 그가 어떤 잡지의 화보에서 오려낸 그림을 멋진 금박 사진틀에 넣어둔 액자가 걸려 있었다. 그 그림은 털모자를 쓰고 털목도리를 두른 한 여자의 모습을 담고 있었는데, 그녀는 꼿꼿한 자세로 정면을 바라보고 앉아 팔목까지 덮은 묵직한 털토시를, 자신을 바라보는 사람들에게 쳐든 그림이었다.

그레고르는 창 쪽으로 눈길을 돌렸다. 창문 함석판에 빗방울 떨어지는 소리가 들려왔다. 날씨가 음산한 탓인지 그는 기분이 울적해졌다. 조금만 더 잠을 자고 부질없는 망상을 죄다 잊어버린다면 얼마나 좋을까, 하고 그는 생각했다. 하지만 그건 도저히 실행하기 힘든 일이었다. 왜냐하면 그는 늘 오른편으로 누워 자는 버릇이 있었지만 지금 같은 상태로는 그런 자세를 취할 수 없었기 때문이다. 아무리 오른쪽으로 몸을 기울이려

애써 봐도 몸통이 이리저리 들썩거렸다가 벌렁 나자빠
진 자세로 되돌아오곤 했다. 어쩌면 그는 백 번도 넘게
시도해 보았을 것이다. 허우적대는 발들을 보지 않으려
고 그는 눈을 감았다. 옆구리에 지금껏 느끼지 못한 가
벼운 통증까지 생기게 되자 그는 그만 지쳐 버렸다.

(「변신」, 9~12쪽)

사실 카프카가 '동물로 변해 버렸으면' 하는 생각에 착안해
서 한 인물을 벌레로 변신시킨 것은 기발한 착상이다. 이 불가
능한 상황을 설정해서 우리에게 알려주려는 것이 무엇인지를
찾아야 한다(그러나 작품에서 이런 것을 찾으려다 보면 작품
읽기가 매우 피곤해진다. 작품을 모두 읽고 나면 의미는 저절
로 밝혀진다).

우리는 종종 학교생활에서 생기는 부담 때문에 도피해 버리
고 싶을 때가 많다(도피해 버리면 문제가 끝날 것 같지만 사실
그렇지만도 않다). 그레고르 잠자는 가족 모두가 그에게 기대
고 있다. 그래서 잠자는 생계문제 해결이나 그밖에 재능 있는
여동생의 음악공부 때문에 자신이 꿈꾸는 삶을 즐길 만한 엄
두를 전혀 못 낸다. 사업에 실패한 후 빚 독촉에 시달리는 늙
으신 아버지의 무능함, 그다지 건강하지 않은 어머니, 음악학
교에서 바이올린 공부를 하고 싶어 하는 여동생…… 주어진

삶의 조건과 가정에 대한 책임감이 그레고르 자신의 결혼도 미루게 하고 바라던 여행조차 꿈꾸기 어렵게 만든다. 그에게는 사무실에서 일을 하고 출장을 떠나야 하는 빡빡한 일정만 기다리고 있다. 이 점은 우리의 아버지나 우리도 마찬가지이다. 방학이 된다고 해서 공부의 중압감에서 벗어나는 건 아니다. 중고등학생들의 경우 뒤진 과목을 보충해야 하고 날마다 학원으로 발길을 돌려야 하는 것이다. 꽉 짜여진 일상생활에서 누구나가 한 번쯤 이런 생각을 한다.

'누구든지 일상에서 벗어나고 싶은 욕구를 가지고 있다.'는 가정에서 출발해 보자. 그런 다음 '만약 내가 「변신」에서와 같이 벌레로 변하지 않는다면 무엇으로 변하고 싶을까?'라는 의문을 던져 보자. 이때, 반드시 '나는 왜 일상을 벗어나고 싶은가?'라는 까닭을 생각해야 한다. 그러고 나서 '내가 숨 막히는 일상을 벗어나 바라는 삶은 무엇인가?'를 마땅히 질문해야 한다. 일상으로부터 벗어나려는 우리의 욕망을 대신 짊어진 그레고르 잠자의 변신은 전혀 다른 방식으로 전개된다. 그것은 가장 친밀한 가족, 사회로부터 배척된다는 것이다. 가족이란 우리가 살아가는 가장 기본이 되는 사회 단위이다. 직장 혹은 학교, 좀 더 넓게는 사회, 민족, 국가, 세계 전체에 이르기까지, 기본이 되는 집단은 가족이다(「변신」에서 '가족'은 사회 전체에 대한 상징에 가깝다). 가장 친밀한 집단으로부터 배척당하는 것은 가족에만 한정되는 게 아니다. 친구나 급우들 사이에도 마땅히 적용된다.

　"우리는 저걸 없애 버려야만 해요" 누이동생은 다시 아버지만 쳐다보면서 다짐하듯이 말했다. 어머니가 기침 때문에 아무 말도 듣지 못했기에 되풀이하여 말한 것이다. "저건 아버지와 어머니의 목숨을 앗아갈 거예요. 왠지 그런 생각이 자꾸만 들어요. 우리들은 온갖 고생을 다하면서 일해야 되는데, 이처럼 끝없는 골칫거리를 집안에 두고 어떻게 견딜 수 있겠어요? 저는 더는 견딜 수가 없어요." 누이동생은 그만 울음을 터뜨려 버렸다. 그 눈물이 어머니의 얼굴에 떨어지자 누이동생은 거의 기계적으로 손을 움직여 어머니 얼굴에 흘러내리는 눈물을 훔쳤다.

　"얘야, 그럼 우린 어찌 하면 좋단 말이냐?" 하고 아버지는 동정어린 너그러운 목소리로 말했다. 누이동생은 사실 아무런 구체적인 방안도 생각해보지 못했다는 뜻으로 아버지께 어깨를 움츠려 보였다. 그녀는 울고 있는 동안에 먼젓번의 그 단호했던 태도와는 대조적으로 정말 어찌하면 좋을지 몰라서 혼란 속에 빠져 들었던 것이다.

　"저놈이 우리 마음을 조금이라도 알아주었으면 좋으

련만." 하고 아버지는 동의를 구하는 것처럼 말했다. 누이동생은 울면서 그런 것은 기대조차도 할 수 없다는 듯이 한쪽 손을 세차게 내저었다.

"저놈이 우리 마음을 조금이라도 알아주었으면……." 하고 아버지는 같은 말을 되풀이하였다. 그리고는 그런 일은 있을 수 없다는 누이동생의 확신에 동감한다는 듯 눈을 지그시 감았다. "그렇게만 한다면야 저놈하고 타협할 수도 있을 텐데. 그러나 모양이 저 꼴이니……."

"내쫓아야 해요. 그렇게 하는 수밖에 없어요. 아버지! 저 괴물이 그레고르라는 생각을 버리셔야 돼요. 지금까지 너무나 오랫동안 그렇게 믿어 왔던 게 우리의 큰 불행이었어요. 어째서 저게 그레고르란 말예요? 만일 저게 정말 그레고르라면 사람이 자기 같은 동물과 함께 살 수 없다는 것쯤은 벌써 알아차리고 제 발로 나가 버렸을 거예요. 그러면 오빠는 없어질망정 우리는 마음 편히 살 수 있고 언제까지나 오빠를 연민의 정으로 회상할 수 있잖아요. 그런데 저것은 우리들을 괴롭히고 하숙인들을 쫓아내고 있잖아요. 나중에는 아마 이 집을 송두리째 독차지하고 우리들까지 길거리로 내쫓을 거예요. 저것 좀 보세요, 아버지!" 하고 누이동생은 갑자기 언성을 높였다. "또 장난을 시작했어요!"

(「변신」, 94~96쪽)

　인용한 대목에서 여동생은 벌레로 변해버린 그레고르의 존재를 단호하게 부정한다. 여동생은 그레고르가 벌어온 돈으로 바이올린을 공부하고 있었고 그레고르를 가장 잘 아는 존재였다. 여동생은 그레고르와 함께 크리스마스가 되면 부모님 앞에서 음악학교에 들어가는 일을 알려주기로 약속했다. 아버지와 어머니는 벌레가 된 그레고르를 소극적으로 대했지만 여동생은 적극적으로 벌레를 오빠가 아니라고 부정하고 있다. 벌레 때문에 가족 모두가 힘든 생활을 할 수밖에 없다는 것이다. 아버지가 여동생에게 "애야, 그럼 우린 어찌 하면 좋단 말이냐?" 하고 반문하는 것은 여동생의 의도를 재확인하려는 말에 지나지 않는다. 그레고르가 벌레로 변해버린 상황에서 가족들은 무력하게 그레고르에게 의존했던 생활에서 벗어나 스스로 일감을 찾고 나름대로 사회생활을 해 나간다. 결국 그레고르는 가족들의 자기중심적인 이기심에 희생당하는 존재로 바뀐다(이것은 벌레로 변신하지 않고 무력한 존재가 되었다고 해도 같은 결과를 가져올 수 있다는 가능성을 암시한다. 카프카는 극단적인 방식으로 그레고르를 벌레로 만들었던 것이다).

　그레고르를 제외하면 가족들 모두가 자발적이고 적극적으로 자신들의 생계를 꾸려나가기 위해 변모해 나간다. 그레고리의 행방불명과 갑충의 출현 이후 생계 전선에 나선 아버지

는 무력함을 털어내고 은행 수위로 취직한다. 어머니는 잡화
상에서 옷감을 받아다 고급 내의를 만드는 삯바느질을 하며
생계를 돕는다. 누이동생은 좋아하던 바이올린 공부를 포기하
고 상점의 판매원으로 취직하고 더 나은 직업을 얻기 위해 밤
늦게까지 속기술과 불어를 공부한다. 가족 모두가 그레고르의
불행과는 상관없이 생계와 자신들의 미래를 위해 바삐 움직이
기 시작하는 셈이다.

반면, 벌레가 된 그레고르는 수동적이나마 새로운 삶에 적
응하기 위해 노력한다. 하지만 가족들의 냉대는 점차 심해진
다. 자신이 제일 예뻐하던 여동생까지도 오빠의 처지를 위로
한다는 명분을 내세워 가구 일체를 모두 옆방으로 치워버린
다. 게다가 집안의 온갖 잡동사니를 그 방에 채워 넣는 일도
서슴지 않는다. 벌레가 된 그레고르에게 주는 음식은 썩은 야
채나 말라붙은 음식들, 식사 때 남긴 뼈, 몇 알의 아몬드 정도
이다. 정작 그레고르는 벌레가 되어버린 외형 말고 의식은 하
나도 변한 게 없다.

가족들은 어려워진 생계의 부족을 메우려고 하숙을 친다.
세 사람의 하숙인이 집으로 찾아온 날, 여동생은 하숙인들의
식사 후 그들의 무료함을 달래주기 위해 바이올린 연주를 한
다. 음악공부가 "남모를 마음의 양식을 얻는 길"이라고 생각

했던 그레고르에게는 하숙인들에게 환심을 얻으려는 여동생의 연주가 남에게 아첨하는 타락한 예술 행위로 여겨진다. 음악의 가치에 무관심한 족속들에게 음악의 순수한 가치를 지키기 위해 그레고리가 벌레의 몸으로 그들 앞에 모습을 드러낸다. 갑충의 돌연한 출현에 하숙인들은 놀라움을 금치 못한다. 추한 벌레가 집안에 있다는 사실을 알려주지 않았다는 이유를 내세워 그들은 식구들에게 하숙 계약을 파기를 요구하고 손해 배상까지 청구하려 한다. 이때 여동생이 온갖 아양을 떨어가며 사태를 진정시키려 한다.

사태가 겨우 진정되자 누이 그레테는 이렇게 말한다. "내쫓아야 해요. 그렇게 하는 수밖에 없어요. 아버지! 저 괴물이 그레고르라는 생각을 버리셔야 돼요. 지금까지 너무나 오랫동안 그렇게 믿어 왔던 게 우리의 큰 불행이었어요. 어째서 저게 그레고르란 말예요? 만일 저게 정말 그레고르라면 사람이 자기 같은 동물과 함께 살 수 없다는 것쯤은 벌써 알아차리고 제 발로 나가 버렸을 거예요. 그러면 오빠는 없어질망정 우리는 마음 편히 살 수 있고 언제까지나 오빠를 연민의 정으로 회상할 수 있잖아요. 그런데 저것은 우리들을 괴롭히고 하숙인들을 쫓아내고 있잖아요." 누이의 강변(强辯) 후 그레고르의 동물 변신은 가족들에게 커다란 불행으로 다가온다. 그러나 벌

레가 된 그레고르의 의식은 그대로 있는 반면 가족들은 그를
모든 불행의 근원으로 지목하고 원망한다. 벌레가 되면서 그
레고르는 생계를 쪼들리게 하고 집도 팔 수 없고 하숙도 칠
수 없게 하는 원흉으로 바뀐 것이다. 이제 그는 자신이 책임졌
던 가족들로부터 배척당하고 있다. 이것은 오늘날 사회가 우
리 생각처럼 인류에 바탕을 둔 도덕적 사회가 아님을 보여주
는 실례가 된다.

가족의 냉대를 받으며 그레고르가 절감하는 것은 더는 가족
성원으로 대접받을 수 없다는 냉엄한 현실이다. 이제 그는 스
스로 없어져야 한다고 생각한다. 몸을 더 이상 움직일 수 없는
상태에서 그레고르는 죽음을 맞는다. 가족들은 벌레의 죽음을
발견하고 안도의 한숨을 쉬며 하느님께 감사한다. 이들은 작
자 자신들의 직장에 결근계를 내고 홀가분하게 야외산책을 나
간다. 이제 그의 시체는 가정부의 손에 치워지고 예전의 평화
를 되찾는다.

얼마 뒤 잠자 일가는 모처럼 외출을 했다. 근래 몇
달 동안 이런 일은 도통 경험하지 못했다. 그들은 전차
를 타고 교외로 나갔다. 전차는 한산해서 승객이라곤
그들 가족뿐이었다. 밝은 햇살이 전차 안으로 흘러 들
어왔다. 그들은 안락한 좌석에 몸을 기대고 앞일에 대

한 이야기를 나누었다. 곰곰이 생각해 보니 그들의 앞날이 그렇게 암울하지만은 않을 것이라는 사실이 밝혀졌다. 왜냐하면 이제까지는 서로 말해볼 기회조차 없었지만 막상 서로 대화를 나누어 보니 세 사람의 직업은 모두 매우 훌륭하고 특히 앞으로 전망이 더 밝아질 것처럼 생각되었기 때문이다. 우선 당장 집안 분위기를 바꾸는 것은 이사를 가기만 하면 수월하게 해결될 수 있을 것 같았다. 그들은 그레고르가 선택했던 지금의 이 집에서 계속 살아 왔다. 그런데 앞으로 그들은 지금 살고 있는 집보다 규모는 작지만 집세가 싸고 위치가 좋은 실용적인 거주지를 찾아보기로 했다. 이런 이야기를 하면서 잠자 부부는 점차 생기를 되찾는 딸의 모습을 바라보고는 거의 동시에 이러한 현상을 감지했다. 즉 그레테는 최근에 와서 혈색을 잃을 정도로 온갖 고생을 다 했지만 이제는 한창 성숙된 처녀의 자태로 성장할 것이라는 사실이었다. 잠자 부부는 이제 말을 하지 않고 눈으로 대화하면서 서서히 딸의 신랑감을 구해야 할 때가 왔다고 생각했다. 이윽고 전차가 목적지에 닿았을 때 딸은 잠자 부부보다 먼저 일어나서 젊고 생기 있는 육체를 쭉 폈다. 잠자 부부의 눈에 비친 딸의 이러한 모습은 그들의 새로운 꿈과 아름다운 미래를 약속해 주는 듯했다.

(「변신」, 105~106쪽)

고려장(高麗葬)은 본래 유목민들이 이동하면서 만들어낸 관습이었지만 부모를 공양해야 한다는 유교의 농경문화에서는 반인륜적인 것으로 여겨지면서 폐기되었다. 그러나 오늘날 현실에서는 경제적 능력이 없는 경우 인간의 가치를 지니지 못하는 경우를 자주 보게 된다. 우리 속담에 "삼년 병(病)에 효자 없다."는 말이 있다. 「변신」에서 갑충으로 변해버린 상황은 이 속담과 매우 흡사하다.

3.

부모나 교사에게서 읽어볼 만한 책을 권고 받지만 우리는 타성적으로 책을 접한다. 하지만 무인도로 가야 한다면 우리는 어떤 책을 가지고 갈 것인지 한번 생각해 보았는가? 1930년대 저명한 영문학자이자 비평가였던 최재서는 무인도에 갈 때 가지고 갈 책으로 셰익스피어의 희곡과 『성경』을 꼽았다. 우리들은 어떤 책을 꼽을 것인가?

카프카는 평생 동안 자신을 이해해주는 몇몇 친구만을 가졌을 뿐이었으나 자신의 불행한 삶 속에서도 문학에 대한 열정만큼은 드높았던 작가였다. 그는 책이 우리에게 주는 가치가

시간을 때우거나 우리에게 지식을 주는 것만으로는 충분하지
않다고 보았다. 평생 동안 그를 이해했던 친구 막스 브로트에
게 보낸 그의 편지에는 다음과 같은 구절이 눈에 띤다.

> 우리는 독자에게 자극과 충격을 주는 책들을 읽어야
> 한다고 생각한다. 우리가 읽는 책이 주먹으로 두개골을
> 때리듯 우리를 일깨워 주지 않는다면 무엇 하러 책을
> 읽을 것인가? 네가 말하듯이 우리가 행복해지기 위해
> 서라고? 천만에, 우리는 책이 한 권도 없더라도 행복할
> 수 있고, 우리를 행복하게 해주는 따위의 책은 필요한
> 경우에는 우리 스스로가 쓸 수도 있다. 우리가 필요한
> 책은 우리의 가슴을 아프게 하는 불행이나, 또는 우리
> 가 우리 자신보다도 더 사랑하던 어떤 사람의 죽음과
> 마주쳤을 때처럼 우리에게 작용해야 하며 (……) 우리
> 의 내면에 있는 얼어붙은 바다를 깨뜨리는 도끼와 같은
> 역할을 해야 하는 것이다.

카프카의 이런 생각은 문학작품을 통해 우리가 얻는 감동만
으로는 부족한 그 무엇, 자극과 충격을 주어야 한다는 뜻으로
읽혀진다. "자극과 충격을 주는 책"이란 일상에서 나태해질
수도 있는 삶을 방부 처리하는 역할을 해주는 책을 가리키는
것이리라. 이런 책들을 통하여 우리는 평소 삶에서 발견하지

못했던 가치와 허위를 통찰할 수 있게 된다. 이것이 카프카가 말하는 책의 효용이다. 우리가 의무와 책임감 때문에 읽어야 하는 책이라면 거기에서 우리 삶을 뒤흔드는 혼돈과 충격을 받기 어렵다. 책은 우리의 얼어붙은 의식을 내려치는 "도끼"와도 같이 충격을 줄 수 있어야 한다. 그렇지 않다면 책은 위안거리에 지나지 않는다. 「변신」은 혼돈과 충격을 주는 품목 안에 드는 책이지 않을까 싶다.

작가 소개 - 프란츠 카프카

프란츠 카프카(Franz Kafka, 1883년 7월 3일 ~ 1924년 6월 3일)는 체코의 유대계 소설가이다. 현재 체코의 수도인 프라하(당시 오스트리아-헝가리 제국 영토)에서 유대인 부모의 장남으로 태어나 독일어를 쓰는 프라하 유대인 사회 속에서 성장했다. 1906년 법학으로 박사학위를 취득, 1907년 프라하의 보험회사에 취업했다. 그러나 그의 일생의 유일한 의미와 목표는 문학창작에 있었다. 1917년 결핵 진단을 받고 1922년 보험회사에서 퇴직, 1924년 오스트리아 빈 근교의 결핵 요양소 키얼링(Kierling)에서 사망하였다. 카프카는 사후 그의 모든 서류를 소각하기를 유언으로 남겼으나, 그의 친구 막스 브로트(Max Brod)가 카프카의 유작, 일기, 편지 등을 출판하여 현대 문학사에 카프카의 이름을 남겼다.

번역 - 조윤아

전문번역가. 대학원에서 영문학을 전공하였다. 우리말이 지니고 있는 언어의 아름다움이 깃든 번역을 하기 위해 노력하고 있으며, 서로 다른 문화를 연결하는 문화의 가교로써 오늘도 번역에 힘쓰고 있다.

작품 해설 - 유임하

문학평론가. 한국체육대학교 교양과정부 교수.
대표 저서로 「한국소설의 분단이야기」, 「한국문학과 불교문화」 등이 있다.

국문학 교수들이 추천한 글누림세계명작선

변신

초판 1쇄 발행 2011년 12월 14일

지 은 이 프란츠 카프카
옮 긴 이 조윤아
펴 낸 이 최종숙
펴 낸 곳 글누림출판사

진　　행 이태곤
책임편집 전희성
편　　집 권분옥 이소희 박선주 임애정
디 자 인 이홍주 안혜진
마 케 팅 박태훈 안현진
관　　리 이덕성

주　　소 서울시 서초구 반포4동 577-25 문창빌딩 2층(137-807)
전　　화 02-3409-2055(대표), 2058(영업), 2060(편집)
팩　　스 02-3409-2059
전자메일 nurim3888@hanmail.net
홈페이지 www.geulnurim.co.kr
등록번호 제303-2005-000038호(2005.10.5)

정 가 11,000원
ISBN 978-89-6327-172-9 04850
　　　978-89-6327-167-5(세트)

출력 · 알래스카 인쇄 · 신화프린팅 제책 · 동신제책사 용지 · 에스에이치페이퍼

*잘못된 책은 바꿔드립니다.

ⓒ 글누림출판사, 2011, Printed in Seoul, Korea